NON È MAI TROPPO TARDI

NON È MAI TROPPO TARDI

I FRATELLI MONTGOMERY
LIBRO DUE

KIM SAKWA

Traduzione di
ELISA BRUNO, LITERARY QUEENS

Taggart
Press

NON È MAI TROPPO TARDI

1

Southampton
New York

Stanley Finch stava rabboccando il drink del suo capo quando incrociò lo sguardo di Samantha Gilchrist, i suoi occhi erano sgranati in un tacito: *devi venire qui e subito*! Oramai Stan era abituato alle espressioni inconfondibili di Sam e riusciva a interpretarle al volo. Nell'ultimo anno di lavoro per Amanda Montgomery, la migliore amica di Sam, il famoso "sguardo alla Samantha Gilchrist" era diventato una consuetudine. Quel periodo era volato, ma al tempo stesso sembrava non finire mai.

«Stan» sussurrò Sam da appena fuori il salotto, anche se la sua voce era tutt'altro che discreta. «*Psst*, Stan!»

Stan lanciò un'occhiata al suo capo, Alex Montgomery, che lo sollevò dall'incarico di barista improvvisato con un cenno. Si diresse quindi verso il corridoio, notando che il fratello di Alex, Stephen, lo seguiva con un'ombra di preoccupazione negli occhi. Stan e tutti coloro che vivevano o lavoravano per i Montgomery erano consapevoli che tra Stephen e Sam ci fosse "qualcosa"; gli mancava solo di fare il passaggio successivo. Stan era pronto a scommettere che quando finalmente si fossero decisi, sarebbe scoppiato un vero e proprio pandemonio.

Quella sera, la tenuta dei Montgomery, sì, *era* una vera e propria tenuta, era in fermento. Per fortuna, questa volta l'atmosfera era festosa. Alex e Amanda si erano scambiati i voti nuziali solo da un paio d'ore e avevano festeggiato con una cena sontuosa e una spettacolare band dal vivo, con tanto di esibizioni della sposa stessa e del suo amico Jason Wild. Con soli trenta invitati, la serata non era stata molto diversa dalle loro normali cene di gruppo fra amici.

Tuttavia, si trattava di una festa a lungo attesa.

I festeggiamenti si erano appena spostati dalla terrazza all'interno e tutti si erano riuniti intorno al grande bar del soggiorno, per la pausa prima del dessert. Una pausa che Stan temeva si stesse per concludere, almeno per quanto lo riguardava, mentre Sam, in preda a un'aria da cospiratrice, lo trascinava lungo il corridoio. Era un po' ridicolo, pensò. La maggior parte degli ospiti della serata erano della Calder Defense, la società di sicurezza privata di Alex e Stephen, e notoriamente dalla parte dei buoni.

Stan cercò di chiedere a Sam dove stessero andando, ma lei si portò un dito alle labbra e continuò a camminare fino a fermarsi davanti alla biblioteca. Dopo avergli lanciato un altro sguardo alla Samantha Gilchrist, gli fece cenno di entrare, chiudendo le porte a vetri alle loro spalle.

«Allora?» chiese Stan quando lei si voltò per guardarlo.

«Ho appena ricevuto una telefonata» rispose lei, mantenendo il suo tono enigmatico.

«Ottimo, Sam. Io, invece, stavo cercando di bere un drink per festeggiare le nozze di Alex e Amanda».

Dietro di loro, le porte si aprirono e Stephen fece il suo ingresso, senza minimamente preoccuparsi di interromperli. Stan non ne fu sorpreso. Se Samantha si muoveva, l'altro fratello Montgomery non restava mai lontano. Senza premurarsi di chiudere le porte dietro di sé, Stephen entrò in silenzio e si appoggiò contro il muro. Sam gli lanciò un'occhiata esasperata e gli fece cenno di dirigersi verso le porte aperte. Stephen le rivolse uno sguardo serio, ma poi si affrettò ad accostarle dall'interno. L'intero scambio silenzioso, il comportamento furtivo di Sam, la serietà di Stephen, era tutto piuttosto spassoso. L'incidente di Stephen avvenuto il mese precedente, sembrava aver accelerato i suoi sentimenti per Sam. Apparentemente soddisfatta, Sam si rivolse di nuovo a Stan con uno sguardo intenso.

Chi non avesse mai incontrato Samantha Gilchrist, avrebbe potuto immaginare che fosse come una specie di iceberg in forma umana. Conoscendola *davvero*, invece, era facile capire che una volta scalfito il suo involucro di ghiaccio, anche solo minimamente, lei emanava un calore sorprendente. Eppure il suo sguardo era spaventosamente gelido e diretto. Improvvisamente, con tono piatto, dichiarò: «Si tratta di Jen».

A quelle parole, Stan sentì un brivido glaciale. Improvvisamente, era *lui* a essere diventato un iceberg, privo di qualsiasi calore.

Jenny.

Non riuscendo a pensare a cos'altro fare, Stan si girò per andarsene. Non voleva sentire altro. Non poteva. Ma, con una sincronia che sembrava quasi studiata a tavolino, Stephen si piazzò davanti alle porte nel momento esatto in cui Sam afferrava la camicia di Stan.

«È nei guai, Stan».

Con uno sguardo truce, sfogò la sua frustrazione sulla donna che aveva di fronte. «Ma che problema avete tu e i tuoi amici che siete sempre nei pasticci? Abbiamo appena sistemato il problema di Amanda e ora ce n'è già un altro?» Con diplomazia, Stan si astenne dal menzionare i problemi di Sam ai tempi dell'università.

«Ti do una buona notizia» ribatté Sam. «Dopo di lei, non ho più altri amici».

Stan dovette riconoscerlo. Lui e Sam si erano persi di vista dopo aver frequentato entrambi la facoltà di legge all'università, per poi riavvicinarsi in seguito, in occasione di un funerale. Solo pochi mesi dopo, Stan aveva assunto il ruolo di guardia del corpo di Amanda ventiquattro ore su ventiquattro e da allora si erano frequentati giorno per giorno, quindi sapeva che Sam diceva la verità. Ma insomma, non poteva trattarsi di *qualcun'altra* che non fosse Jenny?

Sospirò. «Senti, non ho più niente da dire a Jenny e scommetto che lei prova lo stesso per me».

Lo sguardo di Sam diceva chiaramente che non era d'accordo, ma Stan si rifiutava di prenderlo in considerazione. Non voleva tornare in quel posto. No. No. No. Jenifer D'Angelo lo aveva quasi distrutto, per ben due volte, e lui non aveva alcuna intenzione di rivivere quell'esperienza. Gli ci erano voluti mesi per chiudere quella storia e *quelle persone* dentro di sé. Nel cuore e nella mente. Nell'ultimo anno, aveva ricominciato a vivere. A fidarsi degli altri, a godere della loro compagnia. Amanda, sua figlia Callie e Samantha avevano avuto un ruolo fondamentale nella sua rinascita.

Onestamente, non riusciva a immaginare dove sarebbe finito senza quella telefonata di Sam la scorsa primavera. Ripensandoci gli veniva quasi da sorridere. Anche quella volta, Sam aveva usato praticamente le stesse parole: *Stan, ho appena ricevuto una telefonata. La mia amica Amanda. È nei guai.*

Proprio in quel momento, le porte si aprirono e Alex entrò nella stanza. «Non ho idea di cosa stia succedendo qui» disse con un tono professionale e mettendo da parte la sua felicità nuziale. «Ma ho appena parlato con Gianni D'Angelo. Vuole che sua figlia venga recuperata. Immediatamente. Gli elicotteri stanno arrivando. Stan, sarai tu a dirigere quest'operazione».

Stan scosse la testa. «Capo». Alex non si rendeva conto di ciò che gli stesse chiedendo.

Come se gli avesse letto nel pensiero, Alex dichiarò: «Non mi interessa cosa pensi o provi, Stan. Gli ho assicurato che sarebbe stata nelle nostre mani entro quattro ore. Fidati di me, ci sono molti dettagli che non sai».

Quando Alex si comportava così, Stan sapeva che era inutile discutere, tanto più che l'elicottero cominciò a farsi sentire in lontananza, ponendo fine a qualsiasi obiezione.

«Trevor ha le sue coordinate» aggiunse Alex, imperturbabile. «Lui e Michael verranno con te. La squadra aspetterà i tuoi ordini a Palm Beach».

Alex poi fece un gesto che non aveva mai fatto prima. Nemmeno quella prima notte in cui si erano incontrati all'ospedale dove era trattenuta Amanda. L'abbracciò, stringendogli la spalla. Stupito, Stan ci mise un attimo a ricambiare l'abbraccio, battendogli a sua volta le spalle. Le parole di Alex, ci *sono molti dettagli che non sai*, gli passarono brevemente per la testa, prima che il rumore sempre più forte dell'elicottero e il rumore di passi affrettati nel corridoio riportassero la sua attenzione al presente.

«Hai protetto la mia famiglia, Stan» disse Alex. «Non afferro il senso di molti avvenimenti, ma credo sia arrivato il tuo momento».

2

Palm Beach
Florida

Jenifer D'Angelo si svegliò di soprassalto con un grido strozzato in gola, e si mise subito a sedere. Diede un'occhiata al bambino, poi il suo sguardo si spostò rapidamente all'interno della stanza. Rimase seduta per un attimo, lasciando che il respiro rallentasse, finché non si rese conto che era stato qualcosa di diverso dalla sua normale ansia a svegliarla. Si irrigidì: c'erano delle luci nel vialetto.

Controllò il telefono e vide dieci chiamate perse di suo padre e alcune, stranamente, di Samantha Gilchrist. *Wow*, pensò. *Sam. Deve essere una cosa seria.* Jenny non parlava con Sam da... beh, da prima del suo incontro con Stan a Palm Beach, la primavera scorsa. Se suo padre aveva contattato la sua vecchia amica, significava che stava succedendo qualcosa di allarmante.

Non avendo tempo per approfondire la questione, Jenny si concentrò sull'emergenza, saltando velocemente in piedi e avvicinandosi al suo bambino. Non aveva mai capito quanto fosse in grado di amare qualcosa, o qualcuno, fino a quando

6

non aveva scoperto di essere incinta. Il piccolo Hayden era la cosa migliore che le fosse mai capitata; amava il suo calore costante e il suo peso leggero ma confortante stretto contro il petto.

Lo sistemò nell'incavo del collo sfiorando la sua testolina morbida con un bacio, mentre con l'altra mano passava davanti al quadro appeso tra la culla e il letto. In silenzio, lo scomparto segreto celato sul retro si aprì e Jenny prese la sua pistola. Il miglior acquisto che avesse mai fatto. Il quadro, ovviamente. Aveva fatto ricavare una nicchia nel muro, e il quadro, appoggiato a filo alla parete, nascondeva perfettamente l'arma. Anche se, a dirla tutta, non era entusiasta di doverla tenere.

Aveva trascorso giorni al poligono provando tutte le pistole disponibili finché non si era trovata abbastanza bene con una di esse da acquistarla. Il fatto che fosse il modello più sicuro, con un colpo già pronto in canna, era solo una magra consolazione.

Jenny odiava ammetterlo, ma aveva preso la pistola per placare l'assillante paura che il suo ex marito, John, volesse vendicarsi. E sapeva, grazie alle esercitazioni del suo istruttore, che i secondi necessari per inserire il caricatore e mettere in canna il primo colpo potevano fare la differenza tra la vita e la morte. Odiava le armi, ma era decisa a essere preparata e questo le dava la sensazione di avere una possibilità di difendersi. Per lo meno, lui non avrebbe mai più potuto costringerla a salire su un altro veicolo.

Cullando Hayden con un braccio, usò la canna della pistola per scostare le tende. L'imitazione di Jenny nel ruolo di un classico poliziotto televisivo sorprese anche lei, ma quando vide due SUV fermi sulla strada, fu felice di trovarsi pronta. In un istante decise che, qualunque cosa stesse succedendo, non avrebbe di certo aspettato per agire.

Resistere e combattere, oppure cedere.

E lei non avrebbe ceduto.

Attraversò l'atrio, dando un'occhiata alle spie del pannello dell'allarme, che lampeggiavano con la scritta "Inserito", segno che nessuno aveva cercato di entrare. *Mmh*. Forse stava esagerando. I SUV avrebbero potuto essere lì per prelevare un cliente, accompagnare qualcuno in aeroporto o riportarlo a casa dopo una serata fuori. Tuttavia, un brivido di sospetto le percorse la nuca. La conferma arrivò quando, sbirciando dal vetro della porta d'ingresso per vedere meglio, notò altri due veicoli entrare nel suo vialetto e girare intorno alla fontana. Era il momento di passare all'azione.

«Alexa: chiama il numero nove-uno-uno» ordinò, tenendo la voce bassa. Proprio mentre si allontanava dalla porta, incapace di vedere oltre i vetri oscurati dei SUV nel vialetto, la voce del centralino rispose attraverso Alexa.

«Nove-uno-uno. Qual è l'emergenza?»

«Mi chiamo Jenifer D'Angelo, sono sola con mio figlio di sei mesi. Credo che il mio ex marito mi abbia trovata. Sono armata. Ho un bambino».

«Sto inviando degli agenti, signora D'Angelo».

Vieni a prendermi, verme. I tuoi giochetti sono finiti.

3

Southampton
New York

Dopo il viaggio in elicottero fino all'aeroporto privato, Stan, Michael e Trevor salirono a bordo del jet della Calder Defense. Il volo da New York a West Palm fu tranquillo e lasciò a Stan fin troppo tempo per pensare. Gli ci erano voluti mesi per smettere di essere ossessionato da Jenny. Era stato un disastro. *Lui,* era un disastro. Ma aveva lavorato sodo ed era riuscito a cancellarla dalla sua mente. E ora eccola lì, tornata all'improvviso nella sua vita e nei suoi pensieri.

Di tutte le donne con cui era stato coinvolto sentimentalmente, Jenny era quella con cui aveva passato meno tempo, eppure lo conosceva meglio di chiunque altro. Ciò che avevano condiviso era infinito.

Patetico. Cerca di controllarti.

Erano stati amici, e forse avrebbero potuto essere qualcosa di più, quando frequentavano l'università, ma in seguito a un evento traumatico, Jenny si era allontanata. Anni dopo, si erano incontrati per caso a Palm Beach, dove lui aveva appena concluso un lavoro, e avevano trascorso insieme due settimane incredibili. Stan stava camminando tranquillamente quando BAM!, eccola lì, con quelle braccia perfettamente toniche strette tra le sue mani. Gli era letteralmente piombata addosso. Il bellissimo viso rivolto verso di lui, pieno di stupore.

Jenifer Lynne D'Angelo.

Stupito nel vedere il suo vecchio amore davanti a sé, Stan aveva infranto ogni regola stabilita nella sua vita adulta per passare un po' di tempo con lei. Nel momento in cui le era finita addosso, letteralmente, e lui l'aveva toccata, *sentita*, era stato spacciato. Un disastro annunciato, di quelli che si vedono arrivare da un chilometro di distanza, ma che non c'è modo di fermare. Inevitabile, per entrambi. Sì, in questo poteva parlare a nome di Jenny senza essere presuntuoso. Erano, o almeno erano stati, sulla stessa lunghezza d'onda al cento per cento dal momento in cui si erano nuovamente incontrati.

Nei quattordici giorni successivi erano stati inseparabili, e ogni giorno era migliore del precedente. Una comprensione reciproca profonda, sia espressa che sottintesa. Stan non aveva mai provato niente di simile. Sapeva che il suo istinto aveva avuto ragione già ai tempi dell'università. Lui e Jenny erano fatti per stare insieme. Era stato tutto assolutamente perfetto, tranne che per un certo problema: all'epoca Jenny aveva scelto l'uomo sbagliato.

Stan aveva conosciuto John solo di sfuggita, ma fin da subito non gli era piaciuto. Era un tipo arrogante, il che, secondo la sua esperienza, di solito nascondeva delle insicurezze di fondo. Pur provando ancora interesse per lei, Stan aveva sempre rispettato i confini e dopo che Jenny aveva scelto l'altro, si era semplicemente fatto da parte.

In seguito era divenuto chiaro che John *era* l'uomo sbagliato per lei e, quando si erano rincontrati a Palm Beach, Jenny aveva già avviato le pratiche per il divorzio. Consapevole di ciò, Stan si era separato da lei senza preoccupazioni anche se con impazienza dopo quelle due settimane di beatitudine. Era convinto che prima avrebbe risolto i problemi a casa e presenziato all'udienza per il divorzio, prima sarebbe potuta tornare da lui. A detta di Jenny, il procedimento avrebbe dovuto essere già concluso, ma invece si stava protraendo da mesi perché John stava deliberatamente allungando i tempi più del necessario.

Si erano dati appuntamento all'hotel per il fine settimana. Stan, che aveva lavorato per il proprietario di un albergo in diverse occasioni, aveva spesso accesso a una camera o a una suite, a seconda della stagione, e aveva deciso di aspettare Jenny lì.

Avevano concordato di non sentirsi fino al ritorno di Jenny, perché entrambi avevano bisogno di schiarirsi le idee, anche se sapevano già di essere più che pronti a iniziare finalmente la loro vita insieme dopo tutti quegli anni. Ma poi, Stan aveva ricevuto un messaggio da Jenny che gli diceva di aver avuto un incidente stradale.

Al suo arrivo in ospedale, John la stava già circondando di attenzioni. Con il cuore in gola, Stan li aveva osservati dall'ingresso. Sapeva, o credeva di sapere, che il loro divorzio avrebbe dovuto essere finalizzato il giorno prima. Eppure, in base a ciò che Stan aveva visto in quella stanza, era chiaro che erano tornati insieme.

Stan si era sentito affranto, ma non troppo sorpreso: dopo tutto, Jenny l'aveva già fatto in passato. Era scappata da lui. Così, quel giorno in ospedale, prima che lei potesse accorgersi della sua presenza, se ne era andato. Distrutto.

La stessa settimana aveva lasciato gli Stati Uniti, tornando nel Regno Unito, dove godeva di un'ottima reputazione: aveva fatto le valigie, attraversato l'oceano, abbassato le barriere (emotive) ed era tornato in carreggiata. Stan era sempre stato un tipo ligio alle regole e al protocollo, quindi lavorare per l'Agenzia subito dopo l'università, e in seguito nella sicurezza privata, era stata la scelta perfetta. Quei lavori gli avevano permesso di dare e ricevere ordini, un equilibrio in cui aveva trovato conforto. Aveva accettato un paio di lavori a termine, finché una sera tardi Sam l'aveva chiamato per informarlo che Amanda aveva bisogno di aiuto. Era proprio quello che stava cercando. Anche se si era rivelato il suo incarico più complicato, l'aveva aiutato a mettere ordine nelle sue emozioni e a chiudere definitivamente la porta a Jenny D'Angelo.

Chiudendola a doppia mandata. E poi buttando via la chiave.

«Il collegamento è attivo» disse Trevor, distogliendo Stan dalle sue riflessioni appena in tempo per vedere una notifica lampeggiare sul suo portatile.

Stan analizzò i documenti appena arrivati, scuotendo la testa prima e poi scorrendo di nuovo verso l'alto per controllare l'inserimento dei dati. Lanciò un'occhiata a Trevor. «Jenifer Lynne con la e, D'Angelo?» Al cenno positivo di Trevor, digitò: «Dieci. Due...»

«Affermativo» continuò Trevor, verificando la data di nascita.

Non prometteva bene. Nelle tre ore e mezza trascorse da quando avevano preso in carico il caso, la squadra aveva compilato un dossier completo e dall'elenco di informazioni che aveva davanti agli occhi, nulla era come si aspettava. Sembrava che, poco più di un anno prima, Jenny avesse affittato una casa sulla spiaggia usando un nome fittizio. Un'impresa tutt'altro che semplice di quei tempi, dato che i proprietari chiedevano ben più di un generoso acconto e deposito. Senza contare la quasi impossibilità di eludere le varie tracce digitali. Quindi, perché tutta quella segretezza?

L'informazione successiva era ancora più allarmante. Jenny aveva acquistato una pistola nello stesso periodo in cui aveva affittato la casa, un telefono usa e getta e tre cassette di sicurezza sparse per la città. Un comportamento anomalo per un cittadino medio. L'ultimo dato fu un'altra sorpresa. Il suo divorzio era stato finalizzato. Un mese dopo il suo incidente.

Ventinove giorni, per l'esattezza.

Stan cercò di non chiedersi cosa sarebbe successo se fosse

rimasto nei paraggi. Non aveva tempo di sprofondare nel ginepraio dei "se". Era concentrato sul lavoro. Ligio alle regole, avrebbe analizzato quelle informazioni in seguito. In modo obiettivo. Logico.

Le avrebbe smontate una per una, con cura e precisione.

Jenifer Lynne D'Angelo.

Dopo aver esaminato ancora un po' i vari dati, fra ricevute, luoghi mappati, documenti del divorzio, notò un altro file, protetto da una password. «Di cosa si tratta?» Girò di nuovo lo schermo verso Trevor.

«È criptato».

Lo sguardo di Stan diceva a chiare lettere *cavolo, Trev, davvero?* ma Trevor si limitò a fare spallucce, e Michael gli tirò addosso un cuscino decorativo. Tutta la squadra della Calder considerava i colleghi quasi come fratelli, ma Trevor e Michael lo erano *davvero*; Michael era il più grande dei due e la squadra li chiamava affettuosamente "i ragazzi".

«Mi dispiace, capo».

Il fatto che Stan *fosse* effettivamente il capo lo rendeva tecnicamente il leader di quella missione, ma Trevor usava quell'appellativo per tutti tranne che per suo fratello. Chiedendosi perché Alex avesse già criptato un file, ma non volendo disturbarlo durante la prima notte di nozze, Stan optò per una fonte migliore.

«Chiama il signor D'Angelo al telefono» disse. Il padre di Jenny, Gianni, era l'ultima persona con cui Stan avrebbe avuto voglia di parlare, ma anche l'unico che non poteva evitare perché sapeva che avrebbe avuto le risposte che cercava.

Trevor compose il numero, posando un dispositivo sul tavolo tra loro.

Dieci minuti dopo, la pressione sanguigna di Stan era ai massimi storici. Un'impresa, per uno che non aveva mai sofferto di pressione alta. Gianni era fuori di sé, spiegò che John minacciava Jenny in qualche modo, ma si trattava di qualcosa di diverso dalle sue solite manipolazioni psicologiche narcisistiche e giochetti di potere.

Stan aborriva gli uomini di quel tipo, quelli che manipolavano le persone più care.

Quando erano stati insieme in Florida, Jenny gli non aveva parlato molto di lui. In effetti, a parte la notizia del loro imminente divorzio, era stata molto riservata sulla questione. Con tutto quello che aveva scoperto da allora, Stan immaginava il perché.

«Quel farabutto e la sua famiglia hanno finito di tormentarla, figliolo. Non mi interessa quanto siano influenti. I rapporti sono interrotti». Era la terza volta che lo ripeteva. «Figliolo». Il signor D'Angelo lo aveva sempre chiamato così, anche se, ironicamente, si riferiva a John con il suo nome di battesimo. «Ha preso la mia ragazza dolce e di buon cuore e le ha fatto il lavaggio del cervello trasformandola in una donna timida e paurosa che a volte fatico a riconoscere. Ora sta meglio, ma è convinta che restare sola sia l'unica cosa che si merita. Portala a casa, e intendo stasera stessa».

«Sì, signore».

«Ho parlato con Alex. Entrambi pensiamo che sia meglio che rimanga dai Montgomery per ora».

«Io...» Stan stava per ribattere, ma, quando le luci della pista di atterraggio si avvicinarono, ci ripensò. Inoltre, non voleva parlare di questioni personali davanti ai ragazzi. «Ricevuto».

«Un'altra cosa, figliolo» aggiunse il signor D'Angelo, prima di fare una pausa. Quando parlò di nuovo, fu con un leggero cambiamento di tono. «C'è un bambino».

«Un bambino? Signore? *Signore?*»

Trev scosse la testa, indicando che la chiamata era stata interrotta. Stan non ebbe però il tempo di soffermarsi sulla bomba che il signor D'Angelo aveva appena lanciato, perché il jet atterrò pochi secondi dopo. Era il momento di partire.

I SUV Navigator erano già in posizione quando

atterrarono: due all'aeroporto e due già di stanza davanti alla casa della giovane. Stan prese fiato. Era arrivato il momento. Jenny era tornata nella sua vita, volente o nolente.

Guidarono per circa dieci chilometri, percorrendo un lungo viale lastricato che conduceva a una splendida tenuta sul lungomare. Infine, quando vide Jenny sbirciare dalla finestra accanto alla porta d'ingresso, il cuore di Stan perse un battito. Poi lei iniziò a indietreggiare, con un bambino in braccio. Si chiese se era suo, o forse di sua sorella? Il signor D'Angelo non l'aveva precisato.

«Qualcuno le ha detto che stavamo arrivando?» chiese Stan. Non voleva spaventarla, ma temeva che oramai fosse troppo tardi.

«No. Il signor D'Angelo ha detto che non ha risposto a nessuna delle sue chiamate».

Stan scosse il capo, scese dal SUV e scrutò il perimetro anteriore mentre Trevor si occupava del sistema di sicurezza. Pochi istanti dopo, le luci di sorveglianza si accesero e nel giro di qualche secondo, Michael era alla tastiera per manomettere il meccanismo che apriva la porta d'ingresso.

Evitando di soffermarsi sulle sue riflessioni, Stan entrò in modalità pilota automatico, seguendo il protocollo senza pensare. Quando, finalmente, varcò la soglia, vide Jenny in piedi a poco più di tre metri di distanza, con il bambino stretto al petto e una pistola puntata verso il suo petto. Stan sorrise con approvazione. Astuta per essere una principiante, pensò, anche se era sempre stata una studentessa modello. Mirare al petto consentiva di avere un maggior margine di errore: se avesse mancato il bersaglio, avrebbe avuto comunque buone probabilità di colpire qualche organo vitale. Non nel suo caso, sperò, ma in generale.

«Signora, mancano trenta secondi» disse una voce attraverso il sistema audio.

Ah, pensò Stan. Aveva chiamato il 911. Al momento giusto, le sirene risuonarono in sottofondo. Non importava. I suoi ragazzi avrebbero mostrato le loro credenziali e sarebbero stati lasciati liberi di continuare.

«Jenny» disse Stan, mantenendo la voce più calma e professionale possibile.

«Se ti avvicini di un passo, sparo».

Non sa che sono io. La sua mano tremava e Stan pensava che non si stesse concentrando sul suo viso. O, se era per quello, su qualsiasi altra cosa che non fosse la sua paura.

«Jenny» ripeté, lasciando che la sua voce si addolcisse. «Sono io... Stan».

Lei vacillò e quando i suoi occhi si alzarono, il respiro le si mozzò in gola e quasi inciampò per un attimo prima di ricomporsi. Il cuore di Stan si contrasse mentre allungava una mano, come se potesse sorreggerla da lontano.

«Signora. Conosce l'intruso? Signora?»

Quel maledetto operatore del servizio di emergenza.

«Mi chiamo Stanley Finch». Stan parlò ad alta voce e abbastanza chiaramente da farsi sentire dall'operatore. «Lavoro per la Calder Defense. Sono stato inviato per assicurare alla signorina D'Angelo un passaggio sicuro per tornare a Long Island su richiesta di suo padre».

«Signora?»

L'espressione di Jenny era un misto di stupore e terrore. Stan sentì la voce di Michael attraverso l'auricolare: gli agenti di polizia erano giunti sul posto.

«Perché sei qui?» chiese Jenny, con la voce profondamente intrisa di sgomento.

«Mi ha mandato tuo padre».

«L'ho sentito. Perché proprio *tu*?»

Lui sentì il suo dolore e scosse la testa. «Non lo so, Jenny» rispose, desiderando di avere qualcosa di meglio per lei.

«Solo perché la tua ragazza ti ha lasciato, non...»

«Cosa?» Per una reazione istintiva, Stan la interruppe, poi ritornò al protocollo. «Non ho una ragazza». Non che quello fosse il protocollo, ma l'idea che Jenny potesse anche solo pensare che lui stesse con un'altra era sconvolgente. Ovviamente, il tempo non era affatto servito a mitigare i suoi sentimenti.

I suoi occhi si restrinsero e vedere la sfiducia di Jenny lo colpì come una freccia al cuore. «Ce l'hai» disse lei, con tono accusatorio. «Ho visto le foto. So di te e di Amanda Marceau. Sei stato con lei dopo... dopo la scorsa primavera».

Ohh, ora è tutto chiaro. Stan si rilassò leggermente, poi ricambiò il suo sguardo diffidente. «Sì. Ho passato molto tempo con Amanda nell'ultimo anno. Come suo assistente».

«No» disse lei, scuotendo ferocemente la testa. «John mi ha mostrato delle foto. Tu la tenevi in braccio. Negli Hamptons».

Ma che...? Stan non pensava di poter provare ancora più odio per John, ma era così. «Jenny». Di tutte le cose su cui discutere... sotto la minaccia di una pistola, per giunta. «Ho accettato la posizione settimane dopo che noi... Che tu...»

«Vattene». Cominciò ad allontanarsi da lui.

«Signore». Fu affiancato dagli agenti mentre le gelide parole di lei gli laceravano il cuore. Ferite profonde si aprirono. *Grazie, capo.*

«I documenti sono all'interno della giacca, tasca sinistra» disse loro, ben abituato alle procedure della polizia. «Spalla e caviglia». *Sempre meglio far sapere dove sono le fondine.*

Si girò di nuovo verso Jenny, in un moto difensivo: «Tu sei tornata da lui». Anche in quel momento di tensione, non proprio privato, non riusciva a lasciar perdere. Il dolore era improvvisamente fresco come quindici mesi prima. Dov'era Stan, l'uomo delle regole quando aveva bisogno di lui? Per la prima volta in vita sua, odiò il suo lavoro. *Amico, sei completamente fuori luogo.*

«Vattene, Stan» ripeté lei.

«Vorrei poterlo fare, Jenny».

«Signora» intervenne uno degli agenti. «Potrebbe abbassare la sua arma?»

Fortunatamente, Jenny obbedì e fece come le era stato chiesto.

Dopo aver parlato con lei e poi con lui, gli agenti se ne andarono con un cenno del capo, consegnandogli le sue armi da fuoco. Jenny lo scrutò con diffidenza da dove era seduta sulle scale, guardando verso l'alto quando lui le si parò davanti. Era ridicolmente bella, nonostante fosse l'una di notte, fosse stata svegliata di colpo e avesse dovuto difendere sé stessa e suo figlio. Se l'era cavata bene.

«Facciamo i bagagli».

La sua espressione era chiara: *Non con te.* Che cambiamento rispetto all'ultima volta che l'aveva aiutata a fare le valigie, al... *No, non ci pensare.* Senza dare peso a quanto la sua frecciatina lo avesse ferito, Stan indicò il piano superiore con un gesto della mano. Forse rendendosi conto dell'inutilità di opporsi, Jenny si mise in riga come una brava soldatessa e lui la seguì su per le scale.

«Dove la tieni questa?» chiese, con in mano la sua pistola quando raggiunsero la sua stanza, decorata con colori tenui, mobili eleganti e sovradimensionati e tendaggi trasparenti. Su un lato si trovavano una culla e un fasciatoio.

La guardò mentre, senza dire una parola, muoveva la mano davanti a un quadro e la cornice si alzava. *Ottimo.* Mise al sicuro la pistola nell'inserto di gommapiuma all'interno della parete, poi ripeté il gesto con la mano, guardando la cornice richiudersi mentre Trevor entrava.

«Signorina D'Angelo, posso prendere le sue valigie?» chiese Trevor.

«C'è un armadio per la biancheria nel corridoio con dei bagagli già pronti. Standard, a mano e da viaggio, pronti per l'uso. Prendeteli tutti, per favore» rispose senza alzare lo sguardo, afferrando una coperta e un peluche dalla culla.

«Posso portare qualcosa per il bambino?» chiese Stan, sorpreso dalla sua efficienza e sentendosi di troppo a stare lì. Odiava sentirsi inutile.

Jenny scosse la testa, senza guardarlo. «Devo solo cambiarlo».

«Hai bisogno di aiuto?»

Lei scosse di nuovo la testa e incontrò i suoi occhi per un attimo fugace prima di distogliere lo sguardo. «Grazie, ho perfezionato il ruolo di genitore single» disse, con una strana sfumatura nella voce, poi prese un pannolino e si ritirò nel bagno.

Stan aspettò vicino alle scale, cercando di scrollarsi di dosso la sensazione scatenata dalle sue ultime parole. Il modo in cui lei aveva sostenuto il suo sguardo per quel breve secondo. Forse vi stava leggendo troppo dentro, ma gli era sembrato un attacco. Qualcosa di personale. Contro di lui.

Jenny si preparò in pochi minuti. Trevor aveva già trasferito le sue valigie nel furgone e messo al sicuro il seggiolino pronto nell'armadio accanto alla sua pila di effetti personali da portare con sé. Michael stava liberando il perimetro, non che fosse necessario, visto che quella sera erano *loro* gli intrusi, ma Stan ne apprezzò la scrupolosità. Il protocollo e tutto il resto.

«Quand'è stata l'ultima volta che l'hai sentito?» chiese Stan chiese nell'atrio, dopo aver sistemato le altre questioni spiacevoli.

Lei strinse più forte il figlio che era un maschietto, gliel'aveva chiesto lui stesso poco prima. «Ho provato a chiamarti» disse Jenny, invece di rispondere alla sua domanda.

Dentro di sé, Stan si sentì vacillare. Sì, aveva bloccato il suo numero. All'epoca, aveva pensato di farlo per il bene di entrambi.

«Quando lo hai sentito l'ultima volta?» ripeté, ignorando la sua confessione.

Lei alzò le spalle. Sembrava stanca. Bella, ma stanca.

«Jenny?»

Lei trasalì. Non aveva intenzione di alzare la voce. Gianni aveva ragione: i postumi della convivenza con un idiota di prima categoria. Dopo che Stan era venuto a conoscenza di qualche dettaglio in più sulla sua vita con John, non riusciva a credere che fosse tornata da lui. Tanto meno che avessero avuto un figlio insieme.

Jenny non aveva mai accennato a nulla di tutto ciò quando stavano insieme, si era tenuta tutto dentro. Come una rana nell'acqua, che si adegua all'aumento della temperatura finché non è troppo tardi, le difese di Jenny erano state smantellate con abilità. Per quanto fosse intelligente, l'arte della manipolazione era comunque al di là della sua comprensione. Non se ne sarebbe mai accorta.

Stan riusciva a capire come fosse successo. Avrebbe solo voluto che non le fosse mai capitato.

Quando la casa fu dichiarata libera, Trevor aprì la porta e Stan posò una mano sulla schiena di Jenny per accompagnarla fuori. Lei tremava visibilmente. All'altezza del furgone, si girò, con gli occhi spalancati, quando si rese conto che sarebbe stato lui a tenere in braccio il bambino mentre lei saliva all'interno.

«Ti assicuro» disse lui, «che so come tenere un bambino».

Lei gli rivolse uno sguardo stranissimo mentre gli porgeva il piccolo, come se quel momento potesse avere conseguenze sconvolgenti. Poi, afferrò la maniglia, salì sul predellino e all'improvviso scivolò e cadde all'indietro. Il braccio libero di Stan scattò immediatamente tirandola a sé, nel posto dove Jenny si sentiva sicura. Di riflesso, lui la strinse ancora di più. Con il cuore che batteva all'impazzata, Jenny in un braccio e il bambino nell'altro, non riusciva a credere nell'assurda ironia della sorte. Perché... *perché* doveva ritrovarsi a tenerla di nuovo fra le braccia?

Una punizione per i loro peccati, suppose.

Lui se lo meritava e anche lei, ovviamente, l'aveva pagata cara.

«Va tutto bene?» le chiese dolcemente all'orecchio.

Lei annuì con un cenno veloce e questa volta, quando rimise il piede sul predellino, Trevor la aiutò a salire dall'interno del veicolo. Non appena si sedette, fece per prendere il suo bambino e Stan glielo porse delicatamente. Quel semplice gesto, così piccolo ma così intimo, riportò Stan a un'immagine che aveva cercato di cancellare: Jenny che coccolava un bambino sul lungomare una mattina durante le loro vorticose settimane a Palm Beach. Era rimasto colpito da quella visione. Gli sarebbe piaciuto creare una famiglia con lei. Quando aveva dovuto accantonare quelle fantasie, per lui era stato un colpo quasi fatale.

Per il resto del viaggio, Jenny fissò fuori dal finestrino, senza guardarlo. Lui lo sapeva benissimo perché aveva difficoltà a distogliere lo sguardo dalla sua presenza. In effetti, l'aveva osservata finché non si era addormentata. Dormendo, sembrava quasi tranquilla, una gradita tregua al disprezzo persistente che aveva visto nei suoi occhi quando era sveglia.

Giunti poco dopo all'aeroporto privato, però, Jenny si svegliò di soprassalto con un sussulto, gli occhi che saettavano all'interno del veicolo per valutare l'ambiente circostante prima di calmarsi. Stan rimase a bocca aperta per la rapidità e la completezza con cui si era ripresa dal risveglio nel panico, quasi come se si fosse esercitata a farlo. Gli venne da chiedersi se quel tipo di risveglio fosse un evento normale per lei. Improvvisamente, averla con sé alla tenuta gli sembrò un'ottima idea.

Il pilota era pronto e non ci volle molto prima che fossero autorizzati al decollo. Stan si sedette di fronte a Jenny all'interno della cabina, facendo del suo meglio per non fissarla, anche se non ci riuscì del tutto. Dentro di sé era un vero e proprio relitto. Sentiva ancora l'odore dei capelli di lei, il profumo dello shampoo e del balsamo di quando l'aveva stretta a sé.

«Non voglio andare da mio padre» disse Jenny bruscamente, mentre percorrevano la pista di decollo.

«Sei fortunata» rispose disse Stan, nascondendo un sorriso. Almeno poteva darle una buona notizia. «Mi è stato ordinato di portarti alla tenuta dei Montgomery».

Lei non disse nulla.

Una volta che il pilota annunciò che avevano raggiunto

l'altitudine di crociera, Jenny prese il bambino dal suo seggiolino e si occupò di nutrirlo e cambiarlo sulla poltrona vicina alla cucina. Stan si alzò quando lei tornò al suo posto e le tese le mani per prendere il bambino mentre si metteva comoda. Questa volta la sua esitazione fu meno pronunciata, anche se non passò inosservata.

Dopo che si fu sistemata, Stan le inclinò il sedile fino a farlo reclinare quasi completamente, accoccolò il bambino accanto a lei e li coprì entrambi con una coperta.

Poi la guardò dormire.

Cercò di non farlo, ma non poteva farne a meno.

Non se ne saziava mai.

4

In viaggio verso Southampton
New York

Jenny era stanca, confusa e, onestamente, del tutto insicura dei suoi sentimenti. Non era di certo il tipo di incontro che aveva immaginato l'anno scorso. Cavolo, come erano cambiate le cose. Stan, l'uomo di cui si era innamorata perdutamente, l'uomo che aveva sempre amato, l'aveva abbandonata nel momento del bisogno e l'aveva spinta a dubitare della sua ritrovata indipendenza e della fiducia in erba che aveva appena iniziato a riacquistare; oltre che a chiedersi se potesse ancora fidarsi del suo intuito.

Quando si erano lasciati dopo quelle due settimane perfette, Jenny era tornata a casa per dire a John che avrebbe dovuto firmare i documenti. Che non era più disposta a giocare e che non si preoccupava più delle apparenze. La loro relazione era finita. Aveva pagato il suo debito e scontato la sua pena. Non si sarebbe più fatta prendere in giro da nessuno. E non sarebbe mai più tornata indietro. Mai.

Non le importava fare bella figura con la famiglia. Le

apparenze erano solo questo, apparenze. Sapeva che i Monroe, con la loro illustre discendenza storica, avrebbero trovato un'adeguata sostituta. Naturalmente, a volte sentiva la loro mancanza; Jenny aveva un cuore grande e generoso, ma come spesso accade nelle relazioni familiari allargate, c'erano stati alti e bassi.

Onestamente, in base a come John si era comportato nei pochi anni precedenti il divorzio, non era nemmeno più sicura di piacergli. L'aveva amata, e lo credeva davvero, ma le era sembrato un affetto più simile a quello che si prova per un membro della famiglia o per un animale domestico. Dovuto. Protettivo.

Riflettendoci meglio, si era convinta che il resto fosse stata solo una questione di immagine. Quanto stava bene al suo fianco, quanto bene parlava e rappresentava la famiglia. Senza però fare davvero parte di loro. Solo apparenza sociale. In qualche modo, Jenny si era trovata anche a *non* intraprendere la carriera che aveva sempre immaginato per sé. Non era la prima volta che si chiedeva se John si sentisse minacciato dal suo talento come avvocato. Era sempre stato competitivo. La ragazza, la reputazione, il conto in banca. A distanza, Jenny riusciva a vederlo per l'egoista che era.

Si chiedeva anche se, ai tempi dell'università, il fatto di aver insistito, *ovvero di averle fatto la proposta*, fosse stato più un gioco di potere nei confronti di Stan che un vero e proprio desiderio di John. La sua vittoria contro la sconfitta di Stan. Se così fosse, aveva funzionato. Lei e John si erano sposati subito dopo la laurea e da allora non aveva più avuto notizie di Stan. Con la testa sepolta sotto la sabbia per così tanto tempo, nel corso degli anni successivi, alcuni aspetti del loro matrimonio erano lentamente diventati normali e purtroppo scioccanti. Anche per lei. I paraocchi avevano cominciato a cadere solo quando era andata a trovare sua nonna ricoverata in un ospizio. Era stato due anni prima, subito dopo che i medici avevano informato la famiglia che il tempo della nonna era oramai agli sgoccioli.

John non aveva potuto accompagnarla, il che si era rivelato significativo viste le rivelazioni che erano seguite. Durante il viaggio in aereo, Jenny si era resa conto con stupore che era il primo viaggio che faceva da sola da quando si erano messi insieme. In effetti, nelle occasioni in cui lui non poteva partire, lei aveva rimandato i suoi piani di viaggio fino a quando lui non fosse riuscito ad accompagnarla.

A parte le circostanze terribili, tornare a casa era stata proprio la pausa di cui aveva bisogno. All'inizio si era sentita un po' nervosa all'idea di viaggiare da sola, il che era davvero ridicolo; dopotutto era una donna adulta e aveva viaggiato per tutta la vita. Ma John era diventato una sorta di organizzatore. Ripensandoci, era stato lui a decidere ogni aspetto della sua vita, e non era più il partner allegro e amante del divertimento che aveva finto di essere. Eppure lei aveva mentito a sé stessa per così tanto tempo che era stato difficile smontare l'illusione che aveva creato nella sua testa, un meccanismo di difesa.

Jenny ricordava di essersi sentita più leggera nel momento in cui il taxi l'aveva prelevata per portarla all'aeroporto, e ancora di più durante il viaggio in aereo verso casa. Quando era entrata a casa dei suoi genitori, era stata travolta da un'ondata di nostalgia e calore. Era come se avesse ritrovato un nuovo equilibrio, o forse un equilibrio più solido. Per la prima volta dopo anni, era tornata la figlia e la sorella che era sempre stata. Che strano aver perso la propria essenza per così tanto tempo. Meravigliata da quanto fosse bello essere *sé stessa*, Jenny si era chiesta come fosse potuto accadere, e aveva capito che l'unica differenza tra la vecchia Jenny e quella nuova, era John.

Poco tempo dopo, quando era entrata nella stanza della nonna, stringendo la mano della sorella Marisa, aveva quasi sentito un macigno caderle addosso. La presenza della nonna aveva sollevato il velo che le nascondeva la verità. La chiarezza aveva iniziato a farsi strada in lei. Almeno in parte. Le si era accesa una lampadina e tutte le cose che aveva messo da parte, che aveva ignorato, giustificato o nascosto, erano improvvisamente diventate lampanti.

Non le piccole cose. Non si trattava di malintesi. E nemmeno sentimenti feriti. Quelli erano aspetti normali, destinati ad accadere in una relazione. Jenny si era resa conto che i suoi problemi coniugali erano più radicati e, a tratti, più insidiosi. Lentamente, nel corso della loro relazione, John aveva iniziato a controllare tutto ciò che faceva, le persone che vedeva, persino i libri che leggeva e gli spettacoli televisivi che guardava. Era passata da una donna che amava uscire e stare in mezzo alla gente a una persona che... non lo faceva. Da una persona che aveva una sua opinione e lottava per ciò in cui credeva a, beh, una creatura totalmente passiva.

Non aveva mai riflettuto sui piccoli cambiamenti di John nel corso degli anni. Su quei piccoli cambiamenti che *lui* aveva indotto in lei. Una volta sommati, gli effetti erano risultati sconvolgenti. Era il mondo di Jenny secondo Jonathan Bennet Monroe, e lei non se ne era mai accorta.

La scoperta era umiliante e spaventosa.

Naturalmente, era accaduta proprio in presenza di sua nonna, una delle persone più sagge che Jenny avesse mai conosciuto. Nonnina, come la chiamavano, aveva l'abitudine di seminare consigli. Perle di saggezza per indirizzare i suoi figli e nipoti sulla retta via. Era triste che, a parte qualche telefonata o le celebrazioni formali della famiglia, avesse tagliato fuori dalla sua vita la sua nonnina. Aveva proprio escluso tutti e Jenny aveva capito in quel momento di essersi persa troppo. Tutto il tempo che avrebbe potuto trascorrere con la sua nonnina e con la sua famiglia, era oramai andato.

Si era seduta sulla sponda del letto, sbalordita. Da un lato si chiedeva perché ci avesse messo tanto tempo, dall'altro sapeva che il tempismo era tutto. Non se ne sarebbe accorta o non avrebbe potuto accorgersene prima.

John era rimasto bloccato a casa per una questione

lavorativa, così Jenny aveva avuto la possibilità di rimanere da sola per più di una settimana. Ancora una volta, qualcosa di apparentemente insignificante come l'essere da sola, aveva giocato un ruolo fondamentale su quanto sarebbe successo dopo. Un impatto impossibile da minimizzare.

Aveva osservato le dinamiche familiari con occhi diversi. Suo padre sempre in cucina a preparare caffè fresco e a mandarla via per godersi un po' di tempo da sola con Marisa. Gli abbracci affettuosi, le carezze e le risate. Il sostegno anche per le minime cose, anche per quelle ridicole e sciocche, come quando Marisa era arrivata con delle rose che aveva tagliato dal giardino e suo padre si era comportato come se avesse inventato un nuovo fiore. Santo cielo, cosa si era persa. Anche se sua madre era ormai morta, tutto quell'amore e quell'affetto avevano continuato a prosperare. Stare lì con lui e Marisa le sembrava una cosa giusta.

Jenny aveva dato un addio straziante alla nonna. L'ironia della perdita della sua nonnina e del ritrovamento di sé stessa non le era sfuggita. Era come se la nonna le avesse fatto un enorme regalo d'addio nei suoi ultimi giorni e Jenny aveva deciso che non l'avrebbe reso vano.

Quando John era arrivato in aereo per il funerale, Jenny aveva percepito il cambiamento. Dentro di sé, era un fascio di nervi. Era stata pervasa dall'ansia, e si era resa conto che era diventata la normalità nel corso degli anni passati con John. Rispetto alla serenità e alla rilassatezza della settimana appena trascorsa con la sua famiglia, anche di fronte all'imminente perdita della nonna, la stretta improvvisa allo stomaco al riapparire di John era stata quasi una morsa. Improvvisamente, si era trovata a cercare di controllare ogni suo comportamento per adattarsi a lui, per minimizzare qualsiasi reazione negativa da parte sua. Vedere e sentire la causa evidente del suo malessere era stato sconvolgente. E il denominatore comune era soltanto uno: John.

I sospetti di Jenny, le motivazioni per cui aveva vissuto nella negazione per così tanto tempo, erano state improvvisamente impossibili da ignorare. Quando la situazione si era palesata davanti i suoi occhi, aveva dovuto fare qualcosa.

Non volendo continuare a vivere in quel modo, aveva iniziato a pensare esclusivamente a costruirsi una nuova vita. Una nuova vita e un nuovo inizio. Una vita che comprendesse la sua famiglia, ma non John.

Pochi giorni dopo, in occasione della liquidazione del patrimonio della nonna, Jenny aveva scoperto quanto le era stato lasciato. Aveva sorpreso sé stessa aprendo un nuovo conto corrente bancario solo a suo nome e facendovi trasferire i fondi. Questo era stato il primo passo.

John aveva scambiato il suo silenzio per dolore, il che le andava benissimo. Così, pochi minuti dopo essere entrata in casa e con la nonna sempre in testa, Jenny gli aveva detto che aveva bisogno di spazio, per il bene di entrambi. Ci erano voluti alcuni secondi per trovare il coraggio di chiarire, ma quando l'aveva fatto, gli aveva detto francamente che non voleva più essere sua moglie. Il suo posto non era con lui. Forse non lo era mai stato. Ma il punto era che si stava riprendendo la sua vita.

John aveva pensato che stesse scherzando, ma lei era stata molto seria e aveva chiesto rapidamente il divorzio. Mentre Jenny aveva goduto di un'esplosione di rinnovata fiducia e libertà nei mesi successivi, John aveva fatto del suo meglio per prendere tempo, per far sì che le cose si trascinassero più a lungo del necessario e, in generale, per renderle difficili.

Alla fine, con solo le firme da apporre sui documenti definitivi e una data in tribunale per rendere il tutto ufficiale, Jenny se ne era andata. Si era presa tutto il mese di marzo e gli aveva detto che sarebbe tornata il giorno prima della loro comparizione in tribunale, il primo aprile.

Stanca ma speranzosa di potersi finalmente lasciare alle spalle il capitolo John, Jenny si era registrata in uno dei suoi alberghi preferiti a Palm Beach, un posto che aveva frequentato con la nonna quando era più giovane.

Una settimana dopo, si era imbattuta nelle braccia di Stan.

Quando era tornata a casa dopo quel viaggio memorabile, aveva aspettato John davanti al bancone della cucina. Ricordava in modo vivido di aver fissato la porta che conduceva al garage, guardando John che la attraversava.

Avrebbe dovuto sapere che non si sarebbe arreso. Con John non era mai semplice. Aveva un'argomentazione per qualsiasi cosa andasse contro i suoi piani, un programma per ciò che gli andava bene e una storia per giustificarsi. L'aveva sminuita con quella tattica tipica della loro relazione, e lei non era mai stata in grado di vederla per la manipolazione che era. L'aveva educata a credere di essere superiore, che il suo punto di vista fosse sempre quello corretto, ma lei aveva acquisito una nuova prospettiva.

Rivedendolo per la prima volta, aveva notato un luccichio nei suoi occhi. Non era un buon segno. Almeno non per lei. Aveva gettato un fascicolo sul tavolo e le aveva detto che l'aveva fatta seguire, che aveva avuto la conferma dei suoi sospetti sul fatto che avesse trascorso il suo tempo fuori casa con un altro uomo. Ovviamente sapeva chi era, ma non aveva detto il suo nome.

Non che questo avesse più importanza; mancavano solo una firma e un giudice per giungere alla fine. E benché non fosse stata sua intenzione, Jenny era sicura al cento per cento che se avesse incontrato un uomo diverso da Stan, avrebbe trascorso le sue settimane a Palm Beach beatamente in solitudine. Ma dal primo momento in cui si erano scontrati su quel viale, con le grandi mani di lui che la stringevano, era già troppo tardi.

Era come se il destino fosse intervenuto e avesse detto *Ecco qua, Jenny D'Angelo. La tua vita con John è terminata e l'incontro con Stan e le due settimane successive lo confermeranno.*

Jenny era consapevole che a John doveva aver dato molto sui nervi il fatto che si trattasse proprio di Stan. Non gli era mai bastato che lei l'avesse scelto ai tempi della scuola; Stan era sempre stato il suo punto debole.

Era tornata a casa da Palm Beach sicura, certa che sarebbe

finita. Finalmente in grado di andare avanti con la sua vita. Ma ecco John, che ancora una volta stava manovrando per vincere.

L'aveva minacciata.

Aveva minacciato Stan.

Aveva minacciato suo padre e Marisa.

Santo cielo, aveva messo a repentaglio la sua vita e macchiato l'unica cosa che riteneva sacra. E che Dio la perdonasse, *nonnina perdonala!* aveva vacillato.

Proprio quando pensava di avere fra le mani il potere di andare avanti, un conto in banca, una nuova chiarezza e il vero amore nella sua vita, John aveva preso di nuovo il sopravvento. Lo shock, la paura e la sensazione che John avrebbe messo in pratica le sue minacce avevano fatto restare Jenny in silenzio. Quella notte la passò cercando di capire come uscire dalla situazione in cui si era infilata.

Il giorno dopo, quando John aveva insistito perché andassero insieme in tribunale, aveva avuto quella sensazione istintiva che si dovrebbe sempre ascoltare. Quella in cui, se le tue viscere ti urlano CORRI, anche se ti fa sembrare una persona meschina, allora tu devi CORRERE! *Non lasciare che ti convinca a salire in macchina, a nessun costo.*

Aveva avuto quella sensazione non appena John l'aveva accompagnata fuori, lungo il vialetto. Le era bastato uno sguardo alla macchina e aveva capito che non ci doveva salire. Lui aveva tenuto la portiera aperta e lei aveva sbattuto le mani contro il telaio della vettura, con forza per evitare di entrare. Un secondo dopo, John l'aveva sopraffatta e costretta a salire, sbattendo la portiera dietro di sé. Quando aveva cercato di uscire, si era resa conto che lui l'aveva bloccata. Mentre usciva dal vialetto verso una destinazione sconosciuta, si era scatenata una discussione violenta, soprattutto da parte sua, visto che lui non aveva parlato o ascoltato molto. Ma aveva capito che il suo terrore lo eccitava, una cosa disgustosa e al tempo stesso sconcertante.

John si era già comportato in quel modo in alcune

occasioni, ma fino a quel momento non aveva mai capito quanto fosse veramente malvagio. Quella consapevolezza era stata il suo ultimo pensiero prima dell'impatto.

Quando si era svegliata in ospedale, John era seduto sulla sedia accanto al suo letto. Le aveva detto che c'era stato "un incidente", il che aveva provocato a Jenny una sensazione di nausea: sapeva che era stato intenzionale. Ricordava ancora i dolori e le fitte che aveva provato quando aveva cercato di alzarsi. Era stato un miracolo che non si fosse ferita gravemente: qualche livido e una potenziale commozione cerebrale che non si era poi concretizzata erano le uniche conseguenze. Eppure, John aveva quello sguardo minaccioso, quello del tipo "te la faccio pagare". E in effetti, gliel'aveva "fatta pagare". Il loro appuntamento in tribunale era stato rimandato e lui le aveva sottratto il cellulare. Era stata tentata di chiamare la polizia, ma alla luce di ciò che le aveva fatto e delle minacce che aveva rivolto alla sua famiglia e a Stan, alla fine aveva deciso di non farlo.

Non aveva mai detto una parola su quello che era successo. A nessuno. Naturalmente, John aveva finto di essere dispiaciuto e a un certo punto, il giorno dopo, quasi come se fosse stata una messa in scena, era salito sul letto accanto a lei, coccolandola e baciandola. Lei era rimasta sbalordita e disgustata e, sebbene avesse ancora la testa un po' annebbiata, gli aveva detto di togliersi di dosso, respingendolo come meglio aveva potuto.

L'intera faccenda era stata inquietante. Per tutto il giorno e la notte in cui era stata tenuta in osservazione, Jenny era rimasta senza telefono, e sapeva che John sicuramente stava controllando ogni dettaglio, violando la sua privacy.

La prima cosa che aveva fatto dopo essere stata dimessa e aver messo le mani sul telefono era stata chiamare Stan. Nonostante avessero deciso di rimanere distanti fino alla firma dei documenti per il divorzio, dopo tutto quello che era successo con John e la dubbia natura del loro incidente, aveva bisogno di avvertirlo. Voleva anche sentire la sua voce. L'aveva sempre fatta sentire al sicuro. *Lui* l'aveva fatta sentire al sicuro, cosa che non aveva più provato da quando era tornata per concludere il divorzio. Ma la chiamata era finita direttamente nella segreteria telefonica, così come le cinque successive. E le chiamate del giorno dopo. Ben presto, nemmeno sentire la sua voce nella segreteria telefonica la confortava più.

Sentendosi ferita, confusa e abbandonata, Jenny aveva impiegato una settimana per ricordare a sé stessa che aveva intenzione di lasciare John prima che Stan rientrasse nella sua vita. Che non aveva bisogno di lui per portare avanti quel piano. Non era sicura se John sperasse che lei cambiasse idea e non andasse avanti con il divorzio, o se avesse semplicemente voluto giocare con lei il più a lungo possibile. La teneva sulle spine, uno dei suoi passatempi preferiti. Ma considerando che le sue tattiche erano passate dalle minacce alla violenza vera e propria, e piuttosto che offrirgli ulteriori incentivi o ulteriori opportunità, aveva pensato che fosse meglio andarsene alla svelta. Così si era registrata in un albergo sotto falso nome.

Aveva chiamato suo padre edulcorando la situazione e limitandosi a dirgli che le pratiche erano state rimandate all'ultimo momento e che ci sarebbe voluto un altro mese per la conclusione. Jenny intanto aveva continuato a lasciare messaggi vocali ed SMS a Stan, ma lui non aveva mai risposto. Nemmeno una volta. Era difficile fingere di non essere stata ferita; in realtà, era distrutta. Si era chiesta se si fosse immaginata tutto nella sua testa: che lui fosse una persona eccezionale. Dopotutto si era inventata delle storie su John, quindi non sarebbe poi stato tanto strano.

Poi aveva scoperto di essere incinta.

Jenny non andava a letto con John da mesi, quindi non c'era dubbio che fosse di Stan. Stan era fuori dai giochi, ormai l'aveva accettato, ma questo non aveva cambiato il suo desiderio di avere quel bambino. Decise dunque di occuparsene da sola.

A posteriori, c'era qualcosa di gratificante nell'essere costretta a comportarsi da adulta e a fare qualcosa di così maturo, come prendersi la responsabilità delle proprie azioni.

Tutte le proprie azioni. E allo stesso tempo assicurarsi che lei, il suo bambino non ancora nato e i suoi cari fossero al sicuro. Aveva imparato a proteggersi, aveva creato un piano d'azione nel caso in cui fosse accaduto qualcosa di inaspettato. Aveva giurato che non si sarebbe mai più fatta trovare impreparata. E anche se John non l'aveva più disturbata, sapeva che non poteva fidarsi. Mai. Non alla luce di ciò che aveva fatto.

Così, mentre prima era stato John a tenerla rinchiusa, quell'ultimo anno di isolamento era stato una sua decisione. Suo padre e Marisa erano gli unici a sapere dove si trovasse a Palm Beach, un luogo intriso dei ricordi del periodo trascorso lì con Stan, ma anche legato alla storia della sua famiglia. Soprattutto della sua nonnina. Marisa e suo padre erano venuti a trovarla per la nascita di Hayden e si sentivano di continuo, ma Jenny non era ancora pronta a tornare a casa, nonostante entrambi glielo chiedessero spesso. Nella sua mente, si era data tempo fino al primo compleanno di Hayden. Allora si sarebbe sentita sicura e sarebbe andata avanti con la sua vita, e forse sarebbe anche tornata a casa.

Spesso, soprattutto prima della nascita di Hayden, si era sentita sola, ma si era impegnata a fondo per allontanare tutti, sia per proteggerli, sia perché i suoi vecchi schemi comportamentali erano riaffiorati, facendole credere di meritare la solitudine come punizione. Spesso sentiva la voce di John nella sua testa: «Sai, Jen, te la sei cercata, come sempre». Si era abituata a essere emarginata, a essere sempre quella da biasimare, e ovviamente aveva delle ferite profonde ancora aperte. Quella più recente, l'abbandono di Stan, aveva peggiorato la situazione.

Un paio di mesi dopo la nascita di Hayden, suo padre le aveva inviato per e-mail alcuni articoli che mettevano in evidenza la relazione tra Amanda Marceau e Alexander Montgomery. A quel punto, Jenny gli aveva raccontato di Stan e delle settimane trascorse a Palm Beach, più per rassicurarlo del fatto che Hayden non era in alcun modo legato a John. Quando aveva visto gli articoli per la prima volta, era stata immediatamente riportata al giorno in cui il suo divorzio era diventato definitivo, ricordando come, quando si era girata per lasciare l'aula, John le avesse consegnato un fascicolo e avesse sussurrato: «Ti ha usata, Jen».

Jenny non era sicura di cosa stesse parlando, ma in quel momento non aveva voluto dargli la soddisfazione di una reazione. Invece, si era limitata a fissarlo e a infilare il fascicolo sotto il braccio, concentrandosi sul rumore dei tacchi sul pavimento di marmo mentre usciva, allontanandosi da lui. Era uscita dal tribunale a testa alta, gettando di proposito la borsa con il fascicolo nel bagagliaio. *Beccati questo, verme arrogante.*

Era stata una grande performance, ma non appena era tornata nella sua stanza d'albergo, da sola, aveva aperto il fascicolo. C'erano decine di foto, vari scatti di Stan che abbracciava Amanda Marceau in modo protettivo, con una mano alzata per allontanare i paparazzi. In alcune, c'era addirittura una bambina aggrappata alla sua gamba e anche Samantha era presente.

Le ci era voluto molto tempo per smettere di vedere quell'immagine nella sua testa. Il dolore la trafiggeva ancora ogni qualvolta pensava a Stan che stringeva fra le braccia un'altra donna in modo così protettivo. Come un'incudine sul petto, quel peso era quasi insostenibile.

«Quindi, ora *cosa* dovrei fare, papà?» gli aveva chiesto, sentendosi onestamente un po' sulla difensiva e scoraggiata dall'intera faccenda.

«Ascolta, Jenny. C'è qualcosa che non mi convince. Stan è un ragazzo onesto al cento per cento. È un uomo. Un vero uomo». Jenny aveva alzato gli occhi al cielo, pensando: *Certo, i veri uomini spariscono sempre nel nulla con le donne che dicono di amare.* Prima che potesse esprimere il suo pensiero, però, suo padre aveva continuato. «L'ho capito quando ha iniziato a farsi vivo anni fa, e lo sapeva anche la nonna. Andrò fino in fondo a questa storia, tesoro. Lo giuro».

Ma suo padre non era mai arrivato in fondo a nulla. Stan era scomparso con Amanda Marceau e Samantha Gilchrist, e fra loro era finita. Finita.

Dopo di allora, indurire il suo cuore contro Stan era diventata una tattica di sopravvivenza, e una parte di essa consisteva nel rifiutarsi di immaginare che lui prendesse in braccio il loro bambino. E ora eccola qui, bloccata in un incubo da sveglia, mentre guardava Stan tenere il loro bambino! Era una tortura e aveva capito che lui aveva notato la sua reazione. Onestamente, non poteva farci niente. L'uomo con cui un tempo aveva sognato di condividere la sua vita, l'uomo che l'aveva messa incinta, teneva in braccio loro figlio per la prima volta. E non ne aveva idea.

Si era preso molta cura di Hayden quando erano passati dal SUV all'aereo. Ma quello era Stan, almeno la parte buona di lui, cortese e coscienzioso fino all'inverosimile. Tutte le volte che si era occupato di lei, al college, l'anno precedente a Palm Beach e alle Keys, la sua attenzione ai dettagli era qualcosa di unico. A dire il vero, era sempre stato così, anche all'università. Sempre un passo avanti, sapendo esattamente cosa fare, cosa dire, cosa lei desiderava e di cui aveva bisogno.

Forse era proprio quello che l'aveva spinta fra le braccia di John, tempo addietro. La troppa sicurezza di Stan era stata travolgente. Tuttavia, Jenny si chiedeva ancora come avesse fatto a sbagliarsi così tanto su di lui. Stan era sempre stato l'uomo perfetto e straordinario che aveva immaginato e aveva vissuto di quelle fantasie per così tanto tempo che la verità era stata scioccante e dolorosa.

Pensava di aver eretto un solido muro d'acciaio intorno al suo cuore per quanto riguardava Stan, ma lui era appena tornato nella sua vita e già le rendeva difficile mantenere il distacco. Sentire la sua mano calda sulla schiena, quando erano usciti di casa, e le sue braccia forti che avevano stretto lei e il figlio quando aveva perso l'equilibrio le avevano fatto ricordare, con dolore, quanto le erano mancate quelle sensazioni. Quanto le era mancato *lui*. Avrebbe voluto che lui non la toccasse, anche se era affamata di contatto umano al di fuori di Hayden.

Varcarono i cancelli della tenuta dei Montgomery proprio mentre il sole stava sorgendo. Suo padre l'aveva informata, via messaggio, su chi fossero i Montgomery e su ciò che aveva chiesto loro di fare. Aveva gongolato un po' per il fatto di aver avuto ragione sul fatto che Amanda Marceau e Alexander Montgomery *fossero* una cosa sola. In effetti, le aveva scritto, si erano sposati da poche ore. Quando le foto erano diventate virali, suo padre aveva chiamato la Calder Defense, la società di sicurezza di Alexander Montgomery. Non aveva detto come aveva fatto a raggiungere il proprietario, ma aveva chiarito che il suo isolamento autoimposto era terminato, con effetto immediato. Anche Marisa, in viaggio per lavoro, aveva inviato un messaggio che confermava tutto ciò che il padre aveva detto. Soprattutto la parte relativa alla fine dell'isolamento autoimposto.

Le era stato assicurato che era tra "amici", qualunque cosa significasse in quel momento, e che avrebbe dovuto prendersi tutto il tempo necessario per rilassarsi. Naturalmente, non aveva potuto fare a meno di precisare che Stan *lavorava* per i Montgomery e non aveva mai avuto una relazione sentimentale con Amanda. Era un'ottima notizia, davvero, ma per Jenny era comunque troppo poco e troppo tardi, e non cambiava il fatto che lui l'avesse lasciata.

Con suo grande disappunto, fu di nuovo Stan ad aiutarla a scendere dal furgone. Ogni volta che lui la toccava, ogni volta che le toglieva delicatamente Hayden dalle braccia, per lei diventava sempre più difficile mantenere la calma. Dopo tutto quel tempo, vedere il loro figlio annidato nell'incavo del collo di suo padre le dava praticamente alla testa. Quando lui le restituì il bambino, ci fu un attimo di silenzio. I suoi occhi, senza parlare, sembravano chiederle se stava bene. Erano faccia a faccia sul vialetto lastricato di pietre. Lei annuì con un cenno sommesso, nonostante fosse palesemente in difficoltà.

Una volta entrati, non furono il sontuoso atrio di marmo a due piani e lo scalone monumentale a sorprenderla di più; la sorpresa fu Sam, vestita con un bel pigiama orlato di pizzo e una vestaglia abbinata, seduta su uno degli ampi gradini rivestiti di tappeti. Aveva la testa appoggiata tra le mani sul gradino sovrastante ed era profondamente addormentata. Un uomo incredibilmente affascinante, dai capelli scuri, in un abbigliamento da camera altrettanto lussuoso, era seduto di fronte alla porta accanto a lei, e li osservava con attenzione. Jenny osservò l'uomo chinarsi e scuotere delicatamente l'amica e sussurrarle qualcosa. Immediatamente Sam balzò in piedi e l'uomo si premurò di avvolgerle le spalle con le mani, sorreggendola per evitare che inciampasse e cadesse giù per le scale.

«Jen» sussurrò Sam. «Oh, mio Dio. Sono così felice di vederti».

Jenny non sapeva bene cosa dire. In verità, era un po' stordita, non solo per aver visto Sam per la prima volta dopo anni, ma per l'insieme degli eventi della notte. E forse anche per tutto quello che era successo negli ultimi quindici mesi. Di certo, il fatto che fosse in difficoltà non era una grande sorpresa.

Sam scosse la testa, allungando la mano. «Qualsiasi cosa lui abbia detto... non era vera... Qualsiasi cosa ti abbia fatto... la affronteremo. Mi dispiace tanto che non ci siamo più sentite». Sam lanciò un'occhiata a Stan prima di aggiungere: «È stato inevitabile».

Jenny rimase in silenzio. Non si passa dall'essere diffidenti alla fiducia in un istante. Lo aveva imparato a sue spese. In realtà, l'aveva imparato proprio da Sam.

«Maschio o femmina?» chiese Sam, optando per un nuovo argomento. Intelligente.

«Maschio». La risposta fu facile.

Sam sorrise. Era così bella quando sorrideva. Per il resto era tremendamente seria. Chi non l'avesse conosciuta, avrebbe potuto pensare che fosse dura come una roccia.

«Come si chiama?» chiese Sam, allungando una mano per toccarlo delicatamente.

«Hayden». Jenny era troppo stanca per pensare a quello che stava dicendo e si rese conto troppo tardi del suo errore quando la testa di Stan si girò di scatto. Il suo sguardo si posò sul suo mentre si intrufolava nel loro piccolo cerchio, un po' troppo forzatamente, a giudicare dallo sguardo minaccioso del compagno di Sam.

«Hai chiamato tuo figlio come *mio* padre?» disse Stan con livore. «Dovevi proprio girare il coltello nella piaga?»

All'inizio Jenny si sentì offesa, ma poi capì che la sua idea sbagliata gli faceva comodo. «Per essere un uomo così intelligente e navigato, sei un idiota». Non fece altro che ringhiare le ultime parole stringendo ancora più forte Hayden. Circondata da estranei, confusa su Stan e particolarmente protettiva nei confronti di suo figlio, si stava comportando come una mamma orso sulla difensiva.

Il compagno di Sam le si parò davanti, bloccandole di fatto la vista di Stan. «Da qui in poi ci penso io» disse a Stan, con un accento britannico, vecchio stile ed elegante che la sorprese. Qualunque cosa si aspettasse, non era certo quella.

«Fatti da parte, Stephen» sbottò Stan.

«È stata una giornata terribilmente lunga, Stan. Oltre a un periodo insostenibile per tutti noi. Anche per la signorina D'Angelo».

Sebbene Stephen avesse ragione, dato che Jenny non l'aveva mai incontrato prima, era piuttosto strano sentirlo parlare di lei con tanta familiarità. Eppure c'era anche qualcosa di rassicurante nel modo in cui usava il suo nome: autoritario ma anche fraterno. Come se lei fosse già sotto l'ombrello protettivo dei Montgomery. E in fondo, lo era.

«*Allontanati*».

Jenny sentì la sfida nelle parole misurate di Stan e improvvisamente il testosterone illuminò l'intero atrio. *Oh, cavolo*. Si sarebbe potuto pensare che fosse scattato un allarme silenzioso, perché il loro quartetto si trasformò rapidamente in una folla. Una folla numerosa. Trevor e Michael, che li avevano accompagnati da Palm Beach, varcarono la porta d'ingresso nello stesso momento in cui altri due uomini si avvicinarono rapidamente da direzioni opposte: uno dal piano di sopra e l'altro da un corridoio alla sua sinistra.

«Poniamo fine a questa situazione. Adesso» disse l'uomo che stava scendendo le scale.

Quindi, ecco l'unico e il solo Alexander Montgomery. Aveva visto le sue foto. Di persona era ancora più bello e aveva una voce, una cadenza e un aspetto simili a quelli del fidanzato di Sam, Stephen. Non aveva alcun dubbio che si trattasse dei fratelli Montgomery.

«Benvenuta nella nostra casa, signorina D'Angelo. Sono Alexander Montgomery».

L'uomo che era arrivato dal corridoio strinse le spalle di Stan da dietro. Anche lui era terribilmente bello, il che sembrava essere un tema costante nella casa dei Montgomery. Il tizio sussurrò qualcosa all'orecchio di Stan, al quale lui rispose: «Stai indietro, Gregor». Cominciava a sembrare che Stan fosse bloccato in un loop.

«Suo padre ci raggiungerà per il brunch alle dieci, signorina D'Angelo» le spiegò Alexander. «Nel frattempo, riposiamoci tutti un po'».

A quel punto, sembrava che tutti avessero ricevuto le loro istruzioni.

Jenny lasciò che Sam le cingesse le spalle e la accompagnasse al piano di sopra, mentre l'uomo che Stan chiamava Gregor teneva le mani sulle spalle di Stan, trattenendolo visibilmente.

Salendo le scale, Jenny si voltò indietro e vide Gregor che trascinava Stan fuori dalla stanza. Lui continuava a fissarla con uno sguardo sprezzante.

Stupido. Che razza di stupido.

5

———

Southampton
New York

Stan stava tremando. *Proprio lui*. Tremava visibilmente. Si sentiva come un cane rabbioso, con i peli rizzati ovunque. Aveva chiamato suo figlio Hayden! Che faccia tosta! Quel nome spettava a *lui*!

Non aveva mai provato rabbia nei confronti di Jenny. Neanche una volta. Né ai tempi dell'università, quando lei aveva scelto John. Né dopo Palm Beach, quando lei l'aveva scelto di nuovo.

Ma ora la provava eccome. Aveva macchiato e profanato ciò che avevano condiviso. Dare al figlio avuto con John il nome di *suo* padre era l'affronto definitivo.

«Hai bisogno di dormire. E di un po' di chiarezza» disse Gregor, trattenendolo.

Quello di cui aveva bisogno era un sacco da boxe. E, come minimo, di un'ora di tempo.

Stan si scrollò finalmente di dosso la stretta di Gregor,

40

lanciando un'occhiata alle scale, anche se ora vide solo Michael a salirle, con l'ultima valigia di Jenny.

Mentre si dirigevano verso l'ala della casa riservata alla squadra, passando davanti alla stanza di Gregor, strategicamente posizionata per prima sulla destra, Stan si rese conto che Gregor lo stava in realtà accompagnando nella sua stanza.

Quell'ala della proprietà disponeva di sei camere da letto, una palestra, una sala giochi, un soggiorno e una cucina aperti. Luoghi simili a quelli di una classica famiglia, abbastanza grandi da accogliere la loro cerchia ristretta sulla costa.

Gregor lo fissò con uno sguardo severo e Stan dovette reprimere una risatina. Persino il carismatico e disinvolto Gregor aveva un lato mortalmente serio, e ci voleva un po' di tempo per abituarcisi.

«Tutto bene, amico?» gli chiese Gregor.

Stan si scrollò momentaneamente di dosso la rabbia e fece un brusco cenno a Gregor, scioccato dal suo stesso comportamento. «Sì. Grazie».

Stephen aveva avuto ragione. La notte precedente, prima che venisse dato l'ordine di salvare Jenny, era stata il culmine di un incarico terribilmente impegnativo durato quattordici mesi. Aveva iniziato a lavorare per Amanda un mese dopo la separazione da Jenny.

Al pensiero di Amanda, Stan scosse la testa, ricordando che Jenny aveva detto di aver pensato che lui e Amanda fossero, o fossero stati, una coppia. *«L'hai tenuta fra le tue braccia. Negli Hamptons».*

John. Che individuo spregevole. Certo che le aveva mostrato delle foto, senza dubbio scelte strategicamente per far sembrare che lui e Amanda avessero una relazione.

Stan ricordava bene l'estate precedente. Era stato molto impegnato, una manna del cielo tutto sommato, considerando quanto fosse distrutto dal fatto che lui e Jenny avessero chiuso. A quel punto, aveva fallito due volte con lei. Ma, avendo poco tempo per pensare ad altro oltre ad Amanda, Callie e Sam, alla fine era riuscito a mettere da parte i suoi sentimenti e a chiudere quella porta per sempre.

O almeno così aveva pensato. Vederla... starle vicino... era, nella migliore delle ipotesi, complicato.

Solo nella sua stanza, Stan gettò il portafogli e l'orologio nel cassetto sul comò fuori dal bagno, si fece una doccia e puntò la sveglia alle nove del mattino. Tre ore erano più che sufficienti. In passato se l'era cavata anche con meno. Inoltre, da quando erano arrivati Alex e Stephen, si era preso una pausa dall'intensità di essere sempre al comando, 24 ore su 24, 7 giorni su 7.

Non c'era niente di meglio che tornare subito al lavoro.

Peccato che la questione fosse fin troppo personale.

6

____

Palm Beach, Florida
quindici mesi prima

«Jenny?» Stan era completamente esterrefatto di essersi letteralmente imbattuto nella ragazza per cui aveva una cotta pazzesca ai tempi dell'università. Ma eccola lì, neanche a dirlo, proprio davanti a lui, *tra le sue braccia.*

«Stan» disse lei, fissandolo, con il suo stesso sguardo stupito.

«Cosa ci fai qui? Voglio dire, vivi in città adesso? Sei in vacanza? Sei...» balbettò. *Che idiota, cosa stai facendo?*

Jenny sorrise, chiuse i suoi begli occhi castani e scosse la testa, facendo oscillare le sue ciocche bionde da una parte e dall'altra. «Non posso credere di averti incontrato» disse, fissandolo ancora, sempre tra le sue braccia. «Davvero».

«Hai tempo per un pranzo, un caffè?» chiese lui, continuando a tenerla stretta. Per nessun motivo al mondo l'avrebbe lasciata andare. Non dopo che il destino aveva rimesso Jenny sulla sua strada.

Lei esitò un attimo, poi si staccò con grazia dalla sua presa e guardò l'orologio. Un oggetto semplice e bellissimo sul suo polso delicato. Alzando lo sguardo da sotto le splendide ciglia scure, disse: «Il pranzo è una buona idea».

Dopo la sua iniziale reticenza, Stan non si aspettava che dicesse di sì. Per poco non ricominciò a balbettare. *Proprio lui. Stan, quello che non sbaglia un colpo.* Jenny fece un piccolo sorriso nervoso, come se fosse sconcertata quanto lui.

Non volendo darle il tempo di cambiare idea, si guardò intorno alla ricerca di un posto vicino. Si trovavano in un isolato che ospitava molti negozi e ristoranti con posti a sedere all'aperto, ma anche la spiaggia era raggiungibile a piedi.

«Qui o in riva al mare?» chiese, già perso nei suoi begli occhi castani.

Gli stessi occhi scintillarono quando Jenny rispose: «Sul mare».

Stan allungò la mano per prendere le sue borse e poi la guidò nella direzione giusta. Improvvisamente, lui e Jenny camminarono fianco a fianco verso il suo ristorante preferito sulla spiaggia, che si trovava nell'hotel in cui alloggiava. Sapeva che lì il cibo era eccezionale e l'atmosfera spettacolare. Entrarono dal retro invece di passare dalla hall e Stan diede una mancia alla responsabile di sala consegnandole le borse di Jenny da custodire mentre pranzavano.

Poi, come se quella giornata non avesse riservato abbastanza sorprese, la responsabile guardò Jenny e chiese: «Vuole che le metta nella sua stanza, signorina D'Angelo?»

Stan non riusciva a decidere quale parte di quella frase gli piacesse di più: il fatto che anche Jenny alloggiasse lì o che usasse il suo nome da nubile.

Si sedettero al tavolo preferito di Stan, all'esterno, in un angolo appartato con vista aperta sull'oceano e sulla piscina. Mentre il cameriere prendeva le ordinazioni dei drink e posava i menu sul tavolo, dovette continuare a ricordarsi di non fissarla.

«Cosa ci fai *qui*?» chiese alla fine, incapace di fare conversazione.

Lei fece un respiro profondo e si guardò intorno, scrollando le spalle: «Volevo passare un po' di tempo in un posto dove mi sentissi felice». Lui rimase in silenzio, aspettando che lei continuasse. «La mia nonnina è morta l'estate scorsa...»

«Oh, Jenny, mi dispiace tanto» disse Stan, allungando una mano per sfiorarla. In quel modo riuscì a rompere il ghiaccio e poté rilassarsi. «Era fantastica». Stan aveva un bel ricordo della nonna di Jenny. Non si limitava a servire loro patatine e biscotti per quando studiavano, ma gli preparava una specie di banchetto: lasagne, pasta con funghi e pollo e il suo tiramisù fatto in casa, un dolce eccezionale.

«Grazie. Anche lei ti voleva bene». Jenny sorrise. «E anche mio padre».

Lei si zittì e lui, confortato dal suo sorriso e dai ricordi di quando studiava al suo fianco, chiese: «Come sta tuo padre? Marisa?»

«Stanno bene».

«Solo bene? C'è qualcosa che non va?»

Lei inclinò la testa. «Dio, Stan... io... non posso credere di essere seduta di fronte a te in questo momento».

Lui sapeva esattamente come si sentiva. «Jenny...»

«Ho lasciato John».

Perfetto! Bel colpo. *Grazie, Dio.* «Mi dispiace» disse con una risposta di circostanza, perché non lo era affatto. Jenny si era spaventata ed era scappata da lui ai tempi dell'università. Poi, due notti dopo l'incidente di Sam, John le aveva chiesto di sposarlo e Jenny aveva detto sì. L'università non era più stata la stessa, e nemmeno lui.

Jenny alzò di nuovo le spalle. «Non è ancora definitivo, abbiamo ancora un appuntamento in tribunale e poi speriamo di aver finito».

Gli dispiaceva per lei, perché immaginava che rompere con i Monroe non sarebbe stato facile. Erano sempre stati una famiglia particolarmente aristocratica, con profondi legami politici. «Quindi sei qui per il fine settimana?»

Lei sorrise. «Sono qui fino al primo».

Lui rise. ACCIDENTI, SÌ, la vita si prospettava più luminosa. La piccola Miss Raggiante era proprio lì, davanti a lui, e diffondeva i suoi raggi di sole come un balsamo per la sua anima. Sì, le porte si erano di nuovo aperte e lui si stava di nuovo innamorando. Mentalmente decise di prolungare il suo soggiorno fino a farlo coincidere con quello di lei. Avrebbe dovuto chiamare sua sorella per farle sapere che non sarebbe tornato a casa per un altro paio di settimane.

Proprio in quel momento il cameriere tornò con le loro bevande e per prendere le loro ordinazioni.

Per il resto del pranzo, Jenny non disse più nulla del suo divorzio e lui non fece domande indiscrete. Il tutto fu delizioso. Si aggiornarono sulle rispettive famiglie e sugli amici in comune, come la tragica scomparsa di un compagno di studi di legge, e poi lui la accompagnò nella sua stanza.

«Facciamo una passeggiata più tardi?» chiese lui, incapace di salutarla di nuovo.

Lei sorrise. «Mi piacerebbe molto».

7

Southampton
New York

Circondata da quello che sembrava un piccolo esercito, Jenny, stringendo Hayden, venne accompagnata su per la grande scalinata di casa Montgomery. Guardandosi intorno mentre avanzavano, rimase colpita dall'ambiente che la circondava; se non avesse saputo dove si trovava, avrebbe pensato di stare in un hotel a cinque stelle. Alcune applique decoravano le pareti e le loro luci soffuse mettevano in risalto le grandi porte a pannelli con panchine e splendidi alberi in vaso ai lati di un lussuoso tappeto che si estendeva lungo il corridoio smisurato. In breve tempo, Alexander aprì la quarta porta a destra e si fece da parte per farla entrare.

«Perdoni mia moglie per non averla salutata di persona» disse, con il suo accento britannico, frizzante e antico come quello del fratello. «Abbiamo festeggiato le nostre nozze fino a tarda notte».

«Oh, no» esclamò Jenny, avendo temporaneamente

dimenticato che il padre le aveva detto del matrimonio via SMS, e mortificata per essere stata una distrazione nella loro notte speciale. Si sentiva anche in colpa per aver pensato male di Amanda per così tanto tempo, visto che, da quando aveva parlato con suo padre, aveva capito la situazione. «Mi dispiace tanto».

Lui scosse la testa. «Non c'è bisogno di scuse. Era solo una formalità».

Piena di dubbi, Jenny ignorò quella strana osservazione, così come il dialogo in francese tra i due fratelli. Sam la spinse delicatamente oltre la soglia e la fece entrare in una graziosa suite decorata in morbide tonalità di bianco, beige e pervinca. Una parete imbottita faceva da sfondo a un letto king size, ornato da lenzuola fresche e chiaramente personalizzate e da cuscini posizionati con cura. Davanti al letto, un morbido divanetto, due poltrone e un tavolino costituivano un'invitante area salotto. Ampie finestre panoramiche, drappeggiate con tende su misura, si affacciavano sul giardino, mentre una culla e un fasciatoio erano stati collocati in una calda alcova tra il letto e il bagno.

Il fidanzato di Sam, l'altro Montgomery, li seguì con le valigie di Jenny sistemandole su un portabagagli nell'ampia cabina armadio. Fece un cenno verso di lei, rivolse uno sguardo eloquente a Sam e poi se ne andò.

«Il tuo ragazzo sembra...»

«Non è il mio ragazzo» tagliò corto Sam, liquidando il commento.

«Oh». Il volto di Jenny si incupì.

«Posso aiutarti con Hayden?» chiese Sam, cercando chiaramente di cambiare argomento.

Bel tentativo di sviare, Samantha, ma niente da fare. «Aspetta, vuoi dire che Mister Alto, Moro e Incredibilmente Serio non è il tuo fidanzato?» Quando Sam scosse la testa, Jenny chiese: «Lui lo sa?»

«Non sono sicura di cosa sappia». Sam alzò le spalle, poi ammise: «Non è vero». A quel punto, Sam fece il suo classico sorriso tenero e carino, che Jenny sapeva essere riservato solo alle persone più care. «C'è sicuramente qualcosa tra noi. È solo che... beh, diciamo che nemmeno noi lo ammettiamo».

«Sono felice per te, Sam. Te lo meriti».

Sam ignorò il suo commento con un gesto della mano. «Senti, negli anni abbiamo tutti avuto la nostra dose di problemi. Mi dispiace per John. C'era sempre qualcosa di troppo "perfetto" in lui e nella sua famiglia, se capisci cosa intendo. Di solito sono le persone così che nascondono un lato oscuro. O forse la loro psicosi peggiora con il tempo».

«Quindi hai parlato con mio padre» disse Jenny, inarcando le sopracciglia.

«Mi dispiace tanto, Jen» rispose Sam, con un'aria contrita come la sua.

Jenny alzò le spalle. Era tardi ed era esausta. «Mi sembra di aver avuto quello che mi meritavo».

«Perché dici così?» Sam sembrava inorridita.

«È semplice. Ho preferito John a Stan». Il karma era una brutta bestia. Anche se, nel suo caso, sembrava essere l'unica intrappolata in un eterno ciclo di ripicche.

«Avevi paura» disse Sam. «Se avessimo saputo allora quello che sappiamo adesso, avremmo tutti agito in modo diverso».

Per fortuna, nessuna delle due sentì il bisogno di scavare più a fondo nell'abisso delle loro vite. Invece, Sam la aiutò a sistemare i suoi effetti personali e a cambiare Hayden, le disse poi di riposare un po' e le promise che si sarebbero riviste tra un paio d'ore.

Jenny non riuscì ad addormentarsi e rimase a letto con Hayden, che cominciava comprensibilmente a fare i capricci. Alle nove, dopo che il bambino aveva dormito un po', si fece una doccia, lo cambiò e si vestirono. Poi scesero al piano di sotto. Durante il tragitto incontrò Helen, la tata, che prese subito Hayden dalle sue braccia e, già in fondo alle scale, lo aveva già completamente conquistato. Anche dopo, quando durante il brunch Jenny lo riprese con sé, Hayden si voltò a cercare la tata con lo sguardo, allungando le manine verso di lei. Jenny sorrise. Quella donna aveva evidentemente scelto il mestiere giusto.

Non appena attraversò l'atrio, Jenny sentì delle chiacchiere. Le portefinestre erano aperte sul retro e una piacevole brezza oceanica portava con sé il profumo dell'estate sulla costa. Grandi divani in ferro battuto con cuscini bianchi riempivano una terrazza in pietra che si estendeva per gran parte della proprietà. Spazi abitativi completi e separati, dotati di tavoli da bistrot e da pranzo, erano collocati strategicamente in diverse aree della casa. Due grandi tavoli quadrati, ognuno dei quali poteva contenere sedici persone, erano stati apparecchiati. A Jenny piacque quel tipo di allestimento invece dei tavoli ovali o rettangolari. In quel modo nessuno rimaneva escluso e tutti potevano vedersi. Quando passò attraverso le porte, gli uomini si alzarono in piedi. Tutti. Erano la metà degli ospiti. Impressionante.

Jenny non era certa di cosa avesse interrotto, ma tutti sorridevano e sembravano completamente rilassati mentre lei si avvicinava.

Tutti tranne Stan.

I suoi occhi si posarono su suo padre, che la accolse a metà strada e la condusse alla sedia accanto alla sua. Le diede uno dei suoi abbracci avvolgenti, le baciò la fronte e si avvicinò al nipote. Mentre lei lo seguiva, Alexander si occupò delle presentazioni, rapide e formali. Considerando la quantità di persone riunite, fu un lavoro eccezionale. Jenny era un po' sopraffatta, ma il calore che percepiva era innegabile. Non ricordava l'ultima volta che aveva ricevuto così tanti sorrisi amichevoli e tocchi affettuosi.

Quando passò davanti a Sam e Amanda, entrambe si alzarono in piedi e la abbracciarono. Le idee sbagliate che aveva avuto in precedenza si dissolsero e fu piacevole ricambiare l'abbraccio di Amanda con convinzione. L'astio che Jenny aveva covato nei suoi confronti si era attenuato da quando aveva saputo che lei e Stan non stavano insieme.

Forse il brunch non sarebbe stato poi così male.

8

Southampton
New York

Stan era di pessimo umore. E perché?

In sua difesa, era da un bel po' che non si sentiva così preso dai suoi drammi personali. E sperava che gli passasse presto. In caso contrario, avrebbe dato al suo attuale broncio tempo fino alla fine del brunch.

Forse fino a cena.

Stan aveva imparato ad apprezzare, e a farlo sinceramente, il suo nuovo accordo con i Montgomery. Lavorava ancora senza sosta, ma le sue responsabilità quotidiane avevano trovato un ritmo piacevole. Essere parte della loro cerchia ristretta, che comprendeva anche Alex, Stephen, Gregor, Michael, Trevor ed Evan, era un vero onore. Ma dividere il tavolo con Jenny... lo stava distruggendo.

Innanzitutto, lei era fantastica con i suoi capelli biondi e lisci e i suoi grandi occhi marroni. Accidenti, era sempre stato attratto da Jenny. Gli era bastata un'occhiata durante un seminario di etica, anni prima, e per lui era finita. Era come se avesse un faro interno fissato su di lei che gli indicava: «È quella giusta». Col senno di poi, avrebbe voluto invece che lampeggiasse *PERICOLO! PERICOLO!*

Jenny indossava un grazioso abito da brunch, e benché non avesse potuto riposare per più di tre ore, appariva radiosa e incantevole. Per Stan era semplicemente incredibile. E per finire, teneva in braccio un bambino. Un bambino che avrebbe dovuto essere suo figlio.

Di nuovo tra le braccia di sua madre, se ne stava rannicchiato contro il suo petto, con la testa affondata nell'incavo del collo. La mano che gli accarezzava la schiena era priva di gioielli, ma portava un grazioso braccialetto d'argento con ciondoli di Tiffany & Co. al polso. Lui sapeva da dove veniva perché ci erano andati insieme con la scusa di comprare un regalo di compleanno per sua sorella. Jenny lo aveva adocchiato mentre *lui* guardava gli anelli. Voleva comprarle quel braccialetto, ma all'epoca lei non glielo aveva permesso. Due su due, insomma, negli ultimi dieci secondi. Né il suo bambino, né il suo regalo. E questo riassumeva la sua fortuna con Jenifer Lynne D'Angelo: NON ERA SUA.

Sì, okay, era solo estremamente arrabbiato. Non era certo una bella reazione, e la sensazione che provava era anche peggio.

Gregor gli diede una gomitata, facendo un cenno al cestino d'argento, foderato di lino che traboccava di pasticcini davanti a loro. «Vedo che sei ancora un po' annebbiato».

Stan gli lanciò un'occhiata di traverso. Ore prima Gregor gli aveva detto che aveva bisogno di "un po' di chiarezza" e adesso questo? *Annebbiato?* Cosa cavolo voleva dire?

«C'è qualcosa che vuoi dirmi?» chiese, probabilmente in modo un po' più burbero di quanto avrebbe fatto normalmente passando il cestino a Gregor.

Gregor guardò Alex, e qualsiasi cosa si comunicassero silenziosamente a vicenda spinse Gregor a dire: «No. Va tutto bene, amico».

Rendendosi conto che stava emanando delle vibrazioni

ostili, Stan cercò di scrollarsi di dosso la tensione. Tanto valeva *provare* a essere civile. Inoltre, Jenny se ne sarebbe andata con suo padre dopo il brunch, e la cosa sarebbe finita lì.

Rinvigorito dal suo ritrovato stato d'animo, Stan iniziò a chiacchierare dei suoi prossimi impegni con i commensali più vicini a lui. La squadra era sulla costa est solo da un paio di mesi, per le vacanze scolastiche di Callie, quindi si stavano ancora adattando alla nuova base operativa mentre cercavano di risolvere alcune difficoltà logistiche. La situazione era molto diversa rispetto a quando era stato lì con Amanda l'estate precedente. Allora aveva solo un compito: proteggere le ragazze. Ma ora, sotto l'egida della Montgomery Enterprises e, in particolare, della Calder Defense, c'era un'agenzia di sicurezza e un'intera squadra da gestire. La situazione stava migliorando e organizzare tutto al meglio avrebbe reso la transizione dell'anno successivo più facile. Dopotutto, trascorrere l'estate sulla costa est sarebbe diventata un'abitudine.

All'improvviso Stan sentì uno strattone alla manica della camicia e abbassando lo sguardo vide Callie. In un istante, ogni residuo di tensione nel suo corpo si dissolse completamente. Come poteva provare astio quando una delle cose migliori che gli fossero mai capitate era proprio lì? Stan la sollevò in grembo e lei gli sussurrò: «Posso avere un pasticcino, per favore?»

Lui ridacchiò, scostandole i capelli dalla fronte. «La mamma ti ha zittito, eh?»

Gli piaceva il fatto che Callie fosse a suo agio con lui, anche se supponeva che fosse logico, visto che negli ultimi quattordici mesi era stato nella sua vita più frequentemente di Alex. Guardando Callie e poi Zander, Stan fece qualche calcolo mentale. *Un attimo!* Gli era appena venuto in mente qualcosa, e non aveva senso. Dando un'occhiata furtiva a Jenny, Stan cercò di individuare le differenze tra Zander e Hayden, cercando di valutare l'età di quest'ultimo. In base alla cronologia degli eventi, Zander doveva avere un paio di mesi in più del figlio di Jenny. Quindi, se Zander aveva cinque mesi, Hayden doveva avere tre...

quattro mesi? Stan scosse la testa. *Non era possibile.* Hayden aveva l'aspetto di un bambino cresciuto, capace di tenere su la testa da solo, non certo di un neonato...

«Mi hai sentito?» Callie ridacchiò, interrompendo la frenetica aritmetica mentale di Stan toccandogli il viso con la manina e stringendo le spalle.

Decisamente no. Sorrise e le premette la punta del naso. «Scusa, bambolina».

Con un bagliore negli occhi, lei gli disse: «La mamma ha detto che per il dessert ci sono le fragole al cioccolato e la chiffon cake e che potevo prendere le une *o l'altra*».

Guardò dall'altra parte del tavolo, dove Amanda, Alex, Stephen e Sam li stavano osservando, sorridendo da un orecchio all'altro. Sì, Callie li aveva conquistati tutti. Proprio come previsto, Stan cedette, prendendo il cestino e tirando indietro il tovagliolo di lino in modo che lei potesse scegliere tra i pasticcini.

Con il suo dolcetto in mano, Callie scivolò dalle sue ginocchia e saltellò intorno al tavolo, fermandosi tra Stephen e Alex. Alex teneva in braccio Zander, così lei salì sulle ginocchia di Stephen, poi iniziò a staccare dei pezzetti e a imboccare il fratello con un coro di "oh" da tutto il tavolo. Sì, Callie era una bambina deliziosa.

Improvvisamente l'attenzione di Stan fu catturata dal suono del suo stesso nome. Il padre di Jenny si stava rivolgendo ad Amanda: «Ci credi che pensava che tu e Stan foste una coppia?»

«*Paaapà*». Jenny non sembrava contenta che la sua vita privata venisse condivisa a tavola.

Stan distolse risolutamente lo sguardo, ma non poté fare a meno di sorridere. *Benvenuta nel circo, Jenny.*

D'altra parte, il signor D'Angelo aveva ragione. Come *poteva* Jenny pensare che si fosse messo con Amanda? Le aveva comprato un anello il giorno in cui si erano salutati! Un bell'anello. Un anello *enorme*.

Per quanto ne sapeva Stan, quell'anello era ancora nel caveau dell'hotel a Palm Beach. Il direttore, Henry, lo aveva chiamato un mese dopo la sua partenza per sapere cosa avrebbe dovuto farne. Dato che Stan si era già trasferito nel Regno Unito, Henry aveva detto che lo avrebbe tenuto sotto chiave finché non fosse tornato a riprenderlo. All'epoca, Stan era convinto che prima o poi l'avrebbe recuperato, solo per conservarlo come forma di auto-punizione.

«Ascoltami, Jenifer Lynne D'Angelo» stava dicendo il padre di Jenny. «Quando è troppo, è troppo. Risolviamo la questione una volta per tutte».

«Perché?»

Stan si girò verso di lei, cosa che aveva cercato di non fare fino a quel momento. Jenny sembrava mortificata, e lui percepì il suo dolore. Aveva ragione. Perché? Meglio lasciar perdere.

Il signor D'Angelo spalancò negli occhi. *Perché?* Sono stanco che tu pensi che John abbia il potere di farmi del male. Schiaccerei quel verme così in fretta che non capirebbe mai cosa gli è successo».

Continuò: «Voglio vederti. Voglio vedere mio nipote. Voglio che tu ricominci a vivere la tua vita. A vivere *davvero* la tua vita. Ho una grande casa in fondo alla strada che è praticamente vuota. E per quanto riguarda Stan» dichiarò il signor D'Angelo, e Stan tornò a fissarlo, vedendolo puntare il dito nella sua direzione. «*Quell'*uomo sa badare a sé stesso. Ti sei lasciata manipolare da John, tesoro. Non lo capisci?»

Stan osservò Evan, lo psichiatra dell'azienda, fare la sua solita mossa, posando il telefono sul tavolo, premendo il tasto di registrazione e avvicinandolo al padre di Jenny. Naturalmente non si sarebbe lasciato scappare un'occasione del genere.

A quel punto, il signor D'Angelo aveva l'attenzione di tutto il tavolo, compresi i pochi invitati al matrimonio che non avevano ancora lasciato la tenuta. Cercando di mantenere un'aria distaccata, Stan si concentrò su un grande albero in vaso vicino alla portafinestra e iniziò a contarne le foglie. Anche se, naturalmente, aveva le orecchie ben aperte. Era decisamente in allerta.

«Papà!» sibilò Jenny: «Non è il momento né il luogo adatto».

«Davvero, Jenny? Perché da dove sono seduto io, è il momento e il luogo perfetto. Ho chiamato Alex per un motivo. La sicurezza è uno di questi. So che ti preoccupi ancora e ti guardi alle spalle. Ma qui sei al sicuro. Il bambino è al sicuro. Questa è la mia priorità assoluta. Ma l'altro motivo per cui ho chiamato Alex è perché tu stia tra amici. Sei stata isolata troppo a lungo. E non permetterò che tu e Stan viviate in un mare di malintesi».

Stan girò la testa verso il signor D'Angelo, con gli occhi stretti. *Quali malintesi?*

Come se gli avesse letto nel pensiero, Sam chiese: «Quali malintesi?» I suoi occhi si spostarono prima sul signor D'Angelo e poi su Jenny.

«Jenny e Stan...» iniziò il signor D'Angelo, ma non riuscì ad andare oltre prima che Jenny intervenisse.

«*Papà!*»

«Aspetta!» esclamarono all'unisono Amanda e Sam, entrambe con gli occhi spalancati. «Tu e Stan?»

E allora? Pensò Stan. Avevano avuto una storia. Era finita. Tuttavia, la sua rabbia era in aumento. Dall'espressione e dal *silenzio* di Jenny, era evidente che anche lei provava lo stesso sentimento. Dei due tavoli apparecchiati per il brunch, quello alla sua destra era animato da chiacchiere vivaci; nel suo, invece, regnava un silenzio tombale.

«Quando?» chiese Sam.

Dato che né Jenny né Stan si esponevano, fu il signor D'Angelo a rispondere: «La primavera scorsa». Sembrava un po' esasperato dal fatto che la questione fosse una notizia nuova anche per loro.

Amanda e Sam si scambiarono un'occhiata, chiaramente pensando: già, *la scorsa primavera*. Stan sgranò gli occhi e scrollò la testa con frustrazione, ormai *stanco* di quella conversazione. Stranamente, Alex, Stephen e Gregor non sembravano interessati a nulla di tutto ciò. Gianni doveva averli già messi al corrente. Stan si chiese perché Jenny si fosse data la pena di parlarne a suo padre. Chiaramente, non era come se la loro *avventura*, perché tanto valeva sminuirla, no? avesse avuto molte conseguenze. Avevano trascorso due settimane fantastiche. *Fantastiche*. Era ancora disposto ad ammetterlo. Ma poi era tornata da suo marito ed era finita. Perché il signor D'Angelo sentisse il bisogno di parlarne davanti a tutti era incomprensibile per lui.

Improvvisamente, notò che tutti lo fissavano. Stan si accigliò. Sapeva di essere sulla difensiva. Persino aggressivo. Con i nervi di nuovo a fior di pelle e fece un cenno brusco ma deciso, dicendo: «Non è stato niente».

Anche senza guardarla, sentì Jenny dire: «Scusatemi» poi il rumore della sedia che veniva spostata e i suoi passi che si allontanavano, mentre rientrava in casa.

Beh, addio.

Dopo una lunga pausa silenziosa e imbarazzante da parte di tutti i seduti al tavolo, Gregor lo guardò. «Andiamo, amico». Quando Stan fece spallucce, Gregor scosse la testa e sospirò.

Il comportamento di Gregor cominciava seriamente a infastidire Stan.

9

Southampton
New York

Jenny, con Hayden in braccio, chiuse la portafinestra dietro di sé mentre la prima lacrima le rigava il volto. Si sentì mortificata nel sentirla riaprirsi subito dopo, quando si avvicinò all'atrio.

«Jen, aspetta». Era Sam.

Jenny si girò di scatto. «Non posso, adesso. Non so nemmeno *perché* lo stiamo facendo, Sam». La sua voce si incrinò e dovette asciugarsi le lacrime che continuavano a cadere. La barriera emotiva che aveva eretto evidentemente non era così forte come pensava, vista la rapidità con cui i sentimenti che credeva sepolti da tempo, stavano affiorando in superficie. All'improvviso, apparve Helen. Il suo sguardo comprensivo diceva qualcosa come "Vai a farti un bel pianto, ma lascia fuori il bambino".

Durante il matrimonio, Jenny aveva perfezionato l'arte di piangere dentro di sé. Le sottili frecciate di John tagliavano come coltelli e, sebbene avesse imparato a nascondere le sue reazioni, a ognuna di esse moriva dentro un po' alla volta. Ma da

59

quando aveva divorziato, viveva da sola e aveva avuto Hayden, aveva cominciato a guarire. In parte si era permessa di riconoscere quelle ferite, facendo un esame di coscienza su dove aveva sbagliato, in parte si era concessa di piangere apertamente per le perdite subìte. Era stato liberatorio e col tempo si era sentita meglio e un po' più forte. Eppure, pur essendosi lasciata alle spalle il matrimonio, non era ancora pronta a riaprire i suoi sentimenti per Stan.

Jenny era convinta di esserselo lasciato alle spalle, ma stargli vicino era tutt'altro che facile, e vedere la loro storia recente esposta pubblicamente non era qualcosa che si sentiva pronta ad affrontare.

«Non so cosa sia successo, ma qualunque cosa sia stata, è chiaro che non è finita» disse Sam.

«Voglio solo andare a casa» gemette Jenny, cercando ancora una volta di trattenere le lacrime. Lo sguardo compassionevole di Sam mentre l'abbracciava, però, la fece scoppiare in un vero e proprio pianto. Jenny si coprì il viso con le mani e si appoggiò all'amica. Era la prima volta che si permetteva di piangere per Stan davanti a un'altra persona, il che significava che era la prima volta che veniva davvero confortata per quella perdita. Non si era mai lasciata andare né con sua sorella Ris né con suo padre. Aveva cercato di soffocare il dolore per poter andare avanti. Piangere tra le braccia di Sam le fece sentire la perdita ancora più reale. Ricevere quel conforto, quella conferma, faceva molto più male di quanto non avesse mai fatto piangere in solitudine. Almeno allora i ricordi erano solo nella sua testa.

Per la maggior parte della sua vita, Jenny aveva vissuto dei sogni e delle fantasie creati nella sua immaginazione, in una sorta di meccanismo che l'aveva mantenuta in qualche modo tranquilla mentre recitava la parte della moglie di John. Ripensandoci, forse non era stato lo strumento migliore, ma fino a quel viaggio illuminante a casa, quelle fughe temporanee erano state la sua salvezza. Anche dopo Palm Beach. Quante volte aveva immaginato Stan che la portava via, sperando disperatamente di vederlo arrivare per dirle che fra loro c'era stato un terribile malinteso?

Niente di tutto ciò che era accaduto dopo l'incidente aveva senso. Nonostante avesse rimuginato più volte, Jenny non riusciva a far combaciare i pezzi. Nel momento in cui si erano incontrati, era apparso evidente che i loro sentimenti non erano affatto svaniti nel tempo. Erano stati praticamente inseparabili fin dal primo momento. Come poteva conciliare quell'uomo, quello con cui era stata a Palm Beach, con quello freddo, distaccato e arrabbiato che era ora? Come poteva lasciarsi alle spalle i ricordi del viaggio alle Keys che le aveva fatto capire, senza ombra di dubbio, che lei e Stan erano destinati a stare insieme? Aveva esaminato quei ricordi incessantemente dopo aver chiuso definitivamente con John, ma non aveva trovato risposte.

Quella mattina una cosa era diventata lampante: Stan l'aveva davvero lasciata. Jenny ovviamente lo sapeva, ma le parole e il comportamento insensibile di lui al brunch erano lo schiaffo in faccia che non aveva mai ricevuto. Era una chiusura, ed era terribile.

Il suo momento di tranquillità con Sam fu interrotto quando la portafinestra si aprì di nuovo e la gente cominciò a entrare. Sam le prese rapidamente la mano e la condusse lungo il corridoio fino a una bellissima veranda con finestre a tutta altezza. Jenny si accoccolò nell'angolo di un divanetto stringendo un grande cuscino tra le braccia, dopo essersi tolta le scarpe e aver infilato i piedi sotto di sé. Osservando la splendida stanza, fu grata per la distrazione: l'aiutò a ricomporsi.

Sam prese una caraffa dal tavolo vicino alle porte, ma Jenny scosse la testa dicendo: «Sto bene. Questa stanza è così bella». Guardando fuori dalla finestra, poi, vide che il terreno si estendeva a est per centinaia di metri dal retro della villa fino all'acqua e sembrava coprire la stessa distanza da nord a sud della proprietà. «Che vista incantevole».

«*Incantevole*? Davvero?» chiese Sam con sarcasmo.

Jenny fece una debole risata e scrollò le spalle. «Cosa dovrei fare, Sam? Stare qui a piangere tutto il giorno? Non lo farò». Alzò gli occhi al cielo. «Almeno spero di non farlo».

Ridacchiarono entrambe quando sentirono bussare alla porta, che si aprì di poco. Amanda fece capolino. «Posso entrare?»

Sam guardò Jenny, che annuì. «Certo» disse, «è casa tua».

Amanda si diresse verso il divanetto e si sedette accanto a lei. «Mi dispiace tanto, Jen. Non l'ho mai visto così. Stai bene?» chiese, sembrando sinceramente preoccupata.

«Sopravviverò» rispose Jenny, ma vedere un altro volto compassionevole le fece scendere di nuovo le lacrime. «Lo amavo davvero». Con la mano si coprì la bocca per cercare di trattenere il pianto. Ci volle un bel po' di tempo e dovette portarsi le mani a ventaglio davanti agli occhi, ma il pianto si fermò e riuscì a fare un respiro profondo e tranquillizzante.

Sam e Amanda rimasero in silenzio, ma erano chiaramente sorprese dal suo commento.

«Allora, cos'è successo?» chiese infine Sam.

«Tanto vale che ve lo dica, visto che ormai lo sanno tutti» disse Jenny, sentendosi a pezzi. «Ci siamo incontrati casualmente a Palm Beach quindici mesi fa e abbiamo ripreso da dove ci eravamo lasciati all'università. O almeno così credevo». La sua voce si incrinò quando aggiunse: «Mi ha portato alle Keys».

«Oh, Jen». Sam capì il significato.

«Mi chiedo perché Alex sia stato così categorico nel mandare Stan ieri sera» rifletté Amanda, con aria perplessa. «O, se è per questo, perché tuo padre abbia insistito affinché tu restassi qui. Non che tu non sia la benvenuta. Sono contenta che siamo di nuovo tutte insieme. Ci divertivamo così tanto quando andavo a trovare Sam». L'espressione di Amanda cambiò, come se improvvisamente ricordasse come erano passate dalla spensieratezza alla serietà.

Jenny espirò sonoramente. «Beh, sono abbastanza sicura di

sapere perché tuo marito ha mandato Stan *e* perché mio padre mi ha voluta qui».

Fece una pausa. Con Stan presente, Jenny non poteva più nascondergli Hayden. Non si sentiva in colpa che lui non lo sapesse, dopotutto lei lo aveva chiamato. Era stato lui a piantarla in asso, ad andarsene senza nemmeno un saluto, senza un motivo. Lei aveva provato a contattarlo. Non era colpa sua se ignorava l'esistenza di suo figlio. Ma non poteva dirlo a Sam e Amanda senza prima farlo sapere a Stan.

Accettare di andare avanti senza Stan non era stato facile, ma almeno lui fisicamente non c'era. Stargli vicino, nella stessa stanza, quando non riusciva nemmeno a essere civile, era quasi insopportabile. Non era nemmeno sicura del perché. Era *lui* che l'aveva *lasciata*.

Riflettendo, si ricordò di una cosa che lui aveva detto la sera prima. *«Sei tornata da lui»*. Come aveva potuto pensarlo, si chiese, se era lui che l'aveva abbandonata.

Rendendosi conto che Sam e Amanda stavano ancora aspettando che lei continuasse, Jenny fece loro un sorriso velato dalle lacrime e dichiarò l'ovvio: «Io e Stan abbiamo delle questioni in sospeso».

«Beh, siamo entrambe qui per te» si offrì Amanda, poi le prese le mani. «Jen, io e Stan non siamo mai stati insieme. Nemmeno un po'. MAI». Jenny sorrise, accettando l'abbraccio di Amanda e, quando si tirò indietro, disse con decisione: «Evan ti ha preso di mira professionalmente, quindi se non vuoi una seduta di terapia, ti consiglio di nasconderti qui per un po'».

«Evan?» chiese Jenny. «Il simpatico dottore che mi è stato presentato?»

«Sì, lui. Ed è un bravo medico. Si dà il caso che sia uno dei migliori psichiatri del mondo. È una lunga storia, ma è sufficiente dire che Evan è parte integrante della nostra famiglia e della squadra di mio marito, che sono sostanzialmente la stessa cosa».

«Vuoi dire il circo» disse Sam con una risatina.

Amanda alzò gli occhi al cielo. «Sì, è molto più appropriato». Quindi guardò l'orologio. «Devo andare a salutare i nostri ultimi ospiti. Se ne andranno tutti entro un'ora».

«Amanda, mi dispiace tanto di aver rovinato il tuo weekend di nozze» disse Jenny con sincerità.

«Non essere sciocca. Le nostre esistenze sono caratterizzate da una successione di collisioni. È normale, te lo garantisco».

«Vuoi restare qui per un po'?» chiese Sam. «Vorrei salutarli anch'io».

Jenny annuì. Non era pronta ad affrontare nulla là fuori. Almeno non ancora. «Hayden starà iniziando a fare i capricci e potrebbe diventare molto nervoso. Potresti far sapere a Helen dove sono?»

Entrambe ridacchiarono. «Helen è una mamma iperprotettiva e adora i bambini. Fidati, Hayden è in ottime mani».

Con questo, le donne se ne andarono e Jenny fu colpita dalla nuova realtà: come avrebbe fatto a dire a Stan che era il padre di Hayden?

10

Palm Beach, Florida
quindici mesi prima

Dopo un pranzo durato tre ore, ricco di chiacchiere ma privo di dettagli sulla sua vita con John, Stan aveva riaccompagnato Jenny nella sua stanza. Lei non si aspettava nulla di diverso. Stan era un gentiluomo fino in fondo. Un aspetto che la sua nonnina le aveva sempre fatto notare. Quando, tanti anni prima, Jenny le aveva rivelato di essersi fidanzata, la nonna aveva intuito che fosse con Stan. E, considerando le conseguenze dell'aggressione a Sam, non era irragionevole pensare che fosse stato lui a fare il primo passo e ad aver accelerato il corteggiamento. Lei e Stan erano ancora in una fase di conversazione intensa, desiderosi di condividere ogni dettaglio e riprendere il tempo perduto. Pertanto la corsa in ascensore e il tragitto lungo il corridoio finirono prima che lei se ne rendesse conto. Dopo aver controllato che le sue borse fossero state portate in camera, Stan si appoggiò allo stipite della porta e le chiese di fare una passeggiata notturna sulla spiaggia. Jenny accettò subito. Sinceramente, non vedeva l'ora.

Ci mise *molto* più tempo del solito a vestirsi, anche se alla fine optò per un abbigliamento che aveva appena comprato durante lo shopping: pantaloni Capri, camicetta senza maniche e sandali con lacci. Quando incontrò Stan, in fondo alle scale esterne, lui era appoggiato alla ringhiera e indossava un paio di jeans e una camicia a quadri blu scuro con dei riflessi verdi. Le fiamme del braciere gli illuminavano il viso e i profondi occhi nocciola brillavano nel contrasto dei colori della camicia. Aveva sempre amato quella particolarità dei suoi occhi: a volte sembravano verdi e altre blu.

Le tese la forte mano e quando lei la prese, lui sorrise come se fosse la cosa migliore che gli fosse mai capitata. Osservando il suo sguardo calmo e rassicurante, Jenny si sentì esattamente dove doveva essere. Finalmente. Con lui.

Camminarono mano nella mano attraverso un ponte di legno e scesero una serie di scalini fino alla spiaggia, togliendosi le scarpe quando arrivarono sulla sabbia. Stan la condusse vicino all'acqua, dove la sabbia compatta rendeva più agevole la camminata. Non le aveva lasciato la mano e, francamente, lei non voleva che lo facesse. Jenny continuava a lanciargli occhiate furtive. Era in splendida forma, l'immagine perfetta del classico quarterback americano cresciuto fino a diventare un uomo affidabile, Mister Sicuro di sé e super controllato. Eppure quella sera era insolitamente silenzioso, quasi pensieroso. Tutto era così diverso dalle chiacchiere vivaci che avevano condiviso pochi istanti prima.

«Stai bene?» chiese lei dopo qualche altro minuto di silenzio, odiando il suono nervoso e speranzoso della sua stessa voce.

Lui smise di camminare e la guardò, poi abbassò lo sguardo sulle loro mani unite. «Jenny...» Allungò la mano, circondandole la vita con le sue forti mani e sollevandola dalla traiettoria di una medusa che si era arenata a riva. Quando la posò a terra, lei si appoggiò a lui e lo sentì gemere dolcemente quando i loro corpi entrarono in pieno contatto. Jenny era assolutamente d'accordo: toccarsi era dolorosamente bello. Lui la strinse di più a sé senza lasciarla andare. All'improvviso erano così vicini che il cuore di lei prese a battere all'impazzata, ma quando alzò lo sguardo, lui scosse la testa. «Sono nei guai, Jenny».

«Oh, siamo entrambi nei guai» rispose lei.

Gli occhi di lui si posarono su quelli di lei, comunicandole le sue intenzioni mentre si chinava per baciarla. Lei gemette nel momento in cui le loro labbra si toccarono. Se fosse stata lei a decidere, il bacio sarebbe stato selvaggio e frenetico. Ma l'approccio di Stan era decisamente migliore, perfettamente nel suo stile. E perché non avrebbe dovuto esserlo? Stan faceva tutto con grande maestria.

La strinse a sé, accarezzandole la nuca, e le sue lunghe dita si aggrovigliarono tra i suoi capelli, guidandola in una lenta serie di movimenti controllati e pieni di passione. Lei *gemette* a ogni tocco, nella bocca e sulle labbra, mentre lui la guidava verso un bacio profondo e languido. Molto più intenso. Poi Stan si staccò, asciugandole il labbro con il pollice. *Oh, mamma mia.*

I suoi occhi brillavano e l'ampio sorriso sicuramente rispecchiava quello di lei. Poi le prese la mano e ripresero a camminare, senza dire una parola. La sollevò qualche minuto dopo, quando apparve un'altra medusa, questa volta stringendola forte. Era di più di una semplice stretta. Di quelle che vengono spontanee quando la gioia di stare accanto a qualcuno è così forte che non si riesce a contenerla. Una sensazione meravigliosa.

Non la baciò di nuovo e quando tornarono sulle scale, dove avevano lasciato le scarpe, lui le scosse dalla sabbia e la sostenne mentre se le infilava. «C'è un ottimo locale notturno in zona» le disse con finta noncuranza. «Ti va di andarci?»

Jenny provò a nascondere un sorriso. Conosceva quel locale, ci era passata davanti ogni sera da quando era arrivata. Aveva una di quelle pareti finestrate che si aprivano completamente, creando un'atmosfera da interno-esterno. Se a ciò si aggiungevano la magia del luogo, la musica e i balli, sembrava un posto perfetto. «Sì, grazie» rispose sorridendo. Quando passarono davanti ai bagni, lei gli fece un gesto con la testa.

«Ti aspetto».

«Non importa, l'entrata è proprio qui vicino».

«Bevi qualcosa?» chiese lui.

«Ne prendiamo uno in due?» Una vecchia abitudine, che aveva quasi dimenticato finché le parole non le uscirono di bocca.

Lui sorrise. «Quale?» Avevano bevuto diversi drink in passato.

«Scegli tu».

La lasciò con un deciso cenno del capo, l'espressione classica di Stan per dire di sì.

Nello specchio della toilette Jenny quasi non si riconobbe. Gli occhi brillanti, le guance arrossate e quel bagliore di assoluta felicità erano sorprendenti. *Grazie, nonnina, so che sei stata tu.*

Quando entrò nel locale, Stan dava le spalle al bar, con i gomiti sul bancone, e i suoi occhi la osservarono con attenzione. Eccola qui, anni dopo, *finalmente* senza paura di quanto fosse potente l'attrazione tra loro. Fisicamente, la loro chimica era esplosiva, lo era sempre stata, ma anche quella era basata su sentimenti profondi e reciproci. Sentimenti che, ovviamente, provavano ancora.

La pista da ballo era affollata, probabilmente non solo da turisti stagionali, ma anche dai residenti: i locali non avrebbero mai tanto successo senza il pubblico della zona. Il DJ suonava un mix di musica dance e, quando partì uno dei loro vecchi brani preferiti dei tempi dell'università, Stan sorrise, gli occhi scintillanti come raggi laser. Jenny si sentiva eccitata sapendo dove stava andando a parare. Avevano imparato a ballare in stile audace ai tempi della scuola, grazie ad Amanda, l'amica di Sam, che era venuta a trovarli qualche volta. All'epoca studiava danza classica e lei e i suoi compagni si scatenavano sulla pista da ballo con uno stile *diametralmente* opposto. Amanda aveva insegnato a Sam e Stan tutto quello che sapeva. Il fatto che il DJ stesse suonando *quella* canzone proprio *in quel momento* era solo un altro segno dall'alto.

Stan si allontanò dal bancone e si avvicinò di soppiatto, muovendosi già a ritmo. Dopo quel bacio sulla spiaggia, l'attesa di ciò che stava per accadere era elettrizzante. Le prese la mano e la condusse al centro della pista da ballo gremita. Non furono necessarie parole: quando si girò verso di lei, i loro sguardi si incrociarono e, senza aspettare oltre, unirono i loro corpi come se fosse trascorso solo un giorno dall'ultima volta che si erano trovati così vicini. Poi iniziò il vero divertimento. Il ritmo costante della musica e le loro mosse ben collaudate li fecero muovere fino a notte inoltrata.

Quando il locale chiuse, Jenny era accaldata e sudata e non ricordava l'ultima volta che si era divertita così tanto. Avevano bevuto solo un drink in due, passando la maggior parte del tempo sulla pista da ballo, ma lei era abbastanza stordita e ubriaca d'amore come se ne avesse bevuti molti di più. Stan la riaccompagnò in camera sua, la spinse contro la porta, le sollevò le mani sopra la testa e la baciò con foga. Quando ebbe finito, Jenny era senza fiato. Poi Stan si tirò leggermente indietro, tenendole ancora le braccia sopra la testa e guardandola come un artista che ammira la sua opera.

Dopo un lungo momento, chiese: «Posso portarti alle Keys domattina?»

Jenny lo fissò, momentaneamente sbalordita, e a malapena riuscì a capire cosa le aveva appena chiesto. «Aspetta. Te ne vai? *Adesso?* Tipo, torni nella tua stanza? Senza di me?»

Lui le rivolse un sorriso imbarazzato. «Jenny, io...» Stan ridacchiò, strofinando la fronte contro la sua. «Non farmi ancora cedere. Ti prego. Non ancora».

Okay, poteva farcela. Lui non voleva affrettare le cose, voleva prolungare l'attesa. Anche se dentro di lei stava morendo, sapeva che aveva ragione. Un'altra notte, o due, o qualunque cosa fosse non li avrebbe uccisi: dopotutto, si erano incontrati solo poche ore prima.

«Allora?» la incalzò lui.

Oh, giusto. C'era una domanda a cui rispondere. Le Keys. «Non ci sono mai stata» dichiarò lei con un sorriso sornione. Ne avevano sempre parlato. Guidare fino alle Keys, rilassarsi al sole e giocare in acqua e sulla spiaggia, come in quelle pubblicità in TV. Naturalmente, era successo anni fa. Neanche Stan l'aveva mai dimenticato e all'improvviso stava per diventare una realtà.

A giudicare dall'espressione di Stan, il cenno di Jenny lo rese incredibilmente felice. «Sarò qui con il caffè alle sette. Va bene?»

«Sono le due del mattino passate!»

«Puoi dormire durante il viaggio».

«Possiamo fare colazione prima?»

«Che ne dici se ci fermiamo lungo la strada e ti prendo un croissant con il caffè. Anzi, ti porterò l'intero cestino dei dolci».

Jenny sorrise. Si era ricordato anche di questo. Si avvicinò, toccandole il viso con il suo, prima di darle un ultimo bacio e sussurrarle la buonanotte sulle labbra.

«Stan?» lo chiamò lei dopo che si era allontanato. Lui si voltò con un sorriso, camminando all'indietro, ma restando concentrato su di lei. «Sono così felice di averti incontrato oggi».

«Anch'io, Jenny. Anch'io».

11

Southampton
New York

L'incontro ebbe luogo nel tardo pomeriggio in salotto. Normalmente sarebbero rimasti in soggiorno o in cucina, o addirittura in terrazza, ma il salotto aveva le porte e, per qualche motivo, Alex aveva insistito per avere un po' di privacy. Dato che tutti quelli che non facevano parte della loro cerchia ristretta se ne erano andati, a parte il personale della casa e la squadra allargata che stazionava all'esterno, Stan non era sicuro da *chi* esattamente avesse bisogno di privacy, oppure anche del *perché*, ma discutere con Alex non aveva senso.

Rimasti solo con la loro solita cerchia ristretta che comprendeva anche Rosa, la governante, ed Helen, che si occupava di Callie e dei bambini sulla terrazza, tutti gli altri si misero comodi. Il salotto era diviso in due zone: in una c'era un grande divano con poltrone alle estremità, nell'altra un tavolo da gioco e una chaise longue nell'angolo. Avevano usato quella stanza un paio di volte da quando si erano trasferiti sulla costa orientale e, pur essendo abbastanza grande da ospitarli tutti, era un posto comunque piacevole e intimo.

Stan rimase in silenzio mentre tutti si mettevano comodi. Alex si accomodò su un angolo del divano e Amanda si sedette accanto a lui. Sam si infilò nell'angolo opposto, mentre Stephen avvicinò un po' di più la poltrona accanto a lei prima di sprofondarvi. Stan era entrato con Gregor ed entrambi avevano preso le due sedie accanto ad Alex. Quando Evan entrò, si sedette accanto a Stephen. I ragazzi si erano sistemati al tavolo da gioco nell'angolo, con i computer portatili e i tablet aperti, l'ambiente *era* effettivamente perfetto, ma nessuno aveva capito perché Alex avesse convocato quella riunione. Non è che non passassero già tutto il tempo insieme. Una riunione formale di solito significava qualcosa di particolarmente importante.

Alex rivolse un cenno secco al fratello, inducendo Stephen a prendere una seduta supplementare dal tavolo da gioco e a posizionarla accanto a Evan. Mentre Stan si chiedeva chi altro si sarebbe unito, la porta si aprì e il signor D'Angelo entrò. Per quanto Stan ammirasse e rispettasse il padre di Jenny, sperava che fosse già tornato a casa e avesse portato con sé la figlia. Se il caso fosse stato ancora attivo, Alex avrebbe dovuto sollevarlo dall'incarico, poiché era dolorosamente evidente che, per quanto riguardava Jenny, lui non era in grado di svolgere efficacemente il suo lavoro. La notte precedente, okay, era passata. Ma alla luce del nuovo giorno, per Stan non esistevano più distinzioni nette, tutto era torbido e offuscato da strati e sfumature di grigio.

Il signor D'Angelo si sedette accanto a Evan, che appoggiò il suo telefono sul bracciolo della sedia, senza dubbio per registrare qualsiasi conversazione stesse per svolgersi. Quando la porta si riaprì e Jenny entrò, Stan lanciò un'occhiata ad Alex. Alex gliene rivolse una di rimando che diceva chiaramente: «Calmati». *Come vuoi, capo.*

«Perché lo stiamo facendo?» chiese Jenny entrando nella stanza e Sam batté la mano sul cuscino accanto a lei.

Stan emise un gemito involontario. Incrociando le braccia, mormorò: «Siamo solo una grande famiglia felice».

Dopo passò accanto a suo padre, Evan e Stephen per raggiungere il suo posto tra le ragazze. Prima di sedersi, si voltò, lo guardò dritto negli occhi e, con un bel po' di coraggio, disse: «Non riesco a capire perché sei così arrabbiato con me».

Stan si acciglò, non c'era modo di evitarlo e non aveva più senso nasconderlo, visto che a quanto pareva tutti sembravano sapere cos'era successo. Con disprezzo, rispose: «Che ne dici del fatto che mi hai strappato il cuore, *piccola*?» Tutti lo guardarono con diversi stati di shock sul volto. Ed era giusto così; dopotutto anche lui era un po' sorpreso di averlo detto ad alta voce.

«Aspettate un attimo» interruppe il signor D'Angelo, guardando Alex. «Non gli hai detto niente?»

Alex scosse la testa con un gesto deciso, mentre Gregor, il logorroico, disse: «Il nostro ex responsabile sta avendo delle *difficoltà* di comprensione, a quanto pare». Il termine "responsabile" era una frecciata a quando Stan era al comando.

«Vorresti aggiornarmi?» chiese a Gregor. «Chiaramente non ne vedi l'ora».

«Cosa ti è successo da *allora* a oggi?» lo incalzò Jenny, palesemente perplessa. «Cosa ti ha reso così... così insensibile... amareggiato... arrabbiato?»

«Tu, Jenny! Sei stata *tu*. Due volte!» esplose, alzandosi dalla sedia, furioso. La speranza di andare avanti e di lasciarsi alle spalle le ultime ventiquattro ore era chiaramente svanita. Come osava Jenny fingere di non sapere che lo aveva illuso? Gli aveva strappato il cuore, *ancora* una volta, e gli aveva sbattuto in faccia quel suo marito buono a nulla, proprio davanti a lui.

«Aspetta, aspetta, aspetta» disse il signor D'Angelo, scuotendo la testa.

«Papà, *non farlo*» lo avvertì Jenny, con gli occhi improvvisamente selvaggi. «Lui non...»

«Certo che lo sa, tesoro» interruppe il signor D'Angelo, con aria confusa, ma Stan si chiedeva di cosa parlasse.

«No». Jenny scosse la testa. «*No*, non lo sa».

«Non so *cosa*?» chiese Stan, rivolgendosi a Jenny, esasperato. Ovviamente stavano parlando di lui.

«Non sai del bambino» disse semplicemente il signor D'Angelo.

Stan si girò di scatto verso il signor D'Angelo. «Cosa c'è da sapere del bambino?» chiese Stan, anche se, nel suo cuore che batteva all'impazzata, lo sapeva già.

Il signor D'Angelo non si era mai arrabbiato con Stan in tutti gli anni che si conoscevano, ma la frustrazione era evidente e aggiunse: «Ti ho detto di Hayden. Ieri sera».

«Cosa?» gridò Jenny, alzandosi in piedi, con l'orrore che le illuminava il volto. Le ragazze si guardarono confuse, poi spalancarono gli occhi quando anche a loro balzò all'occhio la consapevolezza. Gli uomini, invece, rimasero stoici, osservando con attenzione l'intero spettacolo.

«*Cosa* mi hai detto di Hayden ieri sera?» chiese Stan, sentendosi sempre più in una bizzarra trasmissione di scherzi a telecamere nascoste. Allo sguardo perplesso del signor D'Angelo, Stan ripeté quello che aveva sentito, *l'unica* cosa che aveva sentito su Hayden. «Tu hai detto: *C'è un bambino.* Sono state le tue esatte parole». Stan le sentiva ancora nella sua testa. Aveva eseguito gli ordini e aveva tratto in salvo Jenny e il neonato. «Cos'*altro* dovrei sapere?» chiese Stan, sentendosi tremare per la rabbia, per l'attesa, per il sospetto strisciante di ciò che stava crescendo dentro di lui.

Il signor D'Angelo scosse la testa, la tensione svanita. Le sue spalle si abbassarono e lanciò uno sguardo comprensivo a Stan. «Mi dispiace, figliolo. Hai frainteso...»

«*Papà!*»

Stan si girò di scatto per affrontare Jenny. «Dimmelo! Cosa devi dirmi di Hay...» Tutto ciò che era rimasto nascosto sotto la superficie venne a galla. Hayden. Il nome di suo padre. *Voglio chiamare nostro figlio Hayden.* Glielo aveva detto Jenny l'ultima volta che erano stati insieme. *Per essere un uomo così intelligente e astuto, sei un'idiota.* Questo era ciò che lei gli aveva detto la sera prima. Stan scosse la testa. «No. *Non è possibile*». Indicò Jenny. «NO! Sei tornata da John!»

Sul volto di Jenny comparve uno sguardo assente, mentre si concentrava su qualcosa alle sue spalle. «Non sono tornata da lui, Stan» disse a bassa voce, sedendosi di nuovo tra le ragazze. «Ero tornata per chiudere fra noi». Le lacrime le si formarono negli occhi quando alzò lo sguardo su di lui e scrollò le spalle. «È solo che... Per lui, invece, non era finita».

Stan si sentì improvvisamente male. Gli balenò davanti l'immagine di John nel letto d'ospedale con Jenny, ma questa volta guardò meglio, vide gli occhi stretti di lei, le sue mani che lo allontanavano, non lo stringevano.

«L'ha minacciata» aggiunse il signor D'Angelo, con un fremito di rabbia sotto la sua calma apparente. «Ha minacciato di fare del male a te, a me *e* a Marisa».

Stan continuava a scuotere la testa, cercando di capire cosa stesse succedendo. Jenny aveva gli occhi bassi e le mani strette in grembo. «Ma ti ho visto. Con John. In ospedale».

La testa di lei si alzò, l'espressione sorpresa e speranzosa come una morsa sul cuore di lui. «Sei venuto all'ospedale?» disse lei con un sospiro. «Eri lì?»

«Sì» rispose lui a bassa voce, improvvisamente insicuro di tutto.

«Come facevi a saperlo?»

«Mi hai mandato un messaggio» sussurrò Stan, ancora più confuso di prima.

«No» disse Jenny lentamente, scuotendo la testa. «Non avevo il telefono». Il cuore di lui, appena rinvigorito, si strinse alle sue parole: «Se eri lì, perché non sei venuto a prendermi?» Le lacrime le scivolarono dagli angoli degli occhi e lei le asciugò velocemente.

«P-pensavo» balbettò Stan, cercando di mettere insieme i pezzi, «pensavo che dopo l'incidente tu...»

«Non è stato un incidente» ammise Gianni.

Improvvisamente tutto ciò che Stan pensava di sapere, sparì.

«*Papà!*»

Stan non riconobbe la propria voce quando chiese: «Jenny?»

Sopraffatta dall'emozione, si coprì la bocca con una mano. Dopo un attimo, scrollò di nuovo le spalle: un meccanismo di difesa col quale cercava di minimizzare qualsiasi cosa fosse successa. Jenny prese un respiro profondo e regolare prima di parlare. «Lui, è stato *John* a mettermi lì».

Le sue parole lo colpirono come un pugno. Stan barcollò; avrebbe potuto cadere se Gregor non si fosse spostato dietro di lui. Alex e Stephen si misero al suo fianco per solidarietà, mentre Stan si piegava in due, con le mani sulle ginocchia per riprendere fiato, cercando di scacciare la sensazione di nausea alla bocca dello stomaco. Con la testa che gli girava, si premette forte i palmi sugli occhi. Era stato ingannato. Si era fatto fregare. E l'aveva lasciata nelle grinfie di quel predatore schifoso. La sua ragazza! Santo cielo, cosa aveva fatto? Quando si raddrizzò e la guardò di nuovo, sentì quasi le viscere lacerarsi.

«Hayden?» chiese, desideroso di sentire la conferma di ciò che già sapeva.

Lei si asciugò le lacrime, fece un respiro profondo e lo guardò dritto negli occhi. Dirglielo fu difficile, ma riuscì a far uscire le parole: «Tuo figlio è nato il 17 gennaio, alle quattro e nove minuti del mattino. Tu sei il padre registrato nel certificato di nascita».

Poi si alzò e uscì dalla stanza.

Lui rimase lì momentaneamente stordito, osservandola allontanarsi mentre cercava di recuperare la lucidità.

12

Palm Beach, Florida
quindici mesi prima

Stan si era alzato alle sei. Alle sei e cinquanta aveva già preparato un borsone, ordinato la colazione di Jenny ed era in piedi davanti alla sua porta.

In attesa.

Non era sicuro del perché, ma sentiva che il tempo scorreva e che doveva darsi una mossa. Tre minuti dopo lei aprì la porta, fresca, riposata e pronta a partire.

«Per ora ti offro questo» disse lui, porgendole una grande tazza da viaggio di caffè con panna e dolcificante, sperando che le sue preferenze in fatto di caffè non fossero cambiate nel corso degli anni.

Lei lo guardò con diffidenza e gli porse la sua borsa da viaggio. «Dov'è il mio cestino dei dolci?»

Lui ridacchiò. «Ti aspetta in macchina tra i braccioli».

Lei gli rivolse un sorriso che gli fece sciogliere il cuore. «Hai già preparato la macchina?»

«L'ho fatta lavare, ho fatto il pieno ed è pronta per il

viaggio». Aveva chiamato prima di fare la doccia la sera precedente e aveva chiesto ai ragazzi di occuparsene subito. Stan si prendeva sempre cura dei parcheggiatori e loro, in cambio, si prendevano cura di lui. La vita funzionava così. Comportati bene con le persone, e ne riceverai il doppio in cambio.

Jenny bevve un sorso di caffè, poi emise un sospiro di soddisfazione. «Oh, ti sei ricordato anche di questo. È buonissimo, grazie».

Sì, sarebbe stato tutto fantastico. Non vedeva l'ora di condividere ogni singola esperienza con lei e insieme a lei. Con quel pensiero, le prese la mano libera e si avviarono giù per le scale.

Trovarono la Rover in prima fila e Stan aiutò Jenny a salire, arrivando persino ad allacciarle la cintura di sicurezza. Lei fece una smorfia e con un sorriso gli disse: «Grazie, signore». Guardandola all'interno del veicolo, quasi non riusciva a credere che fosse vero. Gettò la borsa accanto alla sua nel bagagliaio e consegnò a Rodney cento dollari per il servizio mattutino. Non aveva dovuto pagare la stanza, quindi il minimo che potesse fare era lasciare una mancia generosa.

Il tempo era perfetto mentre si immetteva nella strada principale: sole, bassa umidità e aria frizzante di prima mattina. Jenny si diede da fare per sistemare i loro caffè, collegare i telefoni e pulire lo schermo del navigatore prima di prendere il cestino d'argento che lui le aveva procurato per la colazione. Guardandola di sottecchi, Stan pensò che il suo cuore sarebbe esploso di gioia.

«*Mmh...* Croissant semplici, al cioccolato e alle mandorle, *mmh...* Mini danesi, rotolo alle noci. Quale preferisci?» chiese lei.

Lui le fece un sorriso. *Tu*, pensò. «Ho tutto quello che posso desiderare, Jenny». Menare il can per l'aia non aveva senso. Questo era un viaggio che aveva immaginato di fare con lei tanti anni fa. Pensava sempre a lei quando andava alle Keys, ma fino a quel momento non era stato altro che un sogno a occhi aperti. Mai avrebbe immaginato di avere di nuovo quell'opportunità.

«Certo, ma *queste* sono specialità francesi appena sfornate» lo stuzzicò lei, agitando il cestino davanti ai suoi occhi.

Lui fece l'occhiolino. «Finirò quelle che lascerai».

Lei rise. «Ehi, mi piace assaggiare un po' di tutto».

«Lo so» ridacchiò lui.

«Beh, a me piace fare colazione, soprattutto in viaggio». All'improvviso, Stan percepì qualcosa che la stava turbando: Jenny si fece silenziosa e si girò a guardare fuori dal finestrino.

«Va tutto bene?» chiese.

Lei rimase in silenzio per un altro lungo momento e, quando si voltò verso di lui, vide che aveva stampato sul viso un sorriso luminoso, ma falso. Corrugando il naso, lei disse: «Come potrebbe non andare bene?»

Non aggiunse altro, e lui capì perfettamente cosa voleva dire, quindi non insistette. Quindi Jenny si concentrò sul cestino, assaggiando qua e là, e offrendogli dei piccoli bocconi. Occhi sulla strada, mani sul volante, Stan si sporgeva verso di lei e lei lo imboccava. Fecero una breve sosta un'ora dopo, dopodiché Jenny inclinò un po' il sedile, mettendosi comoda per rannicchiarsi rivolta verso di lui.

Guardandola dormire mentre la portava nell'unico posto di cui avevano sempre parlato, non riusciva a ricordare l'ultima volta che si era sentito così in pace. Certo, all'epoca erano giovani, giocavano e fantasticavano, ma se non fosse stato per quella notte di tanto tempo prima, lui e Jenny sarebbero rimasti insieme. Ne era sicuro. Se adesso lei fosse stata libera, legalmente libera, lui sarebbe andato dritto dal giudice di pace proprio in quel momento.

Si fermò di nuovo a nord di Homestead. Aveva promesso a Jenny di fare colazione, e l'avrebbe avuta, alla sua tavola calda preferita, prima di imboccare il tratto di autostrada che li avrebbe condotti verso la costa.

«Jenny, mia cara». Le scostò i capelli dal viso. «Siamo arrivati, piccola».

Lei aprì gli occhi, poi trasalì. «Me lo sono perso». Il suo viso si rabbuiò e sembrò in preda al panico.

La sua reazione lo sorprese, proprio come prima, quando aveva detto che le piaceva fare colazione in viaggio. Sapeva che doveva andare a fondo della questione, e lo avrebbe fatto di sicuro. Per il momento, scelse di metterla a suo agio. «Non te lo farei mai perdere. Lo giuro».

Lei sorrise, anche se qualcosa nei suoi occhi lo fece riflettere. «Vado a prenderti la colazione che volevi, poi percorreremo l'autostrada oltreoceano». Proprio come le aveva sempre detto che avrebbero fatto.

Dopo averla aiutata a scendere dal veicolo, la strinse a sé per rassicurarla. Forse era lui ad averne bisogno. O forse voleva solo abbracciarla.

«Ciao, Stan!» chiamò una voce familiare da dietro il bancone.

Stan non era un cliente abituale, ma si fermava sempre lì quando andava e tornava dalle Keys. Questa era la prima volta che entrava con qualcun altro e Bev, la proprietaria, lo notò immediatamente.

«Sei popolare, eh?» osservò Jenny.

«Sono passato di qui più di qualche volta» scherzò lui. Non intendeva nulla di speciale, ma vide di nuovo quello sguardo sul volto di lei. «Che c'è?» chiese lui, proprio mentre capiva cosa lei doveva aver pensato.

Jenny fece una smorfia carica di emozione. «Non dovrei essere sorpresa. Sono io che me ne sono andata».

«Jenny Lynne, non hai idea di cosa stai parlando».

Lei scrollò le spalle ed emise un suono sprezzante, ma lui sapeva che era rimasta ferita.

«Sedetevi, voi due» propose Bev. «Cosa posso offrirti da bere, bella ragazza?»

«Quello che prendo io» le disse Stan.

Fece un gesto verso un tavolo e si sistemò di fronte a lei, prendendole le mani tra le sue. «Se vuoi chiedermi qualcosa, fallo pure. Non ti farò mai del male, Jenny».

Lei scosse rapidamente la testa e, invece di rispondere, si guardò intorno.

«Jenny?» Non avrebbe mai voluto che tra loro si creasse un equivoco.

Lei gli rivolse uno sguardo serio e la tristezza nei suoi occhi gli spezzò un po' il cuore. «A volte, quando si fanno delle domande, le risposte che si ricevono non sono poi così belle».

«A volte lo sono».

Bev arrivò con il caffè e due menu. «Santo cielo, Stanley Finch, chi mai è questa adorabile creatura?»

«Bev, vorrei presentarti Jenifer D'Angelo».

«Beh, signorina, lei deve essere una persona molto speciale per Stan. In tutti questi anni, non l'ho mai visto venire qui con qualcuno».

Stan strizzò l'occhio a Jenny, strofinandole le mani in modo rassicurante.

«Vi lascio qualche minuto» disse Bev prima di andarsene.

Stan non era un tipo da "te l'avevo detto" e avrebbe lasciato le cose come stavano, ma Jenny gli offrì un contrito «Mi dispiace».

«Non c'è bisogno di scuse. Ora pensiamo a mangiare». Ordinarono la parte sinistra del menu, grazie a Miss Sbocconcellamento. A Stan non dispiaceva affatto: aveva sempre amato condividere i pasti con Jenny, in modo formale o informale. Sembrava proprio che avessero ripreso da dove si erano interrotti.

Dopo aver riempito le loro tazze di caffè, Bev portò dei french toast croccanti, un uovo alla Benedict e una "colazione grande" che consisteva in uova, tre diverse tipologie di carne, frittelle di patate, pancake e toast.

«Avevi ragione, valeva l'attesa» capitolò Jenny quando ebbero finito di mangiare.

Allentata la tensione, Stan le fece un altro occhiolino e le baciò il dorso della mano prima di alzarsi per saldare il conto. Dopo che Bev li ebbe salutati con affetto e caffè fresco per il viaggio, partirono. Poco dopo, apparve in lontananza il primo tratto sopraelevato della strada costiera, e Stan si sentì mancare il fiato, completamente spiazzato dal fatto che stessero facendo insieme quel viaggio. Quando lanciò un'occhiata a Jenny, lei ricambiò il sorriso e dallo sguardo capì che provava le sue stesse emozioni.

Fece partire la playlist e alzò il volume; appena la musica iniziò, si scambiarono uno sguardo complice. Jenny gli fece un rapido sorriso, ma poi si voltò verso il finestrino e lui capì che stava piangendo. Aveva notato che era brava a piangere in silenzio, ma non disse nulla, le prese la mano e la lasciò fare. Per il momento aveva la sua ragazza al fianco e stava per godersi le due ore più belle che avesse mai trascorso su quel tratto di strada. Avrebbe voluto ripetere quel viaggio con lei ogni anno. Magari anche più di una volta all'anno.

Dopo un po' lei si voltò. «Ti ricordi la prima volta che hai detto di volermi portare qui?»

Stan non ebbe nemmeno bisogno di pensare a quella risposta. «Alla fine del nostro secondo anno» disse senza un attimo di esitazione. «Sam suonava e se ne stava a poltrire con tu sai chi».

Jenny annuì. Non avevano mai pronunciato il nome di Aaron ad alta voce.

«Stavi camminando da un capo all'altro del tuo appartamento» continuò Stan, «alzando le braccia come facevi sempre quando una certa canzone ti prendeva. Era...» disse, premendo alcuni tasti per far partire di nuovo la canzone, «e quando ti sei fermata a guardare fuori dalla finestra, mi sono messo dietro di te, ti ho abbracciato e ti ho detto: "Jenny, tesoro, un giorno ci andremo insieme. Ti porterò su quell'autostrada oltreoceano e sarà l'inizio della nostra incredibile vita insieme"».

Jenny annuì, con un piccolo sorriso sul volto mentre

appoggiava la testa al sedile. «Mi dispiace tanto, Stan. Quello che provo adesso è quello che provavo allora. Questa energia che abbiamo quando siamo insieme. È come se tutto fosse perfetto. Non so come ho fatto a perdermi».

«Tutto si è capovolto» disse Stan, alzando le spalle. Era vero. Sam era stata aggredita da qualcuno di cui si era fidata, da qualcuno di cui si fidavano tutti. Anche Stan aveva pensato che fossero tutti sulla stessa lunghezza d'onda: lui, Jenny, Sam e Aaron. «Ora siamo qui, ed è l'unica cosa che conta».

Per quanto poco, le sue parole contribuirono a dissipare qualche altro fantasma che aleggiava nell'aria. Per un po' di tempo si godettero il paesaggio e le città lungo la via. Nel primo pomeriggio attraversarono l'ultimo ponte per Sugarloaf Key. Jenny, dopo essersi chiaramente scrollata di dosso ciò che la preoccupava, era di nuovo animata, controllava energicamente i dintorni ed emetteva esclamazioni di sorpresa quando continuavano a passare davanti agli alberghi senza fermarsi.

«Dove *stiamo* andando?» chiese infine.

«Oh, *ora* lo vuoi sapere?» la prese in giro lui.

Lei sorrise. «Onestamente, non proprio. Ti sei sempre occupato di tutto. Ma pensavo che saremmo andati in un albergo».

«Ho qualcosa di meglio in serbo».

«Certo che ce l'hai».

Pochi minuti dopo, entrò nel vialetto della sua fetta di paradiso terrestre. «Eccoci qui. Casa dolce casa».

«Aspetta». Lei si aggrappò al suo avambraccio. «Questo posto è tuo?»

Ora era il turno di Stan di sorridere. «Sì, signora».

«Accidenti, Stan!» esclamò lei. «Ce l'hai fatta».

Sì, ce l'aveva fatta. E aveva anche pensato a lei in ogni momento. «Due volte, in realtà. L'ho ricostruito un paio di anni fa».

«Un uragano?»

«Sì. Pete, il proprietario del resort che abbiamo appena

superato, mi ha venduto questo pezzo di proprietà anni fa». La sera prima aveva mandato una e-mail a Pete dicendogli che sarebbe arrivato con un'ospite.

Jenny si avvicinò alla portiera, impaziente. «Aspetta» le disse lui, ridacchiando mentre girava intorno al veicolo per farla uscire. La aiutò a scendere, prese le loro borse e si diresse verso la porta d'ingresso mentre lei ammirava la casa.

Doveva ammettere che era il bungalow perfetto per la spiaggia, con un portico avvolgente e uno spazio da vivere all'aperto sul retro. Una camera da letto, due bagni, un bello studio, una cucina abitabile e un salotto, il tutto perfettamente organizzato con gli spazi perfetti.

«Sono così felice per te, Stan. Ti sei fatto una bella vita. È bellissimo».

Era consapevole di aver raggiunto i suoi obiettivi, e che dall'esterno tutto appariva roseo, ma in fin dei conti Stan era rimasto per lo più solo dai tempi dell'università. Era uscito con qualcuna, aveva avuto qualche relazione breve, decisamente *breve*, e occasionale, ma non aveva mai dimenticato Jenny. Mai. Aveva evitato di ammetterlo per anni, ma improvvisamente ora si sentiva libero di farlo.

«Volevo farmi una vita con te» disse, senza nascondersi.

«Ho avuto paura».

Sapeva che era così. Entrambi erano spaventati allora. «Hai paura adesso?»

«Sto molto meglio di prima».

Stan non era sicuro se si riferisse a quello che era successo all'università o a quello che aveva passato di recente. Ovviamente aveva qualche demone da smaltire, ma non lo avevano tutti? Qualunque cosa fosse, lui l'avrebbe aiutata a superarla e avrebbe fatto tutto il possibile per eliminare ciò che la minacciava. Da allora, fino all'eternità.

Le fece fare un rapido giro, orgoglioso di mostrarle ciò che aveva realizzato. Sua sorella Reagan, un'arredatrice di successo con un gusto impeccabile e di alto livello, l'aveva aiutato con il progetto. Anche se tecnicamente si trattava di una casa al mare, era stata arredata con toni neutri di crema e beige, con accenti di marrone e blu intenso. Le aveva dato un tocco maschile, ma sapeva che Jenny l'avrebbe amata e si sarebbe sentita a suo agio. Infatti fu così, e la sua gioia fu contagiosa.

Jenny si entusiasmò per il dondolo sul portico anteriore con il suo spesso cuscino, per i piani di lavoro in marmo bianco e per l'isola della cucina con ciotole e contenitori decorativi di cristallo. Passarono per la sala adiacente, con un divano, un tavolo da cocktail e una TV a muro, e poi per lo studio di lui, pieno di strumenti nautici e aeronautici che aveva raccolto in giro per il mondo, come ricompensa per il lavoro nel settore della sicurezza privata. Jenny li sfiorò con riverenza prima di sedersi sulla poltrona di fronte alla scrivania, facendogli cenno con la mano di mettersi al suo posto. Quando lui la accontentò, sedendosi sulla poltrona girevole, lei sorrise felice e gli fece un cenno di approvazione.

Entrarono nella camera da letto e Jenny si complimentò per i comodini grandi come cassettiere e per le lampade di vetro colorato che avevano impiegato un anno ad arrivare. Lui posò le valigie sulla panca imbottita in fondo al letto.

«La amo!» esclamò gesticolando per la stanza.

Lui sorrise, pensando *E io amo te*. Non c'era nulla di cui fosse più sicuro al mondo. Doveva solo aspettare che il divorzio con John fosse definitivo, poi l'avrebbe trascinata in tribunale, o avrebbe organizzato un matrimonio da cinquanta o cinquecento persone, se era quello che lei desiderava. Accidenti, non gli importava. Voleva solo Jenny.

«Aspetta. Un'altra stanza». Fece un cenno con la testa verso il bagno. Il bagno dall'ingresso posteriore era bello, ma questo era la versione più grande. Due lavandini, una doccia enorme con una panca e una toilette separata. Ma il pezzo forte era la vasca idromassaggio. Jenny aveva sempre adorato i bagni e questa stanza era davvero stupenda. Fece una smorfia divertita e sorrise mentre faceva scorrere le dita lungo il bordo dei sanitari.

«La casa è fantastica, Stan. Davvero» esclamò, tornando in camera da letto.

«Ti va di fare una passeggiata? Un po' di spesa?»

«Sì. Posso darmi una rinfrescata prima?»

«Certo».

Lei aprì la cerniera della borsa e tirò fuori una trousse con i suoi prodotti da bagno. Intanto Stan tornava indietro e accendeva le luci, apriva l'armadio della biancheria e tirava fuori alcuni asciugamani, posandoli sul bancone dove lei stava già allineando le sue cose davanti allo specchio. Accidenti, la adorava.

Stava aspettando in cucina, fissando la finestra sopra il lavandino, quando la sentì entrare. Si girò, aprendo le braccia mentre Jenny si dirigeva verso di lui. Rimasero così per molto tempo. Non riusciva a credere che appena ventiquattro ore prima quella sarebbe stata una fantasia sfrenata che trovava posto solo nella sua testa, e invece eccoli qui, nella realtà, a recuperare il tempo perduto. Il senso di urgenza che aveva avvertito prima non era scomparso, ma Stan si concentrò a godersi la facilità, la pace persino, che derivava dallo stare insieme.

«Stan» disse lei, alzando lo sguardo. «Vuoi...»

Cavolo sì, che lo voleva. E prima che lei finisse di chiederlo, lo fece. Lo fece in modo leggero. Il più leggero possibile. La desiderava da così tanto tempo e stava camminando su una linea sottile sapendo che finalmente era arrivato il momento di avere Jenny per la prima volta. Nel momento in cui le sue labbra toccarono quelle di lei, la sollevò sull'isola, infilandosi tra le sue gambe. Gemette quando lei gliele avvolse in vita. «Jenny» sussurrò. «Ti prego, piccola. Ho in mente di fare l'amore con te stasera nella mia camera da letto».

«Ti disturba perdere il controllo?» sussurrò lei. «Mister Mangio solo un'ultima patatina».

Lui ridacchiò. Sì, era lui. «Non sono sicuro che la descrizione si applichi a te».

«Tu? Stan, l'uomo delle regole? Non è possibile».

L'affermazione era ridicola, considerando che aveva infranto ogni singola regola che si era autoimposto da quando l'aveva incontrata, il giorno prima, all'angolo tra Brazilian Ave e South County Road. Lei non aveva ufficialmente chiuso con John, e Stan era abbastanza intelligente da non dire mai che qualcosa era finito finché non lo era davvero, ma non poteva rischiare che Jenny gli sfuggisse di nuovo. Gioco sporco? Ebbene sì.

Lei emise un *mmh* di piacere e le sue unghie gli sfiorarono il cuoio capelluto per poi afferrargli la testa. «Ha fatto centro due volte con me, quindi direi che lei si trova su un terreno solido, signor Finch. Mi baci e mi abbracci per qualche minuto, poi possiamo andare».

E Stan lo fece. Non c'era mai stato niente di così giusto come tenere Jenny tra le braccia mentre si godeva un bacio lungo e pigro. Non avrebbe voluto altro che portarla sul letto e fare l'amore con lei. Era difficile non farlo, ma sapeva che una volta superato quel limite, sarebbero rimasti chiusi in casa per un po'. Se volevano giocare alla coppia felice per qualche giorno, dovevano prima fare provviste.

«Ti sei attenuto al tuo piano?» chiese lei quando lui si rialzò per prendere aria.

«C'è un certo metodo nella mia follia. Mi ringrazierai domani».

Lei gli tenne il viso, scuotendo la testa. «Ti sto ringraziando adesso. Non mi sentivo così da... da... sempre».

Il suo candore lo investì come un balsamo e, con la stessa facilità, il suo cuore si gonfiò ancora di più. «Dai, piccola peste, andiamo a fare la spesa».

La aiutò a risalire sulla Rover e le allacciò la cintura. «Ehi» disse lei, toccandosi le labbra alla ricerca di un altro bacio, prima che lui potesse chiudere la portiera. Lui si adeguò volentieri e da quel momento la giornata assunse una dimensione completamente nuova. Jenny sembrava aver superato qualsiasi cosa la preoccupasse. Non si era mai divertito tanto a scegliere snack, frutta e verdura, bistecche e frutti di mare; anzi, si divertirono anche nella corsia dei surgelati, restringendo la scelta di gelati e sorbetti a due a testa. Sulla via del ritorno si fermarono da Pete's e uno dei ragazzi trovò per loro una scatola di paste surgelate che dovevano solo lievitare per una notte prima di essere cotte.

Jenny lo aiutò a portare tutto dentro e passò una notevole quantità di tempo a organizzare il frigorifero, il freezer e la dispensa. Pensò anche a sistemare le ciotole sull'isola. La casa non aveva mai raggiunto quel grado di familiarità. Certo, in passato Stan si era fermato per lunghi periodi di tempo, ma l'aria ora era diversa. *Jenny.*

Quando lei sistemò di nuovo la frutta nelle ciotole, la prese un po' in giro. «Sei sempre stata ordinata, ma questo è un nuovo livello».

«È una questione di controllo».

«È bene o male?» si chiese ad alta voce. Una semplice mania della personalità o una tecnica per stabilizzarsi? C'era una netta differenza.

Lei alzò le spalle, ignorando la domanda. «Mi fai vedere la spiaggia?»

Le avrebbe voluto mostrare il mondo intero. «Nuotiamo, camminiamo o entrambe le cose?»

Jenny fece una faccia adorabile che proclamava la sua gioiosa indecisione. Non le piaceva scegliere. Lui ridacchiò e fece cenno verso la camera da letto: «Vai a cambiarti. Ho delle cose da prendere».

Andò verso il locale lavanderia che includeva anche un altro bagno completo. Reagan si era divertita a progettare quello spazio. Come in cucina, aveva esteso i ripiani in marmo bianco sopra la lavatrice e l'asciugatrice e aveva installato degli scaffali. Dall'altro lato c'era una grande panca imbottita con scomparti a vista per le scarpe. Sul muro c'erano dei ganci tra la porta sul retro e il piccolo bagno. Era comodo avere una doccia a portata di mano dopo essere stati in spiaggia.

«Stasera facciamo una grigliata?» chiese Jenny dall'altra parte della casa.

«Ti chiami Jenny Lynne?» gridò lui.

«Sì, signor Stanley Michael».

Prese asciugamani, sedie e una tenda da spiaggia pieghevole, sgattaiolò verso la spiaggia e li piazzò nel punto perfetto. Proprio mentre stava risalendo il breve sentiero, la vide uscire dalla porta sul retro in costume da bagno e copricostume. I suoi capelli biondi si muovevano nella brezza mentre scuoteva la testa. Lui sapeva cosa stava pensando. *Come siamo arrivati qui, dopo tutti questi anni?* Era l'esperienza più bella che avesse mai vissuto, anche senza aver ancora fatto l'amore con lei. Le tese la mano e la trascinò dentro alla tenda, facendola girare e ridendo. *Jenny.* Fantastica.

L'aria si era notevolmente riscaldata, così uscirono per fare una passeggiata, tenendo i piedi in acqua e voltandosi solo dopo aver percorso un ampio tratto di spiaggia. Quando tornarono, si liberarono di tutto tranne che dei costumi, lasciando tutto in un mucchio sulle sedie che lui aveva sistemato. L'acqua era calda, ma Jenny voleva rimanere vicino alla riva, così si asciugarono al sole, tenendosi per mano tra le sedie. Poco dopo Stan si svegliò di soprassalto, provando un attimo di panico prima di rendersi conto che non stava sognando.

Jenny gli strinse la mano. «Stai bene?»

«Mai stato meglio. Doccia?»

Lei ridacchiò. «Stai solo dicendo che è l'ora della doccia? O intendevi dire con te?»

«Jenny Lynne, stai dicendo che faresti la doccia con me?» la prese in giro, conoscendo già la risposta.

Lei si girò a pancia in giù, strizzando un po' gli occhi per il sole. «Farei qualsiasi cosa con te, Stan».

Santo cielo, perché sei scappata via, Jenny? Sarebbe stato tutto così bello. «Se vuoi la cena, è meglio che questa te la fai da sola. Da lì in poi, le farai tutte con me».

«Affare fatto».

Stan prese dei pantaloncini e una polo prima di dirigersi verso la doccia sul retro, in modo che lei potesse usare quella nella camera da letto. Si incontrarono in cucina un'ora dopo, dove lui accese l'impianto audio che diffuse la musica in tutta la casa. Aveva già preparato un'insalata, messo delle verdure nel cestello della griglia e tirato fuori le bistecche in modo che fossero a temperatura ambiente. Quei preparativi si erano rivelati di vitale importanza, dal momento che Jenny era entrata con un prendisole senza schienale e con una scollatura profonda. Aveva preso un po' di sole e le guance e le spalle erano un po' rosate. Per quanto ne sapeva Stan, era poco truccata, solo un po' di eyeliner e un tocco di lucidalabbra. Completamente distratto dalla sua presenza, le si avvicinò, si chinò per baciarla e le avvolse le mani intorno al corpo, sollevandola. Le sue gambe si agganciarono alla sua vita, le sue braccia al suo collo e le dita si aggrovigliarono nei suoi capelli. E addio cena.

La riportò in camera da letto e abbassò le luci. La posò accanto al letto, tirandosi indietro per assicurarsi che fossero sulla stessa lunghezza d'onda. Se i suoi occhi e il suo cenno del capo appena percettibile erano un indicatore, stavano esattamente allo stesso punto, sulla stessa pagina, la stessa frase, la stessa parola.

Le mani di lui le passarono tra i capelli e le accarezzarono la testa mentre la baciava di nuovo, portando le sensazioni a un livello completamente nuovo. Il suo gemito profondo gli arrivò dritto all'inguine, non che avesse bisogno di incoraggiamento. Era così duro che avrebbe voluto essere dentro di lei immediatamente. Jenny cominciò a sbottonargli la camicia e lui se la tolse un secondo dopo, tirandola di nuovo contro il suo petto. La testa gli girava per tutte quelle emozioni... *Jenny*.

Si baciarono per lunghi minuti poi lui la scostò e le slacciò il top, rivelando i suoi seni perfetti, piccoli e rotondi. La toccò con riverenza, sfiorando con il dorso delle mani la sua pelle nuda, prima di palpare delicatamente ogni prezioso seno tra le mani.

Forse ringhiò mentre la stringeva un po'. La possessività prese il sopravvento e i suoi pensieri si concentrarono su *mia, mia, mia*.

Le sue mani le sfiorarono i fianchi, portandole via vestito e perizoma mentre si inginocchiava. Premette la bocca sul suo pube nudo un secondo prima di abbracciarla. Con la testa di Stan appoggiata contro il suo stomaco, lei giocò con i suoi capelli, poi iniziò a strattonarlo. Poiché non vedeva l'ora di toccarla, si adeguò, e il suo profumo lo fece eccitare ancora di più.

La sdraiò sul letto, piegandole le gambe al ginocchio e cullandole i fianchi mentre la tirava verso il bordo. Si inginocchiò e vide che luccicava di rosa quando le sue dita la sfiorarono e scivolarono sulla sua umidità. Non potendo aspettare un altro secondo, la aprì per poterla guardare e toccare.

«Stan?» chiese lei con voce roca.

«Shh, ci penso io, piccola. Ti prego».

Lui sentì che si rilassava di nuovo e cominciò a toccarla delicatamente, usando metodicamente una pressione minima e circondandole il clitoride con la punta delle dita bagnate. Senza mai cambiare obiettivo, lasciò che la tensione crescesse lentamente. Si era accontentato di baciare la pelle morbida dell'interno cosce, ma all'improvviso non poté fare a meno di spostare la bocca sulle labbra morbide sotto le sue dita, succhiando e usando la lingua per stuzzicarla. Jenny gemette, stringendosi a lui. La sua lingua sfrecciava dentro di lei, portandola a superare il limite. Lui aspettò che si calmasse e riprendesse fiato, poi le prese i glutei facendola scivolare sulla sua erezione. Con un gesto delle mani, Jenny lo invitò a spostarsi un po' indietro e lui la accontentò prima di entrare lentamente dentro di lei, che gli avvolse le gambe intorno, inclinò i fianchi e lo portò a entrare più in profondità. Santo cielo, per poco Stan non svenne dal piacere. Fisicamente e mentalmente.

Non fu la performance dolce e raffinata che aveva immaginato. Fu frenetica ed emozionante, i loro nomi sussurrati così tante volte da diventare quasi un coro. Raggiunse l'apice in una tempesta di luce che quasi lo accecò mentre Jenny lo stringeva forte.

Dopo, lei singhiozzò tra le sue braccia. Stan non riusciva a capire se fosse il culmine dell'essere finalmente insieme o se fosse la liberazione di ciò che aveva trattenuto tanto a lungo. Aveva sempre pensato di essere il suo porto sicuro, e quel giorno lo aveva dimostrato. Anche lei lo era, allo stesso modo, e dovette ammettere di essersi un po' commosso anche lui mentre la stringeva fra le braccia.

13

Southampton
New York

Dopo aver lasciato Stan e il resto del gruppo impietriti dallo shock in salotto, Jenny riuscì a percorrere solo il primo tratto del corridoio prima di afflosciarsi contro il muro, cercando di riprendere fiato. Non era preparata. Non a quello. Nelle ultime ventiquattro ore, tutte le ferite che aveva accuratamente nascosto e sepolto erano riemerse, aperte e sanguinanti. Non si sarebbe mai aspettata quella reazione da Stan. Non dopo il modo in cui si era comportato al brunch e soprattutto dopo la sua ostilità quando era entrata nel salone. Ma l'orrore sul suo volto quando aveva capito la verità, il fatto di essere stato ingannato e che anche lei aveva subito lo stesso trattamento, era reale. E lui non se n'era andato tutti quei mesi prima. Almeno non come aveva sempre creduto.

John. Jenny avrebbe dovuto capire che lui aveva dei secondi fini quando si era infilato nel suo letto quel giorno. Rabbrividì al solo pensiero, sentendosi di nuovo sporca e disgustata. Con John niente era come sembrava. La sua mossa finale era stata così brillante, che lei non si era resa neanche conto. «*Sei tornata da lui*» aveva sbottato Stan la sera prima. Non c'era da stupirsi che l'avesse detto. John l'aveva distrutta. Due volte. Chiuse gli occhi mentre altre lacrime le scendevano sulle guance, coprendosi la bocca per impedire che i singhiozzi affiorassero in superficie. Avevano perso tutto quel tempo, di nuovo.

«Jenny! Jenny, aspetta!»

La testa di lei si girò verso la voce e, come un cervo sorpreso dalla luce dei fari, lo fissò, paralizzata. Fu il suono del suo nome sulle labbra di Stan, unito all'ondata di emozioni forti e contrastanti vissute nelle ultime ventiquattro ore, che la immobilizzò. Se la sua espressione rifletteva quella di Stan, sembravano superstiti da uno scontro frontale. Quando le fu vicino, senza fiato, le tese la mano, tremando visibilmente. «Jenny». Era quasi un rantolo. «Non lo sapevo».

Sciogliendosi in un abisso di angoscia, il respiro le si mozzò in un singhiozzo, e la bocca di lui si contrasse in una sottile linea di dolore mentre le sue braccia la avvolgevano e la attiravano a sé. Jenny pianse sul serio, perdendosi nel calore e nella protezione del suo abbraccio, sentendo le spalle di lui tremare insieme alle sue. Le sue braccia forti si strinsero e la sua mano le teneva la nuca, cullandola. Poi si ricordò. John aveva fatto il suo gioco, sì, ma Stan si era arreso fin troppo facilmente. Se n'era andato dall'ospedale. Non aveva risposto alle sue chiamate. Improvvisamente, non desiderando altro che stare da sola, gridò, strappandosi dalle sue braccia. Con il cuore a mille, lo spinse via e cominciò a correre.

«Jenny!»

Girò l'ultimo angolo del corridoio e si ritrovò nell'enorme atrio. Il pavimento di marmo sembrava vorticare davanti a lei, offuscato dalle lacrime che le annebbiavano la vista.

«Jenny!» Stan la chiamò di nuovo, con la voce e i passi sempre più vicini.

Lei lo sentì arrivare e, nella fretta, inciampò sui gradini.

«*Jenny*». Era così vicino.

Letteralmente strisciando, riuscì a salire appena due gradini prima di sentire le sue mani afferrarle le braccia. L'unica cosa che aveva sempre voluto: Stan. L'unico desiderio che l'aveva accompagnata per tutto l'anno precedente, mentre cercava di fare i conti con ciò che era accaduto. Sarebbe dovuta andare diversamente. Avrebbe potuto essere meraviglioso. Quando lui la girò, lei respinse le sue mani. Cercò di dirgli di smettere, ma ciò che uscì fu solo un grido straziante e confuso. Mettendosi carponi, cercò di allontanarsi, alla ricerca di un momento per schiarirsi le idee. Poi sentì di nuovo le mani di lui stringerle le braccia e l'ansia salì alle stelle. Non importava che fosse Stan. Sapeva che non le avrebbe mai fatto del male. Ma il suo corpo ricordava solo la paura, quella che l'aveva paralizzata quando John l'aveva afferrata da dietro e scaraventata in macchina. L'isteria prese il sopravvento, anche se la voce di Stan si addolcì.

«Jenny». Era proprio lì, nel suo spazio. Il volto di Stan si offuscò per un attimo mentre lei indietreggiava e lo respingeva. I suoi occhi si strinsero, poi si spalancarono. Vide formarsi sulle labbra di Stan il nome *"Evan"*, ma non riuscì a sentirlo coperto dal suono assordante del sangue che le scorreva nelle tempie. Gli occhi di lui colsero ogni sfumatura del suo viso, ogni traccia di panico. Le sue mani si allentarono fino a diventare una presa gentile.

All'improvviso si scatenò un pandemonio: tutti gli altri stavano per arrivare. Stan venne allontanato da Stephen e Gregor ed Evan si accovacciò davanti a lei, bloccandole la visuale. Le rivolse poi un cenno rassicurante e i suoi profondi occhi marroni divennero visibili mentre la vista di Jenny cominciava a schiarirsi. Si lasciò guidare dal dottore che le ordinava di respirare con calma. «Dentro... due... tre. E fuori... due... tre. Così». Le sue mani le presero il viso, restringendo il suo campo d'azione. «Di nuovo, Jenny. Concentriamoci, ora. Dentro... due... tre. Fuori... due... tre».

Evan allentò la presa e controllò il polso. In quel momento, lei sentì le parole angosciate di suo padre: «Avrei dovuto fare qualcosa prima».

Poi quelle di Stan: «Lasciatemi andare da lei».

Jenny sbirciò oltre Evan e vide Stan che si divincolava con forza contro gli uomini che cercavano di trattenerlo. Aveva un'espressione tesa e determinata sul volto. Una fitta di dolore e di rimpianto le colpì il petto nel vedere l'uomo che, nonostante tutto amava ancora, lottare così ferocemente. Ma fu la vista del padre sconvolto che la colpì maggiormente. Stava invecchiando sotto i suoi occhi e lei sapeva di essere la causa del suo declino. Fu proprio la consapevolezza di non poter più sopportare quel peso a farla parlare.

«Sto bene, papà» disse Jenny, come se il suo cuore avesse smesso di correre all'impazzata e il suo respiro avesse iniziato a rallentare. Evan alzò un sopracciglio con aria scettica, poco propenso a crederle, ma Jenny continuò. Sussurrò in modo che solo lui e le ragazze, che erano proprio dietro, potessero sentire. «Per favore. Non voglio che si preoccupi. Lui... John mi afferrava sempre in quel modo. Credo che, dopo aver parlato di quel giorno e dopo quello che è appena successo, mi sia scattato qualcosa».

Evan annuì, prendendole il polso e guardandola negli occhi. «Andiamo di sopra. Hai bisogno di aiuto?»

«No». Guardò da sinistra a destra. Le ragazze erano in piedi al suo fianco. Vide poi che Gregor e Stephen stavano ancora trattenendo Stan e che Alex stava parlando a bassa voce con suo padre.

«Cosa c'è?» chiese Sam quando Jenny le afferrò saldamente la mano.

«Hayden». Aveva bisogno del suo bambino.

«Lo vado a prendere» disse Amanda, mentre Sam ed Evan la aiutavano ad alzarsi e cominciavano a condurla nella sua stanza.

«Jenny» la chiamò Stan e lei si voltò, incontrando i suoi occhi per la prima volta da quando l'attacco di panico l'aveva assalita. In essi vide lo specchio del dolore e dell'angoscia che provava. Che razza di casino era diventata. Almeno adesso era tutto sul tavolo: i segreti tra loro erano finiti.

Amanda tornò con Hayden e, riconoscente, Jenny si avvicinò al suo bambino, stringendolo al petto. Con lui in braccio, era pronta. Al suo cenno, le ragazze si misero al suo fianco e la accompagnarono al piano di sopra. Quando raggiunse il pianerottolo, Jenny si guardò ancora una volta indietro, condividendo un altro sguardo angosciato con Stan. *Lo so*, pensò. *Mi dispiace. Ho bisogno di più tempo.*

Le ragazze le rimboccarono le coperte, non che lei lo avesse chiesto, ma c'era qualcosa di molto confortante e rilassante nel riposare sui cuscini morbidi. Erano anni che nessuno si prendeva cura di lei in quel modo, a parte il periodo trascorso con Stan. Evan le controllò di nuovo il polso, poi la guardò dritto negli occhi e le diede l'ordine deciso, ma affettuoso, di riposare. Dopo che Amanda le mise Hayden tra le braccia, le due ragazze si sedettero a gambe incrociate sul letto.

«Jen? Ci racconti cos'è successo?» chiese Sam, mentre Amanda annuiva per incoraggiarla.

Jenny si girò su un fianco e mise Hayden accanto a lei. Baciandogli la testolina, guardò il suo bambino e pensò da dove cominciare. Iniziò con quando era tornata a casa per dire addio alla sua nonnina. Il che la portò a riflettere sul suo matrimonio con John e ai dettagli che aveva condiviso solo con Marisa prima di allora, e anche in quel caso, solo dopo che John era stato ufficialmente fuori dai giochi. Sam e Amanda non tardarono a offrirle il loro sostegno e a dire «Oh, Jen» e «Ci dispiace tanto».

Jenny parlò ancora un po' e loro la ascoltarono. Tutte e tre rimasero sedute sul letto a piangere, ridere e commiserarsi per ore. A un certo punto, Helen e Rosa entrarono con Zander e Callie. Capendo che il loro momento tra donne non era ancora finito, lasciarono Zander, felice di essere tornato tra le braccia della sua mamma, e dissero a Callie che avevano grandi progetti per lei. La bambina di Amanda non si lasciò ingannare, ma accettò comunque, con l'aria sveglia di chi ha già capito molto più di quanto dovrebbe per la sua età. Abbracciò la madre, accarezzò la testa dei bambini e lanciò loro uno sguardo che diceva chiaramente: me ne vado ma mi aspetto una ricompensa per la collaborazione.

Quando Jenny arrivò finalmente alla parte in cui si era imbattuta in Stan a Palm Beach, fu come se tutte e tre fossero tornate a scuola, a sbaciucchiarsi e a ridacchiare per l'eccitazione. Nel raccontarlo, Jenny si rese conto che era piacevole riportare alla memoria il periodo trascorso con lui anche solo per l'esperienza straordinaria, emozionante e trasformativa che era stata, senza il timore di credere che l'avesse abbandonata.

Raccontò tutto, compreso il giorno in cui Stan l'aveva accompagnata all'aeroporto. Era una giornata che Jenny non avrebbe mai dimenticato. Aveva amato la sua forza tranquilla. Un riparo nella sua tempesta. Così diverso da quello che credeva fosse diventato.

Quando Jenny finì quella parte della storia, tutte e tre erano sdraiate a osservare il soffitto. Lei e Amanda avevano già messo i bambini nella culla di Hayden da un po', ed entrambi dormivano profondamente. Jenny raccontò poi i dettagli più crudi del suo viaggio verso casa, quell'ultimo mese prima che il divorzio fosse davvero definitivo, e di come aveva organizzato la sua nuova vita mentre si preparava per avere Hayden, che in quel momento era solo un puntino all'orizzonte.

A un certo punto, Amanda si fece molto seria, scuotendo la testa mentre le prendeva le mani. «Jen, mi sento come se te lo avessi portato via. Mentre tu eri da sola a badare a te e ad Hayden, Stan si occupava di noi».

«Non è colpa tua, Amanda. Ci ho pensato molto». Jenny alzò le spalle. «Me la sono cercata quando ho scelto John, sapendo che era Stan quello che amavo davvero. Avevo solo paura». Non parlò di quello che era successo, tutti ne conoscevano i motivi. «Lo aggiungeremo alla lista dei colpi di scena capitati nelle nostre vite». Amanda e Sam si scambiarono uno sguardo. «Perché?» chiese Jenny. «C'è dell'altro?»

«Un altro giorno» disse Amanda. «Ora concentriamoci sul riportare te e Stan dove dovreste essere».

Jenny scosse la testa, pronta a dare voce alle sue paure. «È passata così tanta acqua sotto i ponti, Amanda, che non credo si *possa* tornare indietro».

«Fattelo dire da una che se ne intende. *Tutto* è possibile. Lo ami ancora, vero?»

Jenny non esitò. «Certo che lo amo ancora, ma sento che quello che è successo l'anno scorso ha causato un danno permanente. Com'è che si dice? *Quando si torna indietro, non è mai più lo stesso*». Scrollando le spalle, Jenny sospirò tristemente.

«No. Non ci credo» dichiarò Amanda.

Bussarono alla porta e Sam andò a controllare, indicando Amanda. «Confermo quello che ha detto». Aprì la porta, sussurrò qualcosa alla persona sulla soglia e poi la richiuse, con un piccolo sorriso sul volto quando si voltò. «Era Stephen» disse Sam, risalendo sul letto.

«Il tuo ragazzo che non è il tuo ragazzo» disse Jenny sfacciatamente.

Amanda rise. «Vero?»

Jenny alzò gli occhi al cielo. Ovvio!

«Ehi, basta così» le ammonì Sam, dando un buffetto a entrambe. «La cena è pronta. I ragazzi stanno aspettando sulla terrazza. Che ne pensi, Jenny?»

«Dovrei venire?» Jenny stava pensando di rimanere a letto nella sua stanza per la sera, ma la prospettiva di quelle lunghe ore in solitaria la rendeva ansiosa. Da quando era arrivata alla tenuta dei Montgomery, stava cominciando a scoprire che, dopo il suo lungo isolamento, stare da sola era improvvisamente opprimente e poco attraente. «Cosa ne pensate?» chiese, non sapendo bene come comportarsi.

«Vieni» risposero all'unisono, e Jenny sentì un piccolo

sorriso insinuarsi sul suo volto. Le adorava, le sue vecchie amiche. Stare di nuovo con loro le sembrava giusto, come se fosse arrivata proprio dove avrebbe dovuto essere. Ma poteva affrontare Stan? Aveva praticamente dato di matto e se n'era andata. John si arrabbiava sempre quando lei cambiava idea o "reagiva in modo eccessivo" anche se lei non aveva mai avuto la sensazione di aver esagerato. Anzi, era proprio il contrario. Eppure lui l'aveva definita volubile, emotiva e ingenua. Sapeva di non essere mai stata quel tipo di persona e che John l'aveva solo manipolata facendole credere di essere lei quella irrazionale. Tuttavia, era difficile allontanarsi dalle vecchie abitudini.

«Non ho reagito in modo eccessivo, vero?» chiese, mettendosi in discussione.

«Oh, tesoro, no, avevi tutto il diritto di sentirti sopraffatta prima» la rassicurarono le ragazze, parlando nuovamente insieme.

«Fidati» disse Sam, «mentre noi parlavamo, i ragazzi stavano facendo lo stesso. Stan ha cercato di salire due volte, ma è stato placcato ogni volta. Ha l'ordine tassativo di "restarsene da parte"».

«Il momento del pasto è solitamente sacro a casa nostra» spiegò Amanda. «Inoltre, ho la sensazione che dopo quello che è successo prima, si comporterà meglio».

Jenny era sbalordita, anche se sapeva che non avrebbe dovuto esserlo. Stan si stava assumendo la responsabilità della situazione invece di dare la colpa a lei. Questo era lo Stan che aveva conosciuto.

Guardando le sue amiche, Jenny si rese conto che non si sentiva così legata a qualcuno da molto tempo. Nonostante tutto quello che era successo tra lei e Stan e il suo crollo emotivo, c'era qualcosa di rassicurante nello stare con le ragazze e il loro grande entourage. «Credo di non poter restare quassù per sempre». Era meglio affrontare Stan in quel momento, in mezzo agli altri. Dopotutto non doveva certo sedersi con lui a tu per tu. Almeno non ancora.

Prima che si allontanassero per darsi una rinfrescata per la cena, Jenny ricevette gli abbracci di Sam e Amanda, quelli lunghi e sinceri che scaldano il cuore. Dopo che se ne furono andate, si sedette sul bordo del letto e fece un profondo respiro di purificazione. Sapeva già che i pasti al complesso dei Montgomery erano una questione semi formale, quindi scelse nuovi abiti per sé e per Hayden, poi si diede una rinfrescata.

Era stata una giornata movimentata, ma si sentiva un po' meglio: aveva condiviso molte emozioni con Sam e Amanda, e finalmente aveva portato alla luce tutta la verità con Stan.

14

Southampton
New York

Stan non si era mai sentito un fallito. *Mai*. Non veramente. Né all'università, quando aveva perso Jenny per John, né quando aveva erroneamente pensato che lei avesse scelto John al posto suo l'anno precedente. Si era considerato un perdente entrambe le volte, certo, ma non un *fallito*. Eppure sulla scia delle sue errate convinzioni, non c'era modo di evitare di pensarlo. Aveva sbagliato. Aveva deluso Jenny, aveva deluso il loro bambino e anche la sua famiglia. Era una pillola difficile da mandare giù.

Quando era andato a cercare Jenny, voleva solo lenire tutto il dolore che le aveva causato. Stringerla per quei brevi secondi era stato un inizio, ma poco dopo lei era scappata. L'aveva quindi raggiunta di nuovo e lei aveva gridato, con gli occhi spalancati e terrorizzati. Gli ci era voluto un attimo per capire che era turbata da qualcosa, qualcosa che non aveva nulla a che fare con lui. Gli erano venuti in mente tutti i comportamenti che le aveva visto fare: il risveglio di soprassalto, la reazione in caso di voci alte e poi questo. Quel bastardo l'aveva afferrata da dietro. Gli ci era voluto un bel po' di autocontrollo per non andarlo a cercare. Ma non poteva agire d'impulso e affrontare John: doveva occuparsi di suo figlio e di Jenny. Erano *loro* ad avere la precedenza.

Ancora una volta, Gregor e Stephen erano intervenuti per trattenerlo mentre lui assisteva impotente. Quando il signor D'Angelo, in difficoltà, gli aveva dato una pacca sulla spalla con aria comprensiva e gli aveva detto: «Dalle un po' di tempo, figliolo» Stan aveva fatto un respiro profondo e aveva annuito, guardando Jenny che veniva accompagnata al piano di sopra.

Tornato in camera sua, si mise dei pantaloncini da ginnastica e una maglietta e si diresse verso la palestra. Solitamente molto riservato, in quel momento l'umore di Stan era come una nuvola scura. La squadra e il personale gli lasciarono ampio spazio, alcuni addirittura si scansarono mentre camminava lungo il corridoio. Le luci della palestra si accesero quando spalancò le porte, battendo con il pugno sulla piastra di alimentazione dell'impianto audio mentre la oltrepassava. Afferrò un rotolo di bende e si diresse verso i sacchi da boxe, usando i denti per strapparne l'inizio. Quando finì di fasciarsi le mani, lanciò il rotolo dall'altra parte della stanza con un grugnito e iniziò a sfogarsi sul sacco, dando tutto sé stesso, in una furia cieca.

Alcuni minuti dopo era in piedi, con il respiro affannoso, aggrappandosi al sacco mentre il suo petto si gonfiava. All'improvviso, Alex era lì, appoggiato dall'altro lato del sacco, con lo sguardo fisso su di lui. Non sorpreso di vederlo, Stan gli rivolse un cenno di saluto. Se c'era qualcuno che sapeva cosa si provava a perdere il controllo di una situazione, a vedere tutto andare in frantumi, quello era il suo capo. Si scambiarono uno sguardo silenzioso prima che Stan si passasse un braccio sulla fronte e tornasse a occuparsi del sacco. Di nuovo, iniziò a picchiare con tutto quello che aveva, fino a quando le braccia iniziarono a bruciargli, si intorpidirono e lui cominciò a barcollare, reggendosi mentre rilasciava il resto della sua rabbia in un ruggito. Cadde in ginocchio, esausto, coperto di sudore. Alzò lo sguardo quando altre due paia di piedi apparvero di fronte a lui. Sollevando la testa, vide sia Stephen che Gregor. *Naturalmente.* Stephen allungò la mano e Stan si lasciò tirare su, accettando da Gregor un asciugamano e una bottiglia d'acqua. Si pulì il viso e il petto, si strofinò la nuca e bevve metà della bottiglia.

Li fissò per un attimo. «Ci sono cascato in pieno» disse, ancora nauseato e sconcertato a quel pensiero. John aveva usato le sue stesse insicurezze contro di lui. Per la milionesima volta da quando aveva saputo la verità, Stan rivide quella giornata. Ricordò di essersi presentato al banco di accoglienza dell'ospedale. La reazione della receptionist quando aveva detto di essere lì per visitare Jenny D'Angelo. Sul momento, Stan l'aveva attribuita al suo aspetto in preda al panico e al suo tono urgente, ma ora aveva scoperto la verità. John doveva averle dato istruzioni di avvertirlo al suo arrivo, forse l'aveva anche pagata per farglielo sapere, in modo che fosse tutto pronto. Che potesse vedere John sul letto con Jenny, nello *stesso* letto. L'immagine lo aveva talmente stordito che si era immobilizzato nel corridoio. Vecchie ferite si erano aperte e avevano offuscato il suo giudizio. Perso nella furia delle emozioni, quel giorno aveva bloccato il numero di Jenny.

«L'ho lasciata» spiegò, incontrando gli occhi di Stephen, poi quelli di Gregor e infine di Alex. Quello che era iniziato come un sussurro divenne più forte quando lo ripeté: «L'ho lasciata. L'ho lasciata a badare a sé stessa nelle mani di un serpente. UN SERPENTE!» Si piegò su sé stesso, scuotendo la testa. Sapeva che Jenny era fragile quando l'aveva messa su quell'aereo. Ma se fosse stato consapevole della portata della psicosi di John allora, sarebbe andato con lei senza badare alle apparenze. Ma lei aveva tenuto tutto per sé. E Hayden, Hayden *era* suo figlio. Quel piccolino era *suo*. Stan ridacchiò dolcemente, sentendo un sorriso ironico attraversargli il volto. Ora l'insistenza di Alex affinché fosse *lui* a prelevare Jenny e la richiesta del signor D'Angelo che lei rimanesse nella tenuta, avevano improvvisamente senso. Purtroppo, il suo divertimento durò solo un secondo.

Stan si passò le mani tra i capelli, scuotendo la testa. «La mia ragazza era incinta e io l'ho lasciata. L'ho lasciata e ho tagliato i ponti con lei. E per tutto il tempo sono stato con Amanda, proteggendola durante la gravidanza». Il senso di colpa che provava era insopportabile. «Come faccio a farmene una ragione?»

«Non ho una risposta, Stan» disse Alex a bassa voce. «Non posso rimangiarmi quello che è successo, né dirti come fare. Per qualche motivo, eri destinato ad aiutare la mia famiglia sacrificando la tua. È un debito che io...» indicò Stephen e Gregor, «...*noi* non considereremo mai estinto. Mai».

Stan sapeva che era vero. Lo sentiva nei loro sguardi seri e incrollabili. La gravità di ciò che era accaduto e il fatto che si stessero rendendo conto solo ora del costo che aveva comportato, lo fecero riflettere.

«Possiamo rimediare» disse Alex.

«Pensava che l'avessi lasciata». Gettò le mani in aria. «Cosa sto dicendo? Io *l'ho* lasciata!» Si sentì di nuovo male.

«Alex ha ragione» disse Evan, unendosi a loro, con un'espressione determinata sul volto. «Sistemeremo tutto».

«Come sta?» chiese Stan ansioso.

«È forte, Stan, e anche se questo non è tecnicamente di mia competenza, ti considero un amico: non l'hai persa».

Stan prese una brusca boccata d'aria. «Ho bisogno di vederla, Evan».

«Devi darle un po' di spazio in questo momento, Stan».

«No. Devo sistemare la situazione. L'ho abbandonata. Sono stato ostile dal momento in cui siamo entrati nella tenuta. Se tu avessi prestato attenzione...» Stan si fermò di colpo, aggrottando la fronte quando vide Evan ridacchiare. Non capiva davvero cosa ci fosse di tanto divertente, ma la reazione di Evan, unita al calore genuino del suo gesto quando gli toccò il braccio, bastarono a farlo fermare e riflettere.

«Se avessi prestato attenzione? Sì, Stan. Io ho prestato attenzione». Stan si rese conto che anche il buon dottore doveva sapere del bambino. Lui e le ragazze erano forse gli unici a esserne all'oscuro? «E so che c'è modo di rimediare» ribadì Evan. «Ne sono certo. Ma affrontiamo la situazione nel modo giusto».

Stan fece un respiro profondo, scuotendo nuovamente la testa, cercando ancora di elaborare tutto quello che era successo. «L'ho bloccata, però. E quando ho nascosto Amanda, il resto del mondo è svanito con noi». La sua ossessione nel proteggere le ragazze era stata una manna dal cielo in quel momento; gli aveva consentito di allontanare ogni pensiero su Jenny e di confinarlo negli angoli più remoti della sua mente. In quel preciso istante, se ne pentì profondamente.

«Stan, non puoi incolpare te stesso».

«No» disse duramente, «posso eccome. Ero così preso dalla visione fiabesca del nostro futuro insieme, che non mi sono mai fermato a pensare a cosa Jenny potesse nascondermi, a cosa John le avesse fatto passare per farle desiderare di andarsene subito, e con tanta forza».

«Perché avresti dovuto? Ti senti così solo ora a causa di ciò che hai appreso oggi, cose che non potevi sapere prima. Jenny ha scelto di non condividerle con te in quel momento per un determinato motivo, Stan. È comprensibile».

Stan scosse la testa. «Ho bisogno di vederla. Ho bisogno di parlarle».

«*Devi* darle un po' di spazio. *Devi* lasciare che le cose si sistemino. Per quanto possa sembrare difficile, Stan, sono passate solo ventiquattro ore da quando sei andato a prenderla. Avrai tempo per parlarle».

«Sì, lo capisco, ma noi... siamo fatti così, siamo impulsivi, Ev». L'ultima volta che l'aveva incontrata l'aveva portata alle Keys subito dopo le prime ventiquattro ore.

«Capisco. Ma pazienza, ragazzo. Il fatto che ora lei sappia la verità non le toglie il dolore che prova da oltre un anno. Non solo per quello che è successo in ospedale. Dobbiamo tenere conto degli anni che ha trascorso con John. L'abuso è diventato fisico solo dopo l'incidente, ma la nostra Jenny ha dovuto sopportare una notevole dose di manipolazioni emotive e psicologiche. Questi schemi sono difficili da rompere. I segnali interni e i meccanismi di difesa spesso prendono il sopravvento quando qualcuno ha passato quello che ha passato lei. Anche nella migliore delle ipotesi, avrebbe bisogno di un percorso terapeutico». Evan scambiò uno sguardo con Alex, poi concluse: «Ci vediamo a cena. Accompagnerò Jenny personalmente e inizierò a gettare le basi per quella che spero sarà una rapida riconciliazione».

15

Southampton
New York

Quando vide Evan aspettarla sulla panchina fuori dalla porta di casa, Jenny sorrise. Provava già affetto per lui, si sentiva spontanea in sua presenza e fu subito sollevata dal fatto che l'accompagnasse a cena.

«Posso?» chiese lui, facendo un gesto verso le scale.

«Certo».

«Come stai?»

«Meglio per quanto riguarda il mio episodio di prima. Per il resto...» Scrollò le spalle. «Un po' instabile, ma è normale, no?»

I suoi occhi erano compassionevoli, pieni di calore e umanità. «Non vorrei dire altro che sì, ma onestamente, nella vita, ho scoperto che niente è normale».

La sua risposta non era quella che si aspettava. Quando lo guardò, vide qualcosa che riconobbe nei suoi occhi. Un guizzo di comprensione o, forse, la sua stessa tristezza. «Anche tu?» chiese, intuendo che stava parlando per esperienza personale.

Lui sorrise amaramente, annuì e disse: «Sì, anch'io».

Jenny poté scoprire presto che Evan era una gemma rara e molto abile nel suo ruolo. I suoi consigli, offerti durante la loro lenta passeggiata verso la cena, erano semplici e, a dire il vero, perfetti. Le suggerì di vivere le sue emozioni, esprimerle apertamente e affrontare ogni giorno, ora o minuto, come veniva. Aggiunse che non esistevano sentimenti giusti o sbagliati, erano tutti validi. Avvicinandosi alla tavola, concluse dicendo che era disponibile per lei ventiquattr'ore su ventiquattro, sette giorni su sette. A quel punto, Jenny era così tranquilla e a suo agio che non si era accorta che avevano già attraversato l'enorme cucina e si trovavano sulla soglia delle portefinestre che conducevano a una parte di terrazza splendida, come se fosse uscita da un libro di favole.

Anche se non aveva ancora avuto modo di visitarla, Jenny capì che era lì che si consumavano regolarmente i pasti nella tenuta dei Montgomery. Un grande tavolo quadrato e vari posti a sedere, fra cui un grande divano, alcune sedie a sdraio e poltrone ricoperte da morbide coperte, cuscini e tavolini, riempivano l'ampio spazio. Ombrelloni e grandi alberi in vaso erano decorati con varie luci e alcune stufe strategicamente posizionate per le notti fresche completavano l'arredamento. Montagne russe emotive a parte, a Jenny piaceva sempre di più stare con quella gente.

Tutti sembravano rilassati e parlavano tra loro. Stephen stava versando il vino, con una mano sulla spalla di Sam che accolse Jenny con un cenno del capo. Rosa coccolava Zander in grembo, mentre Helen, Trevor e Michael ascoltavano Callie che stava raccontando una storia molto animata. Alex e Amanda erano accoccolati insieme e sembravano intenti a conversare, con la testa china. Jenny si guardò intorno per cercare suo padre e finalmente lo vide seduto in un angolo, intento a parlare con Stan.

Fece un respiro profondo. *Oh, Stan.* Indossava una delle

camicie che lei preferiva, un tessuto azzurro a quadretti teso sulle braccia, sulle spalle e sul petto. L'aveva indossata quando erano usciti a cena verso la fine del loro viaggio alle Keys. Allora lei aveva commentato quanto fosse morbida e quanto gli stesse bene. Ma Stan aveva sempre un aspetto curato, anche in jeans e maglietta. Si chiese per la milionesima volta come fosse potuto andare tutto così male.

Se non fosse stato per l'anno passato, l'immagine che le si presentava davanti sarebbe stata perfetta. Stan e suo padre, seduti l'uno accanto all'altro, che parlavano con confidenza. Avevano sempre goduto di un facile cameratismo ed era evidente dallo sguardo caldo e affettuoso di suo padre che non aveva mai messo in dubbio il carattere o la fedeltà di Stan nei suoi confronti. Qualcosa in questo la colpì. Suo padre aveva ragione su Stan. Quella consapevolezza contribuì a smussare ulteriormente gli angoli di tutto ciò che era accaduto.

Stan fu il primo a notare lei ed Evan all'ingresso, alzandosi subito in piedi, con un'espressione sincera, piena di preoccupazione e di tenerezza. La mossa attirò l'attenzione di tutti gli altri presenti che gli rivolsero dei sorrisi calorosi.

Gli altri uomini rimasero in piedi mentre Evan l'accompagnava al suo posto e, non appena le ebbe scostato la sedia, Trevor, Michael e Stan tornarono dentro e iniziarono a portare grandi piatti dalla cucina. Come una macchina ben oliata, sembravano avere un sistema ben rodato. Le donne fecero spazio al centro del tavolo e cominciarono a passare cestini di pane pieni di baguette croccanti, focaccia cosparsa di cipolla tostata e dei soffici paninetti. Ciotole e vassoi furono passati intorno al tavolo a disposizione di tutti. Insalata Caesar, verdure arrosto, due tipi di paste diverse, penne e ziti, seguite da pollo al marsala e saltimbocca gustosi. Jenny era talmente affascinata e rapita dalla calda atmosfera che rimase sorpresa quando Stephen le posò una mano sulla spalla. Non l'aveva visto mentre faceva il giro, ma notò che teneva in mano una bottiglia di vino, un bel rosso, e le fece cenno di prendere il suo bicchiere. Lei annuì e, dopo averlo versato, gli mise una mano sull'avambraccio.

«Grazie, Stephen. Per tutto». Sperò che la sua espressione trasmettesse quanto fosse grata di essere lì, nonostante tutti i drammi e le sue ferite emotive. Lui le accarezzò la mano, guardandola intensamente negli occhi, e annuì in segno di riconoscimento.

Jenny non aveva idea di come stessero andando le cose tra lei e Stan, ma l'aria intorno a loro non era più densa di animosità. Fu un bel sollievo.

Stava per mettere Hayden nel seggiolone, posto accanto a lei, quando suo padre si avvicinò e lo prese in braccio. «Vieni col nonno» disse, baciando Hayden, che strillò mentre veniva sollevato in aria. Suo padre la guardò, poi lanciò un'occhiata a Stan. «*Sì?*»

Era una domanda piena di sottintesi e la tavola si fece improvvisamente silenziosa. Tutti, nessuno escluso, aspettavano la sua risposta. Naturalmente Jenny voleva che Stan passasse del tempo con suo figlio. A un certo punto era stata piena di gioia alla prospettiva di dare a Stan il bambino che aveva tanto desiderato. Così annuì al padre e guardò Stan, che sedeva all'angolo opposto del tavolo. I suoi occhi erano fissi su di lei, in attesa, gentili, fermi e riconoscenti. Santo cielo, come avevano fatto a combinare un pasticcio del genere? Due volte! Prese il biberon di Hayden, indicando a Stan di dargli da mangiare. Lui le rivolse un sorriso dolce e sollevò il suo piatto in una domanda silenziosa. Con quel semplice gesto, Jenny cedette, ricordando ciò che le aveva detto Evan. «Come vuoi» pronunciò senza voce dall'altra parte del tavolo, porgendo a suo padre il biberon.

Stan non prese subito il bambino. Si dedicò prima a tagliare un po' di cibo nel suo piatto mentre lui e Hayden parlottavano tra loro. Era abbastanza sicura che Hayden avrebbe gradito tutto tranne il pollo al marsala. Gli sarebbero piaciuti sicuramente i saltimbocca: a chi non piacciono i famosi involtini con prosciutto, formaggio e una salsa saporita? Dopo aver tagliato il cibo, Stan prese in braccio Hayden. Lo tenne in modo che il bambino potesse guardarlo in faccia, parlando e sorridendo per tutto il tempo. Poi strofinò la testa contro la pancia di Hayden, facendolo ridere, mentre il piccolo usava le mani aperte per accarezzare il viso e la testa di Stan, evidentemente divertito da quel gioco.

Quando Jenny vide gli occhi di Stan luccicare di lacrime, intento a stringere Hayden al petto cullandolo, sentì che anche i suoi si stavano riempiendo di lacrime. Era un momento che aveva immaginato tante volte, soprattutto all'inizio. Improvvisamente sopraffatta, si voltò, notando che l'intero tavolo stava guardando la scena. Stan era ovviamente una parte importante del gruppo dei Montgomery.

Superato quel primo momento di autentica consapevolezza, Stan girò Hayden in modo che si trovasse di fronte al tavolo e la cena ebbe veramente inizio. Il padre di Jenny, dopo aver assaggiato il cibo, rivolse ai padroni di casa un sentito «*Buonissimo*» e Jenny capì che dovevano aver preparato i piatti in suo onore. Un altro punto a favore dei Montgomery.

Con la coda dell'occhio, osservò Stan che dava un po' di tutto a Hayden e rise quando lo vide rabbrividire dopo un boccone di pollo al marsala. Stan la guardò, con gli occhi pieni di un misto di tristezza e meraviglia, mentre condividevano quel momento agrodolce.

Verso la fine del pasto, Hayden cominciò ad agitarsi per tornare dalla mamma, così il padre di Jenny lo riprese in braccio e le riportò il bambino e il suo biberon. Stan non insistette, si limitò a baciargli la testa e a restituirglielo con un cenno di ringraziamento. Con Hayden accoccolato in grembo, Jenny si godette il resto della routine della cena dei Montgomery. Tutti si davano da fare per sparecchiare la tavola prima che arrivasse il dessert. Rosa portò una pila di piatti, Helen l'argenteria, Trevor, Michael ed Evan portarono vassoi di frutta e una splendida esposizione di tiramisù e bicchieri da Martini pieni di un assortimento di gelati e sorbetti. Le donne disposero una caffettiera alla francese per il caffè e vassoi d'argento carichi di panna e dolcificanti a ogni angolo del tavolo, Stan invece sistemava le tazze di caffè alla destra di alcuni ospiti, che Jenny immaginò dovessero essere i soliti amanti del caffè, lei compresa.

Jenny si lasciò avvolgere dalla calda sensazione di essere conosciuta, riconosciuta, amata, anche solo grazie al semplice fatto che lui sapeva che lei avrebbe voluto un caffè. Stan indugiò un attimo, poi si sporse verso di lei e accarezzò con dolcezza la testolina di Hayden. Il suo calore era familiare e attraente. Jenny si impose di non cercare il suo contatto, sorpresa dal suo riflesso istintivo. Si concentrò a dare il biberon ad Hayden, chiedendosi se davvero potesse essere così facile. Poi guardò Evan, il cui sorriso attento e intelligente le confermò che forse poteva essere proprio così.

Il viavai di cibo e bevande riprese, aumentando leggermente quando Stephen iniziò a girare per il tavolo offrendo cognac, brandy e porto per il dopocena. Partì così un altro giro di racconti, risate e cameratismo. Questa volta, però, Jenny non girò la testa in ogni direzione per ascoltare intorno al tavolo; era interessata solo a osservare il padre di suo figlio. Stan era chiaramente nel suo elemento tra la famiglia e i fratelli che oramai considerava tali, e vederlo così a suo agio le piaceva. Ogni volta che i loro occhi si incontravano, Jenny si lasciava andare a un piccolo sorriso, e Stan ricambiava.

Era molto tardi quando finirono, tanto che Jenny capì che avevano dilazionato l'ora per permettere a lei e alle ragazze di godere di un po' di tempo insieme prima di terminare formalmente la cena; un altro segno di riguardo da parte della famiglia Montgomery. Alex e Amanda andarono a rimboccare le coperte a Callie e Jenny salutò suo padre. Quando lui si diresse verso la porta d'ingresso, Jenny guardò Stan, appoggiato a un pilastro dall'altra parte dell'atrio, chiedendogli in silenzio se c'era ancora qualcosa di cui dovevano parlare. Per fortuna, Stan capì che era stata una lunga giornata e scosse la testa, facendole cenno di andare verso le scale. *Vai a letto*, le disse il suo sguardo. Lei gli rivolse un lungo sguardo di gratitudine e annuì.

Quando raggiunse la cima delle scale con Hayden, si girò e sbirciò verso il basso, senza sorprendersi di vedere Stan che guardava verso lei e suo figlio, osservandoli da accanto alla ringhiera. Forse un giorno avrebbero potuto far funzionare le cose. *Lo sperava davvero.*

16

Key West, Florida
quindici mesi prima

Jenny sorrise dall'isola della cucina, osservando Stan che grigliava le loro bistecche attraverso la zanzariera. Quando era stata l'ultima volta che si era sentita così felice? Guardando Stan, poteva quasi sognare che quella fosse la loro vita, che lo avesse scelto e che vivessero lì insieme. Apparentemente soddisfatto della cottura delle bistecche, Stan si voltò verso di lei, e quando i loro sguardi si incrociarono, il sorriso radioso sul suo viso le fece capire che presto sarebbe diventato realtà. Tutto quello *sarebbe* appartenuto a loro, insieme.

Quando entrò, Stan si fermò davanti a lei, le prese il viso fra le grandi mani e la baciò. «Spostiamo la festa sul retro, tesoro. Andiamo».

Senza interrompere il contatto visivo, lei gli avvolse le braccia intorno al collo, le gambe intorno alla vita e lui la prese in braccio. La trattava come una bambola di porcellana, la *sua* bambola di porcellana, e lei non si lamentava. Essere amata e accudita da Stan era la sensazione più incredibile di sempre. Che stupida era stata in tutti quegli anni. Avrebbe dovuto correre *da* lui, non scappare.

Stan si comportava così, trattandola come se fosse fragile, da quando avevano fatto l'amore. Dopo, si erano sdraiati tranquillamente sul letto, e lui l'aveva abbracciata. Beh, okay, lei aveva ceduto un po' al pianto, non proprio silenziosamente. Ed era stato bello. Sicuro. Non aveva avuto paura di lasciarsi andare, di spaventarlo. La loro storia era abbastanza lunga da consentirle di confidare nella comprensione di Stan. Almeno la parte sull'essere sopraffatti dalla gioia di essere finalmente insieme e tristi per tutto quel tempo e quegli anni persi.

Quando finalmente aveva finito di piangere, lui le aveva baciato ogni centimetro del viso, prima di soffermarsi sulle labbra. Stan sapeva baciare come nessun altro. Presto aveva sentito il suo desiderio crescere, e gli aveva sussurrato: «Ancora, ti prego». Aveva sentito il sorriso di Stan quando era rotolato sopra di lei, allargandole dolcemente le gambe. «Devo sembrare un disastro».

«Beh, sei il più bel disastro che abbia mai visto».

Lei aveva sorriso, gli aveva avvolto di nuovo le gambe intorno alla vita e lo aveva accolto profondamente dentro di sé. Il suo grugnito di approvazione aveva incontrato il suo gemito di piacere. Avevano fatto di nuovo l'amore, questa volta più lentamente. Dopo si erano fatti una doccia con calma, abbandonando i loro vestiti per un abbigliamento più comodo, e si erano diretti in cucina. Stan l'aveva adagiata sul bancone dell'isola, con estrema delicatezza. Le aveva sistemato i capelli bagnati dietro le orecchie e si era fermato un attimo a guardarla. Jenny sorrise di nuovo pensando a come aveva scosso la testa, come se non riuscisse a credere che lei fosse lì, insieme a lui. Poi le aveva dato un bacio leggero e si era dato da fare per finire la cena.

Ora la fece accomodare a tavola, sistemò la sedia in un

angolo a lui congeniale e prese una spatola gigantesca. «Non posso aiutarti in niente?» chiese di nuovo Jenny.

«No, signora. Il mio lavoro è preparare la cena. Il tuo lavoro» disse lui, puntando la spatola gigante verso di lei, «è lasciarmi fare. Domani potrai aiutarmi». Le fece l'occhiolino e bevve un sorso di vino.

Lei ridacchiò. «Affare fatto».

La cena fu eccezionale. Stan era sempre stato un ottimo cuoco e le sue capacità erano solo migliorate con l'età. Dopo aver sistemato la cucina, misero alcune paste a lievitare per tutta la notte, si lavarono i denti e indossarono un pigiama come se lo avessero fatto ogni sera insieme per anni. Stan optò per un paio di pantaloncini morbidi e una maglietta, mentre lei gli porse due camicie da notte tra cui scegliere. A lui piacque quella azzurra.

Si sedettero sull'altalena del grande portico, guardando il sole tramontare. Lui la strinse a sé, e dopo qualche minuto di silenzio, la portò in camera. Jenny amava lasciarsi guidare da lui, si sentiva al sicuro. Non era come con John, dove ogni gesto era accompagnato da una velata minaccia. Con Stan, era come tornare a casa, e lui sembrava sempre sapere cosa lei desiderasse, semplicemente anticipando i suoi desideri.

«Voglio che sia così ogni notte, per sempre» disse, togliendosi i vestiti e rimanendo in boxer, poi stringendola a sé in un abbraccio a cucchiaio. «Sono stanco morto, tesoro, ma domani mattina, ti vorrò ancora».

Lei si girò, premette le mani sulle sue guance e lo baciò. «Svegliami quando vuoi». Si riaccomodò e poco dopo, si lasciò cullare nel sonno dal respiro regolare di Stan addormentandosi.

Jenny si svegliò presto, ma questa volta non era per l'ansia o la sensazione di essere in pericolo. Aveva semplicemente dormito bene. Niente pensieri incalzanti, niente ansia; era come se Stan fosse il riparo dalla sua tempesta. Non era nemmeno sicura che uno dei due si fosse mosso durante la notte. Si girò su sé stessa e lo abbracciò forte e, un'altra sessione d'amore dopo, Jenny giaceva distesa sul letto, fissando il soffitto. Non riusciva a credere a quanto si sentisse a suo agio con Stan. Ne era davvero meravigliata. Non era mai stata così disinibita. Certo, era stata solo con John, e la loro era stata più che altro una relazione sessuale di circostanza. Con Stan si sentiva appassionata, aperta, vulnerabile. Non stavano facendo nulla di folle o di tabù, ma c'era un livello di intimità tra loro che non aveva mai provato prima. Capì allora che era perché si fidava di lui. Ecco perché, quando Stan sussurrava parole dolci durante i loro momenti di passione, come «Shh, ci penso io» o «Jenny, rilassati amore» lei si abbandonava completamente, fidandosi di lui.

Sorrise quando lo sentì accanto al letto, dietro di lei. Poi il suo viso apparve sopra il suo. I suoi capelli folti erano un po' scompigliati, e lei immaginò che anche i suoi non fossero da meno. «Ciao, piccola. Tutto okay?» chiese.

«Significa che devo parlare con frasi complete?»

«L'hai appena fatto. Congratulazioni. Vuoi fare una doccia?»

«Con te?» azzardò lei. «Sì, grazie». Inspirò profondamente. «Sento già odore di dolci?»

Lui ridacchiò. «No. Il forno è caldo, ma aspetto che ci alziamo definitivamente dal letto per non bruciare tutto».

«Sei geniale, Stanley Michael Finch».

«Forza, bambolina, spogliamoci e laviamoci. Potrei anche approfittare di te di nuovo».

Jenny arrossì di cento sfumature di rosso, avvertendo una sensazione di appagamento. Nel modo più piacevole, ovviamente. «Santo cielo, Stan. Non credo nemmeno di potermi muovere». Ridacchiò di nuovo. Lo faceva spesso. Si sentiva inebriata per la vita. Inebriata da Stanley Finch.

«Che ne dici di questo?» le propose lui, allungando la mano verso di lei, «faccio io tutto il lavoro».

«Beh, in questo caso» scherzò lei, tendendo le mani. «Andiamo su».

Lui ridacchiò, la sollevò dal letto e mantenne la promessa.

A posteriori, Stan aveva avuto ragione. Le provviste *erano* necessarie. Così trascorsero i tre giorni successivi: con la musica accesa, cucinarono, giocarono a carte, lavorarono a un puzzle e si accoccolarono sul divano a guardare dei film. Il tutto tra lunghe passeggiate all'aperto, giochi in acqua e bagni di sole.

Le colazioni tutt'altro che banali, consistevano in uova, pancetta e patate. Stan si vantava di fare tutto in casa e Jenny, pur essendo una discreta cuoca, eccelleva solo nei contorni e in qualche dolce. Il ruolo di aiuto cuoca era perfettamente alla sua portata; anzi, si divertiva un sacco. Non c'era niente di meglio che sedersi sul bancone e guardare Stan che fissava il frigorifero, con le braccia larghe che tenevano aperte le porte. Beh, forse c'era: lui piegato a frugare nel cassetto del freezer.

Prima di ogni colazione, scrutava il frigorifero, poi tornava a lei, poi di nuovo al frigorifero, con gli ingranaggi che giravano, gli splendidi occhi verde-blu che brillavano prima di dichiarare: «Oggi, principessa...»

La prima mattina c'erano state soffici uova strapazzate, pancetta perfettamente croccante adagiata accanto a croccanti hash brown e croissant sfogliati. Il secondo giorno, una quiche. Non una quiche qualsiasi, ma una ai funghi, cipolle caramellate, salsiccia e formaggio gruviera, cotta alla perfezione con una crosta dorata e burrosa. Il terzo giorno, le classiche uova alla Benedict con una salsa olandese cremosa e patate croccanti condite. Per pranzo si erano limitati a panini e a un'insalata di pasta che Jenny aveva preparato con il suo condimento preferito. Quando l'aveva assaggiata per la prima volta, Stan aveva emesso un *"mmh"* di approvazione, tirandole la coda di cavallo e inclinandole la testa all'indietro per baciarla con passione. Le cene erano state un vero lusso: un'enorme bistecca la prima sera, gamberi la sera successiva e, la sera prima, un pollo alla griglia che avevano gustato con le mani.

La prima volta che avevano giocato a carte sul divano, si

erano messi ognuno in un angolo, almeno per un po', finché Stan non aveva gettato le carte in aria e si era avvicinato a lei. Jenny aveva riso mentre lui si metteva sopra di lei e la baciava togliendole il respiro.

Sdraiata a faccia in giù sul tappeto, mentre si godeva il dopo e si sentiva completamente amata e soddisfatta, aveva notato una pila di... «Sono puzzle?»

Stan l'aveva tirata indietro contro il suo petto, strofinando il mento contro la sua spalla prima di baciarle la curva del collo. «Reagan ne aggiunge uno nuovo ogni Natale».

Tra la sua voce roca e i suoi baffi, lei aveva rabbrividito. «Possiamo iniziarne uno?»

«Adesso?»

Lei aveva ridacchiato e si era girata tra le sue braccia, prendendogli il viso. «Finché siamo qui».

Lui aveva sorriso, aveva strofinato il viso contro il suo sussurrando: «Certo».

Jenny non si era mai sentita così amata in tutta la sua vita. Mai.

La quarta mattina erano ufficialmente pronti a lasciare il loro santuario, così Stan prenotò la cena. Trascorsero la giornata a mollo nell'acqua, sdraiati sulla spiaggia e a fare l'amore. All'approssimarsi dell'ora di cena, Jenny gli mostrò due vestiti, quello che aveva indossato la prima sera e un altro senza spalline, ancora da indossare. Entrambi erano stati acquistati di recente, lo stesso giorno in cui si era imbattuta in Stan. Ripensando a quel giorno, Jenny si meravigliò ancora una volta della casualità di tutto ciò, della coincidenza. Improvvisamente fu sopraffatta, i suoi occhi azzurri, quella sera in particolare, le si riempirono di lacrime mentre si rendeva conto di ciò che si era quasi persa. Ciò che avrebbe potuto perdere di nuovo se non fosse stato per quell'incontro fortuito.

«Ehi, cosa c'è che non va?» Lui si avvicinò, con l'asciugamano intorno alla vita, e le prese il viso fra le mani. «Stai bene?»

Jenny si avvicinò e prese le sue mani tra le sue. «E se non ci fossimo mai più incontrati?»

Stan scosse la testa e le baciò la fronte. «Tesoro, non c'è *alcun dubbio* che eravamo destinati a incontrarci. Se non fosse stato in quel momento, ci saremmo visti in albergo. O da *qualche altra parte*. Lo so».

Non aveva tutti i torti. Erano nella stessa città, nello stesso albergo, negli stessi giorni. Probabilità? Il destino era a loro favore. La tirò vicino a sé, abbracciandola quando lei appoggiò la testa al suo petto. «Andrà tutto bene, Jenny. Ci siamo quasi».

Lei sorrise, abbracciandolo a sua volta. Pregando che avesse ragione. Era così vicina. Così vicina a voltare pagina. Non aveva mai immaginato, quando si era stabilita a Palm Beach, che Stan sarebbe stato lì. Che avrebbero riallacciato i rapporti, che lui l'avrebbe portata alle Keys.

Quando arrivarono al ristorante quella sera, si sedettero fuori, ordinarono da bere e si e si persero a osservare la gente in silenzio, dopo una settimana in cui avevano parlato di tutto. Quasi di tutto. Seduti lì, qualcosa che aveva assillato Jenny salì in superficie.

«Come mai non lavori più per il dipartimento?» chiese Jenny. Era ovvio che lui non lavorava più per loro, ma si chiedeva perché. Era un argomento che non era ancora venuto fuori, quasi come se Stan lo avesse evitato di proposito.

Lui stava guardando l'oceano, ma si era subito voltato verso di lei. Jenny vide i mille pensieri che gli attraversavano lo sguardo e il turbinio interiore. Amava quegli occhi e li fissò senza timore mentre lui cercava una risposta. Non fu sorpresa quando rispose in modo evasivo: «Me ne sono andato qualche anno fa».

Jenny ridacchiò. Non avrebbe lasciato perdere così facilmente. «Se c'era qualcuno destinato a raggiungere e superare i propri obiettivi, quello eri tu, Stanley Michael. Che cosa è successo?»

Gli occhi di lui si restrinsero anche se le sorrise. «Stai cercando di mettermi alle strette?»

«Purtroppo no». Lei scosse la testa. «I sogni di Jenny sono andati a farsi benedire».

Le prese la mano, baciandole il palmo. «Forse sei in difficoltà, ma non sconfitta». Scosse la testa. «Nessuno di noi due lo è».

«Allora, tornando al fatto che hai lasciato il dipartimento» lo incalzò.

Lui la fissò così a lungo che lei non era sicura che avrebbe risposto. «Ho seguito le regole e poi le ho oltrepassate. Così mi sono dimesso».

Jenny si stupì a quelle parole. «Deve essere stato qualcosa di grosso...» Lo guardò a bocca aperta. Wow, Stan, l'uomo delle regole e del decoro, aveva oltrepassato il limite. «Mi dispiace».

«Non dispiacerti» disse lui con un tono che lasciava intendere che avrebbe oltrepassato di nuovo quel limite, se necessario. Per un attimo Stan la fissò, fermo e silenzioso.

Lei sbatté le palpebre, cedendo al tacito gioco di sguardi. «Non hai intenzione di dirmi di più, vero?»

«No, signora». Poi lui le prese la mano, e il freno che lei aveva sentito svanì quando il calore riempì i suoi occhi e lui le baciò il palmo.

Lei lasciò perdere. «E ora?»

«Ho un contratto nella sicurezza privata. Un'ottima clientela». Stan si ammorbidì ancora di più. «Mi piace quello che faccio, Jenny. Mi piacciono le persone per cui e con cui lavoro. Ed è molto redditizio».

«Sono sicuro che sei il migliore fra i migliori».

«Uno dei tanti. Il mio background e il mio precedente impiego mi aiutano. Mi hanno insegnato cosa devo sapere dal punto di vista legale e come non superare i limiti illegali, il che è un vantaggio per i miei clienti».

Le loro chiacchiere furono interrotte quando la band di tre

elementi tornò dalla pausa e lei sentì una delle sue vecchie canzoni preferite. «Parleremo di affari per tutta la sera?»

Lui sorrise, con le rughette intorno agli occhi, e non disse niente sul fatto che era stata lei a iniziare a parlare di quell'argomento. «Ti va di ballare, principessa?»

«Pensavo che non me l'avresti mai chiesto».

«Vieni, bellezza».

La condusse sulla pista da ballo, una graziosa area del molo cosparsa di luci. Si divertirono così tanto che tornarono a ballare due volte.

Quando arrivò il momento di fare le valigie, Jenny non era nemmeno tanto turbata dall'idea di andarsene. Avevano ancora quasi una settimana prima di dover tornare a casa. Casa. La parola sembrava improvvisamente strana quando si riferiva alla casa che condivideva con John. Non era casa, era solo il luogo in cui aveva vissuto per una parte della sua vita; una parte della sua vita che stava per finire. *Ti prego, Dio. Fa' che sia finita.*

Il viaggio di ritorno a Palm Beach fu splendido. Jenny si appoggiò al poggiatesta dell'auto, guardando lo splendido paesaggio e poi Stan. Era così innamorata di lui. Non vedeva l'ora di sistemare le cose con John per poter iniziare la vita che lei e Stan avrebbero dovuto vivere anni prima.

Stan si voltò verso di lei proprio mentre quel pensiero le passava per la testa e, come se potesse leggerle nel pensiero, i suoi occhi si riempirono di calore ed emozione. Le teneva la mano, ma poi se la portò alle labbra, strofinandola avanti e indietro. Oddio, le faceva venire le farfalle nello stomaco, ed era piuttosto sicura che le stesse solo dimostrando affetto, non cercando di eccitarla. Cosa che, però, accadde lo stesso.

Si fermarono di nuovo alla tavola calda, dove Bev li accolse con un sorriso. «Ciao, ragazzi. Com'è andata?»

Jenny ricambiò il sorriso mentre Stan la tirava dentro e le baciava la testa. «Fantastico» le dissero insieme. Poi Stan la condusse a un tavolo e si infilò accanto a lei, perché non ne avevano mai abbastanza di stare l'uno vicino all'altra. Era una sensazione meravigliosa.

Dopo un altro giro di colazione e un altro caffè, salutarono Bev. Ancora una volta, Jenny non era triste per la partenza, e nemmeno nostalgica. Sarebbero tornati insieme, e presto. Persino l'hotel le sembrò una seconda casa quando si accostarono al parcheggiatore. Aveva notato che Stan elargiva generose mance e si era prefissata di prendere qualcosa per lui, come ringraziamento. Un ringraziamento per essere l'uomo più incredibile di sempre, un ringraziamento per averla fatta sentire amata come non mai, un ringraziamento per la promessa di ciò che sarebbe venuto.

«Vuoi venire nella mia camera?» le chiese Stan.

Jenny annuì, certo che lo avrebbe fatto. Nessuno dei due voleva stare da solo. Non avevano bisogno di spazio, non dopo tutti quegli anni di lontananza. Il periodo trascorso alle Keys le aveva mostrato quanto andassero d'accordo. Quanto stessero bene insieme.

«Possiamo andare prima in camera mia, così prendo alcune cose?» chiese lei.

«Certo».

Stan diede una mancia a un fattorino che li seguì con un carrello e quando lei iniziò a rovistare nell'armadio, lui le mise una mano sulla spalla, fermandola. Jenny era confusa finché Stan non si voltò verso il fattorino e disse: «Prenda tutto. Per favore» e poi la aiutò a raccogliere le sue cose.

Era un gesto simbolico. Così come il modo in cui la strinse a sé mentre camminavano, per la prima volta, verso la sua stanza. Rimase a bocca aperta quando lui aprì la porta ed entrarono in una bellissima suite con una veranda che dava sulla spiaggia. «Wow».

«È un'occasione speciale. E siamo stati fortunati: la prenotazione è stata cancellata all'ultimo minuto. Doccia, pisolino e cena?»

Jenny ridacchiò. «Vuoi dire doccia, amore, pisolino e cena».

«Sì, signora. È esattamente quello che intendo».

Rimasero in albergo per tutto il giorno. Alla sera, scesero a godersi la spiaggia, mangiando al ristorante e facendo una passeggiata notturna.

Il giorno dopo andarono per negozi. Stan voleva comprare un regalo per Reagan, così la condusse da Tiffany & Co. Jenny adorava quel negozio: era il luogo in cui acquistava sempre i regali di nozze e di inaugurazione per le case, ma in realtà non vi aveva mai preso nulla per sé. Un bel braccialetto pieno di ciondoli attirò la sua attenzione e Stan cercò di comprarglielo, ma, per quanto potesse sembrare sciocco, lei non voleva che portasse sfortuna alla loro relazione. Voleva aspettare che il divorzio fosse definitivo prima che lui le facesse qualche regalo. Tra meno di una settimana sarebbe stata libera e lei e Stan avrebbero potuto iniziare la vita che entrambi avevano immaginato.

Per la loro ultima sera insieme Stan prenotò la cena in città. Quando vide il ristorante di lusso sull'acqua, non riuscì a credere che fossero riusciti a trovare un tavolo.

Furono accolti dalla caposala, che si rivolse a Stan chiamandolo per nome, e gli assegnò uno dei migliori posti del locale. Tutte quelle cose, unite alla minima attesa e al fatto che occupavano un tavolo da quattro, confermarono a Jenny che Stan aveva mosso qualche conoscenza o che era un cliente abituale. Avrebbe scommesso sulla seconda ipotesi.

Stan aveva appena ordinato una bottiglia di vino e un antipasto quando il titolare del ristorante si avvicinò per salutarli. «Stan, amico mio. Come stai?»

Stan sorrise, si alzò e diede a Jack quella specie di abbraccio-schiaffo-pacca sulla spalla che a volte si danno i ragazzi. «Jack. Grazie per averci fatto entrare stasera».

«Per te? Quando vuoi».

«Jack, questa è Jenny D'Angelo. Jenny, un cliente e amico, Jack Deveraux».

Dopo qualche momento di convenevoli e chiacchiere, Jack

se ne andò e Jenny allungò la mano per toccare il braccio di Stan. Lui indossava una camicia abbottonata in tessuto tecnico, morbida al tatto e capace di esaltare le linee del suo fisico muscoloso, mantenendo al contempo un aspetto raffinato.

«Ciao, bellezza».

«Ciao».

«Cosa c'è per cena?»

Jenny alzò le spalle, ridacchiando. «Devo decidere io?»

«Staremmo qui per l'eternità» rise Stan. «Che ne dici di una bistecca e di un bel pesce e di dividerli?»

«Sì, grazie. Ordina tu».

Cominciarono con l'antipasto che lui aveva ordinato, un carpaccio di salmone, poi passarono a condividere un'insalata della casa davvero gustosa, infine si godettero un filetto, gamberi alla griglia e asparagi. Parlarono tutto il tempo, ma evitarono gli argomenti che lei sapeva sarebbero arrivati al mattino, il loro ultimo giorno. I piani definitivi, la logistica delle valigie, l'aeroporto, la lontananza e il ricongiungimento.

Per concludere il pasto, condivisero un soufflé al cioccolato, poi, mentre si preparavano ad andarsene, ringraziarono Jack, che aveva offerto la cena, nonostante le proteste di Stan. Mentre uscivano, Jenny sorrise interiormente. Stan detestava farsi offrire *qualsiasi* cosa, e i regali lo imbarazzavano. Il suo senso del decoro era così forte che *quasi aveva rinunciato* all'idea di fargli un regalo. Ma poi, l'altro giorno, aveva visto una bussola in un negozio e le era sembrata perfetta per lui: utile, un bel pezzo da aggiungere alla sua collezione, e anche un bel simbolo. Perché Stan, in fondo, era sempre stato la sua bussola. Così l'aveva fatta incidere e aveva chiesto una consegna urgente, sperando di averla pronta per quando si sarebbero rivisti.

La mattina dopo, Stan la strinse a sé più del solito. Il ritorno imminente a casa non era stato nominato, ma era chiaramente nei loro pensieri. «Che ne dici se dopo colazione facciamo i bagagli? Così ci togliamo il pensiero» suggerì.

Jenny annuì. Non avrebbe pianto. Dover tornare a casa era

spaventoso, ma sapeva di avere con sé la forza di Stan. Aveva anche la forza che aveva ritrovato da sola, prima di incontrare Stan. Anzi, questa consapevolezza la faceva sentire meglio. Non lo stava facendo per o a causa di Stan. Aveva iniziato quel viaggio da sola. Aveva solo, beh, forse da quando aveva preso decisioni difficili, chiuso certe porte, e ora una nuova opportunità si stava aprendo per lei nel momento perfetto. Avrebbe portato a casa tutti quegli incredibili ricordi... eppure non le sembrava casa. Quella di suo padre era casa, quella di Stan lo era, ma quella con John no, non era casa.

«Non voglio prendere tutto» disse Jenny. «Tornerò venerdì».

«Non dovrai essere lì per i traslocatori?»

Jenny scosse la testa. Non aveva intenzione di prendere nulla, tranne i suoi oggetti personali. Voleva solo andarsene. Un nuovo inizio. Stan annuì e aprì il bagaglio a mano, aiutandola a sistemare gli oggetti che aveva iniziato a prendere dall'armadio.

«Il vestito e la camicia da notte li tengo io» disse lui, tenendoli in mano.

Lei sorrise. «Puoi tenere quasi tutto. Mi servono solo la borsa e gli indumenti più caldi». Tutti i vestiti nuovi che aveva comprato in Florida erano comunque estivi, e in casa ne aveva già abbastanza.

Il viaggio verso l'aeroporto fu cupo. La tensione iniziava a farsi sentire e l'ansia cominciava a sopraffarla. Stan lo aveva chiaramente percepito e anche lui era un po' teso. Quando si rese conto che all'aeroporto avrebbero dovuto separarsi ai controlli di sicurezza, andò allo sportello e comprò un biglietto di sola andata per poter andare fino al terminal e aspettare con lei. Jenny gli era così grata che non cercò nemmeno di fermarlo. Al gate si sedettero fianco a fianco finché non iniziò l'imbarco e chiamarono la sua sezione.

«Resterò qui» disse Stan, in piedi accanto a lei. «Andrà tutto bene. Torna indietro, fai quello che devi fare. E io sarò qui ad aspettarti».

Anche se sembrava ragionevole, persino logico, Jenny non poteva ignorare la sensazione di disagio che iniziava a percepire dentro di sé. Aveva appena trascorso le due settimane più belle della sua vita e all'improvviso doveva tornare in quel luogo orribile, pieno di incertezze e di paure. Si disse di essere coraggiosa. Di guardare a quanta strada aveva già percorso. Si sarebbe aggrappata ai nuovi ricordi che lei e Stan avevano creato e in una manciata di giorni sarebbe tornata su un aereo e sarebbe andata via da lì per sempre.

Stan la strinse fra le braccia. «Ehi, guardami». Lei si prese un labbro tra i denti e incontrò il suo sguardo. «Il nostro futuro è proprio dietro l'angolo. Sarà fantastico, proprio come ho sempre saputo che sarebbe stato».

Lei annuì, abbracciandolo a sua volta. Era difficile parlare, ma disse: «Non vedo l'ora».

Lui appoggiò la fronte contro la sua. «Jenny?» implorò mentre i suoi occhi la cercavano. «Quando creeremo la famiglia di cui abbiamo parlato, voglio chiamare nostro figlio Hayden».

Lei sorrise, ma le lacrime iniziarono a scendere. «Come tuo padre?»

«Sì. L'ultima volta, tesoro. Poi saremo solo noi due, capito?»

Lei annuì e si rannicchiò contro il suo petto mentre lui la stringeva forte. Si sentiva come un'adolescente, desiderosa di non lasciare il suo ragazzo. Poi lui la baciò e ribadì: «Una settimana. Tutto qui».

Lei gli tenne il viso e, guardandolo negli occhi, ripeté: «Una settimana. Ci vediamo tra una settimana».

L'addetta al gate rivolse a Jenny un sorriso comprensivo mentre appoggiava il telefono sul lettore elettronico per scansionare la carta d'imbarco. Jenny si voltò un'ultima volta e guardò Stan. Lui le fece un cenno che Jenny ricambiò prima di voltarsi e salire sull'aereo. Aveva un posto vicino al finestrino e, attraverso la parete di vetro del terminal, poté vedere Stan appoggiato a un pilastro. Rimase lì a guardare finché l'aereo non entrò in pista. Fu un'immagine che le rimase impressa. Amava la sua forza tranquilla. Il suo porto sicuro nella tempesta.

Era stata una tale sciocca per tutti quegli anni. Stan era la sua roccia, non l'avrebbe mai delusa. Le ultime due settimane non solo lo avevano dimostrato, ma erano state anche, senza dubbio, le più incredibili di tutta la sua vita. Con la mano sul finestrino, guardò l'aereo sollevarsi da terra.

Ti prego, Dio, dammi la forza di superare i prossimi giorni. Amen.

17

Southampton
New York

Poco dopo mezzanotte, Stan tornò nella sua stanza. Un'ora prima aveva accompagnato Jenny e Hayden in fondo alle scale, tenendosi a distanza e osservandoli finché non erano scomparsi nel corridoio. Avrebbe dato il suo braccio destro per essere con loro in quel momento. Ricomporre la sua famiglia era fondamentale. Per ora, però, si accontentò del fatto che quella serata era andata bene. Era riuscito a stare a tavola con Jenny e a tenere in braccio suo figlio. Inoltre, lo aveva nutrito, si era preso cura di lui e gli aveva tenuto compagnia. Non era stata una vera e propria riconciliazione, ma non era nemmeno nella posizione di potersi lamentare.

Camminando per il corridoio, con la testa finalmente sgombra, o almeno un po' più sgombra, Stan tirò fuori il telefono. Era stato così sopraffatto dagli eventi della notte che non aveva mai controllato la posta elettronica, cosa che non era da lui. Dando un'occhiata veloce, rimase sorpreso di vedere un messaggio di Gianni, inviato poco dopo che aveva lasciato la villa.

> *Figliolo,*
> *con il permesso di Jenny, ecco alcune foto del bambino. È un bravo bimbo, una vera gioia e una delizia, proprio come suo padre. E poiché mia figlia ha scattato queste foto per te e non è presente in nessuna di esse, vorrei inviarti, senza il permesso di Jenny, la mia foto preferita di lei che tiene in braccio Hayden. Secondo me, stava pensando a te.*
> *-G*

Ansioso di vedere le foto, ma desideroso di poterlo fare in completa solitudine, Stan accelerò il passo, quasi correndo gli ultimi passi verso la sua stanza. Chiusa la porta alle sue spalle e tirato fuori il portatile, aprì per primo il file che Jenny aveva creato, un album. C'erano più di cento foto di Hayden, dal giorno in cui era nato, sdraiato nella sua vaschetta d'ospedale, a quelle più recenti, seduto con un'adorabile tutina in stile rugby, sorridente e con in mano un pallone di peluche, giustamente. Il *figlio di papà*, pensò Stan, incapace di trattenersi.

Il cursore di Stan si soffermò sull'altro file per qualche secondo prima di fare clic. Quando si aprì, le sue dita sfiorarono lo schermo, gli mancò il fiato. Jenny teneva in braccio il loro bambino, le sue labbra premute sulla sua testolina mentre guardava in lontananza. *Jenny tesoro, ho fatto un casino. Ho fatto un gran casino.* Baciò lo schermo e, come un idiota, abbracciò il computer. Poi guardò di nuovo tutte le foto.

Alle due di notte Stan smise di camminare nella sua stanza, fece un cenno deciso e risolutivo, percorse il lungo corridoio che portava all'atrio e fissò il display fuori dall'ufficio di Alex. Con una scansione della retina, aprì le porte ed entrò nell'hub satellitare della Calder Defense della East Coast. Si sedette sulla sedia dietro la scrivania di Alex e pensò per un attimo alle ripercussioni della caccia a John. Poi, al diavolo le conseguenze, accese il computer. Doveva farlo.

Ripreso il controllo di sé, Stan fissò il computer centrale, il fulcro di ogni informazione, per un lungo minuto, prima di inserire le sue credenziali e attendere che i dati si caricassero. In occasione di riunioni di lavoro o per la semplice organizzazione delle uscite familiari, i contenuti del computer venivano proiettati su una serie di schermi a parete, accanto al tavolo della sala conferenze. Si trattava di un tavolo dotato di un touchscreen integrato, che permetteva di ingrandire i dettagli con un semplice tocco durante le sessioni di pianificazione.

Quando l'informazione che cercava non apparve, Stan strinse gli occhi e provò un'altra strada. Niente. Imprecò e riprovò.

«Avrai bisogno di questo».

Era talmente immerso nel tentativo di capire perché il computer centrale non funzionava che non aveva notato Alex entrare nella stanza. Il suo capo gli rivolse un sorriso complice e posò sulla scrivania un piccolo oggetto: una chiave per la crittografia. *Beh, sarà utile.*

«Perdonami, ma volevo sapere quando ti saresti deciso a fare qualcosa con John».

Ah. Quindi Alex aveva escluso di proposito quelle informazioni. Proprio come aveva escluso il certificato di nascita di Hayden, quel documento a cui gli era stato negato l'accesso durante il viaggio in aereo per andare a prendere Jenny. Col senno di poi, una mossa intelligente. Se l'avesse saputo, Stan avrebbe affrontato la situazione con la testa tra le nuvole e la rabbia.

Alex si accomodò su una delle sedie di fronte alla sua scrivania. Non aveva acceso le luci, quindi era solo il bagliore degli schermi a illuminare la stanza. Al di là delle porte aperte, riusciva a vedere le sagome di Gregor e Stephen che facevano da sentinella ai lati del corridoio.

«Non sei qui per fermarmi?» chiese Stan con diffidenza.

«Fermarti?» Alex sembrava offeso, il che fece sorridere Stan di riflesso. «Stan, noi diamo più credito al termine "vecchia scuola" di chiunque altra persona attualmente sul pianeta. Lo sai bene. Se stai cercando vendetta, rivendicazione, punizione o come vuoi chiamarla, noi siamo con te e dietro di te».

Due pollici alzati apparvero sulla porta alle parole di Alex. Stan ridacchiò. Forse venivano da epoche diverse, ma lui, Alex, Stephen e Gregor erano fatti della stessa pasta. Si impose di ritrovare la concentrazione e fissò Alex con uno sguardo serio. «John non solo mi ha derubato Jenny per ben due volte, ma l'ha anche maltrattata per anni, Alex».

«Lo sappiamo» disse Alex, il cui volto si addolcì leggermente. Era il capo di Stan, ma anche un buon amico. «Non lo sapevamo, però, finché Gianni non ha chiamato due sere fa. Spero che tu ti renda conto che non ti avremmo mai tenuto nascosta un'informazione del genere».

«Lo capisco» gli assicurò Stan. Poi, facendo cenno alle informazioni aggiunse: «scoprirò dove si trova».

«D'accordo» disse Alex. «Ci muoveremo secondo le tue indicazioni».

Stan rimase dietro la scrivania anche dopo che Alex e i ragazzi se ne furono andati. Lesse tutte le informazioni che riuscì a trovare sull'ex marito di Jenny, prendendo appunti accurati e definendo le linee generali di un piano. John viveva ancora in Virginia, nella casa che lui e Jenny avevano condiviso. All'esterno sembrava bella, ma come Stan sapeva, all'interno era tutt'altro. Le apparenze ingannavano, soprattutto nel caso di un certo John Bennett Monroe. Stan lo sapeva già da tempo. *Il tuo tempo è quasi scaduto, Monroe. Sto venendo a prenderti. E rimpiangerai amaramente il giorno in cui hai deciso che era giusto fare del male alla mia ragazza.*

Sentendosi meglio per aver formulato un piano, Stan uscì dall'ufficio di Alex e, evitando la propria camera da letto, salì al piano superiore. Quando raggiunse il pianerottolo, passò prima davanti alla suite di Amanda e Alex, sorridendo per la disposizione dei loro alloggi. Alex voleva avere la precedenza su qualsiasi minaccia alla sua famiglia. Nonostante tutta la loro sicurezza high-tech, l'essenza del suo istinto rimaneva. La stanza di Stephen era la successiva, quella di Sam ovviamente veniva esattamente dopo. Stan si fermò brevemente davanti alla camera di Jenny, prima di dirigersi verso la sua destinazione: l'ampio salotto appena oltre, situato in un'alcova tra la camera di Jenny e le suite dei bambini. Prese una sedia, la preferita di Helen, e mentre si metteva comodo capì perché le piaceva tanto. Aveva bisogno di stare vicino a Jenny e a Hayden, e quella sedia gli permetteva di avere entrambe le cose. Mentre guardava la porta della sua camera, si sentì tranquillo. Jenny lo amava ancora. Lo sentiva. Forse aveva fatto un gran casino, ma avrebbe mosso mari e monti per riunire nuovamente la sua famiglia. Il piano era pronto e Stan dormì profondamente per la prima volta dopo giorni.

Quando Stephen lo svegliò qualche ora dopo, Stan si stupì che fossero già le otto del mattino, un orario considerato tardi per tutti loro. Visti i giorni frenetici appena trascorsi, però, ammise che un po' di tregua se la meritavano tutti. Seguendo Stephen al piano di sotto, lasciò che le dita sfiorassero leggermente la porta di Jenny. Una volta vestito, Stan si versò un caffè dalla caraffa di vetro in cucina, prima che Rosa lo aggiungesse dal grande thermos d'argento. Rimase a guardarlo, poi gli mise una mano materna sul viso e gli disse: «Sei un bravo ragazzo, Stanley. Andrà tutto bene».

Il suo sorriso caloroso e la sua cortesia furono una gradita affermazione e Stan sentì le spalle rilassarsi.

«Ora vai» disse Rosa, scacciandolo dalla terrazza per tornare a preparare la colazione.

Alex e Amanda erano già alzati, accoccolati su una sdraio gigante, evidentemente godendosi la quiete prima che la casa prendesse veramente vita. Lui fece un cenno e stava per scendere sulla costa per lasciarli soli, quando Amanda lo chiamò.

«Ehi, Stan».

Lui annuì e poi le spiegò il motivo della distanza che aveva cercato di mantenere tra loro negli ultimi giorni: «Stavo cercando di darvi un po' di spazio».

«Stiamo bene» disse lei, accoccolandosi più vicino ad Alex. «Ho parlato con Jenny ieri sera. Stavamo camminando avanti e indietro con i bambini verso l'una di notte, sai, stanno uscendo dei nuovi dentini».

Stan fece un sorriso forzato, ma dentro di sé sentì una fitta. Avrebbe voluto saperlo. Avrebbe potuto aiutare. Prese una sedia, la girò e si sedette. «Sputa il rospo».

Alex ridacchiò quando Amanda fece una smorfia. «Beh, non ho intenzione di tradire la fiducia di Jenny».

«Amanda, ti ho salvato la vita e ti ho *tenuto* al sicuro per oltre un anno. Ti ho portato fuori città con grande dispiacere di tuo marito e l'ho fatto per *lealtà* nei tuoi confronti».

«Io sputerei il rospo» ammise Stephen, raggiungendoli e prendendo una sedia accanto a Stan.

«Oh, va bene» sospirò Amanda. «Non è che si tratti di segreti di Stato o simili» disse, facendo una faccia ironica, che chiaramente divertì Stan. «*Ma* vuole essere sicura che tu abbia accesso a Hayden».

Stan sorrise. Un passo positivo nella giusta direzione.

«Ha pensato che se avessi avuto una culla in camera tua...»

Cosa? Come una custodia condivisa? No. «È un'idea orribile».

Sam uscì e si accoccolò sul divano di fronte. Con la testa sul cuscino rivolta verso di loro, disse: «No, non lo è. Pensaci. Se tu terrai il bambino, lei verrà a controllarlo. E viceversa».

Stan ci ripensò e capì che forse Sam aveva ragione. Un passo avanti per muovere le cose nella giusta direzione. Sarebbe stato naturale, non forzato. Era così assorto nei suoi pensieri che non notò Jenny arrivare con Hayden finché lei non fu vicina. Hayden teneva i capelli della mamma stretti nel pugno e stava cercando di infilarseli in bocca. Era molto carino. L'intera immagine, lo era. Ipnotizzato, rimase lì seduto come un idiota mentre Stephen si alzò per prendere un'altra sedia per loro. Jenny scosse la testa e indicò la direzione di Sam. Il calore gli salì sulle guance per la gaffe, mentre tutti gli altri salutavano Jenny con un buongiorno e lei si accomodava accanto a Sam.

«Potrei abituarmici» disse sorridendo.

Tutti mormorarono sottovoce una qualche versione di "ti ci abituerai" e intendevano in senso letterale. Stan, guardando già troppo in là nel futuro, si chiese come si sarebbe sentita a far parte del loro entourage nella tenuta. O se avrebbe preferito che trovassero una casa nelle vicinanze. Insomma, una su entrambe le coste. Amanda gli diede un colpetto con il piede, interrompendo l'immaginaria caccia alla casa. Spostò lo sguardo, giusto in tempo per vedere Jenny adagiarsi sui cuscini. Hayden stava strillando, sbavando da solo, felicissimo di quella mattinata. Era uno spettacolo incredibile. Notando che Jenny non aveva il caffè e desideroso di rimediare al suo precedente errore, Stan andò al bancone delle bevande che Rosa aveva preparato e le riempì una tazza come piaceva a lei. «Facciamo cambio» disse quando tornò da lei con il caffè, facendo un cenno con la testa verso Hayden.

«Hai sentito, Hayden? Tuo padre pensa che ti scambierò con una tazza di caffè». Jenny lo disse in modo così semplice, "tuo padre", ma il suo cuore stava per scoppiare. Poi baciò la testa del bambino e disse: «Purtroppo, tesoro, ha ragione. Ti voglio bene, ma visto che mi hai tenuta sveglia ieri sera, credo che converrai con me che me lo merito».

Stan ridacchiò. Conosceva la sua ragazza e sapeva che aveva bisogno del suo caffè.

«È un po' imbarazzante» disse lei alzando le spalle, scambiando il bambino di Stan con il caffè. «Ho ceduto al primo colpo. Hai imparato questa tattica come parte del protocollo della scuola per spie?» chiese, bevendo il primo sorso.

«Lezione uno, modulo uno» disse Stephen mentre portava un caffè a Sam.

Stan ridacchiò, sfiorando le mani di Jenny con le sue mentre stringeva il loro bebè. Lei alzò le spalle. «Insomma, dai. È un caffè».

«Non c'è bisogno di spiegazioni» disse Sam con un occhiolino.

«Se ogni mattina è così, mi piace» dichiarò Jenny, evidentemente non rendendosi conto di quanto fosse già coinvolta, di quanto fosse già una presenza fissa in casa.

«Anche se questo è il nostro inizio di giornata normale, stiamo ancora lavorando sul resto» spiegò Alex, guardando l'orologio. «Usciamo alle dieci in punto».

Stan annuì facendo finta di mangiare il pugno del figlio. Hayden cominciò a ridere così forte che quasi gli mancò il fiato, e Stan guardò Jenny, i cui occhi luminosi e scintillanti rispecchiavano la sua gioia. Era la volta buona. Lo stava facendo entrare. *Fai con calma, Finch. È tornata, ed è ancora tua.* Stan sorrise al bambino, e poi gli diede di nuovo un morso finto, facendolo esplodere nuovamente in una grande risata. Avrebbe potuto farlo tutto il giorno.

La sua vita stava davvero diventando meravigliosa.

18

Southampton
New York

Dopo una bella colazione in terrazza, il gruppo cominciò a disperdersi verso destinazioni ignote. Jenny si rilassò, osservando per un attimo il movimento e le interazioni tra i presenti. L'amore palese tra Alex e Amanda era evidente quando lui le accarezzò il viso per baciarla prima di andarsene. Gli sguardi furtivi e il linguaggio del corpo tra Stephen e Samantha erano inequivocabili: lui le sfiorò la spalla con naturalezza e, una volta sulla soglia, si voltò indicandola, come se condividessero un dialogo segreto e silenzioso.

Distogliendola dai suoi pensieri, Stan sistemò di nuovo Hayden tra le sue braccia, guardandola con tutto il calore e la promessa di ciò che avrebbe potuto essere. «Ci vediamo fra un po', okay?»

Lei annuì, soddisfatta dell'addio. Poi Michael salutò tutti i seduti al tavolo in generale, mentre Trevor, con la pancia che brontolava, prese un altro croissant e lo riempì di pancetta, salutando con la bocca piena. Quando le passò accanto,

Amanda, sorridendo, gli porse un tovagliolo di lino in cui avvolgere il suo bottino. Jenny notò che Alex era ancora in piedi sulla porta. Pensò che stesse aspettando i ragazzi, ma invece si fece da parte per lasciar passare Trevor e Michael, rimanendo fermo e incrociando lo sguardo di Evan. Il dottore scosse la testa mimando un taglio sulla gola, poi guardò Jenny, che distolse rapidamente lo sguardo, facendo finta di non aver visto nulla.

Considerando la scena che aveva notato, non fu sorpresa quando Evan le si avvicinò mentre rientravano in casa e le chiese se quel giorno avrebbe avuto un po' di tempo per parlare con lui. La sua reazione immediata fu un inequivocabile "no" unito a un po' di frustrazione per il fatto che il piacevole incantesimo della mattina si fosse improvvisamente spezzato. Nell'ultimo anno aveva fatto abbastanza introspezione e autoanalisi da bastare per una vita intera e stava per dirlo a Evan, quando una sensazione strisciante alla bocca dello stomaco la fece riflettere. Se i pochi giorni trascorsi alla tenuta e il modo in cui li aveva gestiti le avevano insegnato qualcosa, era che *in realtà* non aveva risolto nulla, ma aveva semplicemente imparato a convivere con il dolore e a lavorare sulle ferite emotive. Anche il lavoro svolto finora con Evan, ammesso che si potesse definirlo lavoro, si era ridotto a mantenere le cose come stavano.

Non voleva rimanere bloccata nel passato, qualsiasi passato. Voleva andare avanti. Veramente avanti. Imparare a fidarsi di nuovo. A fidarsi di sé stessa. Era ovvio che Stan era ed era sempre stato il buono, anche se John aveva distorto la sua realtà a sufficienza da renderglielo difficile da capire. Con una ritrovata chiarezza sul suo passato, ora voleva metterlo a tacere una volta per tutte. Per andare veramente avanti. Jenny fece un piccolo cenno a Evan e accettò di fare una seduta dopo aver lasciato Hayden per il pisolino mattutino.

Nel frattempo, passò un piacevole mattinata con le ragazze; l'atmosfera era un po' diversa senza gli uomini intorno. Era incredibile quanto velocemente avessero ritrovato quella complicità che avevano ai tempi dell'università. Si fecero la doccia e si prepararono, entrando e uscendo dalle stanze l'una dell'altra, con conversazioni interrotte da: «Mi presti...?» o «Hai...?» e anche «Oh, aspetta, devi provare questo!»

Sembrava quasi di essere tornate a scuola, a parte il fatto che si trovavano in una grande villa e non nell'angusto appartamento fuori dal campus che lei e Samantha avevano condiviso un tempo. E, naturalmente, c'erano neonati e bambini da accudire. Guardare Callie che correva e giocava per la casa, con le braccia spalancate, ricordava a Jenny una versione più giovane di sé stessa. Quanto era felice, spensierata e fiduciosa.

Si incontrò con Evan un po' più tardi, e Jenny gli raccontò della sua presa di coscienza, di come si era resa conto di essersi praticamente messa in pausa negli ultimi anni, senza affrontare o superare nulla.

Mentre chiacchieravano, lui la aiutò a capire che si era assunta colpe che in realtà non aveva, le scuse che aveva trovato per le manipolazioni di John in modo da poter vivere in modo più sereno. Voleva solo la pace, e invece si era ritrovata trincerata in una guerra di cui non si era accorta.

Analizzare quei meccanismi l'aiutò a capire che quegli schemi facevano parte di lei da tempo. E che non era inadeguata. Non era "incapace" in certe cose, a meno che non si contasse lo sport, ma in realtà, che importanza aveva? Non poteva essere semplicemente Jenny, con tutti i suoi difetti, ed essere amata e accettata per quello che era? La risposta di Evan fu un sonoro SÌ!

La avvertì, però, che tornare all'ovile, impegnarsi con gli amici e la famiglia, avrebbe amplificato le sue emozioni, sia positive che negative. Era normale, le assicurò, e le diede alcuni consigli pratici da usare in quelle situazioni.

In quell'occasione parlarono dei suoi sentimenti per Stan, di quanto lo amasse e di quanto le sue paure e le ferite precedenti la trattenessero. Non temeva che Stan la lasciasse di nuovo o che l'avesse ferita così profondamente da non potersi riprendere. In realtà, non si trattava affatto di Stan. Dopo tutto, John li aveva ingannati e lei non poteva certo rinfacciarglielo. Lei stessa aveva praticamente lasciato che accadesse la stessa cosa ai tempi dell'università: aveva lasciato che John prendesse il sopravvento e, invece di *correre* da Stan, era *scappata* da lui. Proprio lei. Jenny. Perciò il fatto che Stan pensasse che lei lo aveva lasciato di nuovo, vedendo John nel suo letto in ospedale, non era affatto una forzatura.

Era solo che l'intera faccenda, John, l'incontro con Stan, l'incidente, la scoperta di essere incinta, l'apprendere che tutto ciò che aveva creduto era sbagliato, *tutto* questo, francamente, era devastante. Era come se avesse subìto un sovraccarico di stimoli e ora avesse bisogno di un po' di calma. Jenny riusciva a immaginare lei e Stan insieme in un futuro non troppo lontano e sapeva che nel suo cuore e nella sua anima avrebbero potuto tornare insieme, ma non si sentiva del tutto pronta, non ancora. Non poteva riaccendere i suoi sentimenti dopo averli tenuti spenti per così tanto tempo. Si sentiva quasi come una bambina in balia delle sue emozioni.

Ma dopo aver parlato con Evan, si sentì più leggera e quella sensazione durò per il resto della mattinata e lungo il pomeriggio. All'ora di pranzo, Jenny entrò in cucina e si stupì di vedere Sam con Hayden in braccio. Era così persa nei suoi pensieri che aveva dimenticato il suo risveglio dal pisolino mattutino.

«Oh, la mamma si è persa l'ora della sveglia?» chiese Jenny, chinandosi a baciare Hayden.

Sam sorrise. «Tu forse sì, ma io no. È un bambino così buono. Non è vero, Hay? Sì, è vero. Sei un bambino molto buono» disse in quel modo cantilenante che gli adulti di solito usano con i bambini.

Fecero un bel pranzo, servito a un tavolino vicino alla balaustra della terrazza, nascosto a lato da gradini che portavano ai prati curati. Poi si recarono in una graziosa area salotto simile a un giardino, dove Callie poté correre e giocare sull'erba per un paio d'ore, prima che tutti i bambini andassero a dormire. Le donne intanto si sistemarono nel soggiorno, parlando e lavorando a un puzzle sistemato su un tavolo di fronte a un'enorme finestra a tutta altezza che dava sull'oceano.

Quando si stancarono del puzzle, si spostarono sul grande divano e sulle sedie al centro della stanza, che offriva a Jenny un punto di osservazione privilegiato per osservare l'ingresso dei ragazzi dalla porta principale. Era sorpresa dalla facilità con cui era passata la giornata e non ricordava l'ultima volta in cui si era sentita così rilassata. Trevor e Michael le salutarono e poi si diressero verso il corridoio che portava alle loro stanze. Stephen indicò Sam e fece un cenno verso la cucina. Jenny ridacchiò. «Il tuo ragazzo ha fame e vuole la tua compagnia» disse, interpretando il suo linguaggio dei segni.

Sam alzò gli occhi al cielo e lanciò un cuscino a Jenny, ma poi si alzò e si diresse verso di lui. *Quant'è confusa*, pensò Jenny ridacchiando. Stephen era chiaramente innamorato di lei, eppure Sam si rifiutava ancora di ammetterlo. Jenny scosse la testa per il comportamento di Sam, ma si rese subito conto che era simile a come lei stessa stava agendo con Stan. Un attimo dopo Jenny si sentì osservata e vide Stan in piedi nell'ingresso. Arrossì leggermente sotto il suo sguardo, ma poi decise che forse era arrivato il momento di fare un salto, o almeno qualche piccolo passo.

Dopo un lungo momento trascorso a guardarsi, Stan chiese: «Posso portarti da qualche parte?» La sua voce sembrava diversa dal solito, più tranquilla, più morbida.

Jenny trasalì alla domanda, l'idea di lasciare la tenuta improvvisamente la terrorizzava. Alla sua evidente esitazione, lui aggiunse: «Solo un giro in macchina, Jenny. Magari una sosta in città».

«Anche il bambino?» chiese lei, rendendosi conto che, da quando era nato, non era mai andata da nessuna parte senza Hayden al seguito.

Stan scosse la testa. «Solo noi».

Lei si guardò intorno, sentendosi un po' in preda al panico. Non che non volesse iniziare a fare quei piccoli passi con Stan, ma non si aspettava di iniziare *subito*. Amanda le diede un colpetto con il piede e Jenny si girò verso l'amica, in cerca di un consiglio.

«Mi sembra una bella idea» disse Amanda incoraggiante. «Io terrò d'occhio Hayden».

Jenny avrebbe voluto farle pressione per un sì o un no più concreto, ma la sua amica stava ovviamente lasciando la decisione a lei. Una buona mossa da parte di un'amica, in realtà, pensò Jenny, anche se comunque frustrante. Rifletté sulla prospettiva, ma dopo un attimo sentì un calore diffondersi in lei al solo pensiero di un giro in macchina con Stan. Analizzò la sensazione, come Evan le aveva insegnato a fare, e si rese conto di sentirsi... bene. Non era triste o nostalgica, provava solo sentimenti positivi mescolati alla promessa di ciò che avrebbe potuto essere.

Con un cenno deciso, accettò: «Va bene».

Stan soppresse un sorriso e le tese il braccio. Aspettò che lei lo raggiungesse e fece un gesto verso la porta d'ingresso. Le fece strada, ma le rimase incredibilmente vicino. Così vicino che lei poteva sentirne il calore e l'odore del dopobarba. Era un buon profumo. *Lui* aveva un buon odore. Quando Stan si avvicinò alla porta, lei si fermò, sentendosi quasi intrappolata fra l'incavo del suo braccio e il corpo di lui che le apriva la porta. A suo merito, Stan non le mise fretta e non fece nemmeno cenno alla sua esitazione. Anzi, chiuse gli occhi e sorrise. Non era che avesse dubbi sull'andare con lui, era solo che si sentiva risucchiata dal suo magnetismo. Come quando si erano scontrati sulla strada di ciottoli a Palm Beach. E doveva ammetterlo, le piaceva.

Dopo essersi convinta ad avanzare, Jenny si diresse verso uno dei SUV parcheggiati di fronte, ma Stan la prese leggermente per un braccio e scosse la testa. «Ho un'idea migliore» disse, con un sorriso malizioso agli angoli della bocca.

Altrettanto divertita e incuriosita, Jenny lo seguì verso un'auto sportiva rosso ciliegia, che non aveva mai notato prima, parcheggiata a lato del cortile lastricato. Si voltò verso Stan, che sfoggiava un sorriso sornione, chiaramente soddisfatto di sé per la sorpresa. Prima che Jenny potesse dire qualcosa, il suo telefono squillò e Stan le fece l'occhiolino, alzando una mano mentre rispondeva in vivavoce, in modo che lei potesse sentire. Chiaramente, anche questo faceva parte del piano. Lui la fissò, e Jenny si perse completamente in quegli occhi verdi scintillanti, tanto che sussultò quando sentì la voce controllata di Gregor: «È arrivata solo stamattina».

«Lo so» rispose Stan, con gli occhi ancora fissi su quelli di Jenny. «Staremo attenti». Trattenne a stento una risata, poi le aprì la portiera e le prese la mano, aiutandola a salire nella macchina nuova. Si chinò per allacciarle la cintura e Jenny si lasciò coccolare come quando stavano insieme l'anno prima. Lo vide fare il giro dell'auto, cercando di nascondere il sorriso che lo illuminò quando la vide attraverso il parabrezza. L'intera faccenda le provocò le farfalle nello stomaco.

«Sei pronta?» chiese lui dopo essersi allacciato la cintura e aver messo in moto l'auto. Lei annuì, e la familiare sensazione di trepidazione tornò a farsi sentire una volta chiusi insieme nel piccolo abitacolo, ma poi si lasciò coinvolgere dall'auto, da Stan, dalla facilità della loro unione e scoppiò in un vero e proprio sorriso. I suoi occhi scintillarono quando la guardò.

«Dio, quanto mi piace vederti sorridere» disse, allungando la mano per sfiorarle la guancia.

Il contatto fu piacevole e lei si commosse, sentendosi per un attimo sopraffatta dalle emozioni. All'inizio provò un po' di imbarazzo, ma poi si ricordò di ciò che Evan le aveva detto sulle emozioni positive e negative. Erano solo sensazioni. Imprevedibili, sì, ma normali. Con quel pensiero tranquillizzante, riuscì a controllarsi e a scrollarsi di dosso l'agitazione. *Niente più lacrime, Jenny. È ora di tirarsi su, piccola*, si disse.

Vedendo la sua difficoltà, gli occhi di Stan si addolcirono. «Ce la faremo, Jenny. Non importa quanto tempo occorra» le assicurò a bassa voce, allungando la mano per stringerla delicatamente. Jenny si meravigliò di quanto sembrasse sicuro di sé, ma d'altra parte era come se quell'uomo fosse fatto di fiducia. Anche quando era venuto a prenderla qualche sera prima, pensando che lei lo avesse lasciato da tempo, aveva percepito la sua presenza sicura di sé e la sua autorità, come se fosse quello il suo posto, come se potesse gestire qualsiasi situazione. Come faceva? «Parlami» disse lui, interrompendo il suo monologo interiore.

«Mi stavo chiedendo come fai a essere sempre così sicuro di te» gli disse, senza preoccuparsi di indorare la pillola. «Sei così bravo a occuparti di tutto. Hai sempre un piano, e lo porti a termine».

«Stan? L'uomo che ha sempre un piano?» chiese lui, e Jenny fu colta di sorpresa dal suo tono tagliente.

Stan aggrottò le sopracciglia e rimase a guardare davanti a sé per un lungo minuto, chiaramente perso nei suoi pensieri. Poi fece un respiro profondo e spense il motore. Quando si voltò di nuovo verso di lei, Jenny capì dal suo volto che stavano per risolvere la situazione fra loro e chiarire ogni dubbio una volta per tutte. E lei era pronta, qualunque cosa stesse per dire. Era giusto *dire le cose come stavano e vedere cosa sarebbe successo*. Aveva superato gli ultimi due anni e ne era uscita integra; sicuramente poteva parlare con Stan. Era il padre del suo bambino e, a quanto pareva, l'amore della sua vita.

«Dopo Palm Beach ero a pezzi, Jenny». Gli occhi gli si appannarono e la voce gli si incrinò mentre lo diceva. Fece un respiro profondo prima di lasciar cadere il resto delle parole. «Ho eretto un muro d'acciaio intorno ai miei sentimenti per te e ho giurato con forza che non avrebbero mai più visto la luce del giorno. E ha funzionato, per la maggior parte del tempo. Finché non ti ho rivisto». Scosse la testa e se le prese le mani. «Quando è stato chiaro che saresti rimasta qui, sono stato a un passo dall'abbandonare la Calder. Non sono mai, *mai* stato incapace di portare a termine un lavoro. Nemmeno una volta, Jenny. Non prima di te».

Le rivolse un sorriso ironico. «Non farlo sapere ai cattivi, ma tu sei la mia criptonite, piccola».

«Non voglio essere il tuo punto debole» disse Jenny, con il cuore a pezzi. «Voglio essere la tua stella polare».

«Oh, Jenny. Sei anche quello Non lo sai?» Lui emise un suono in fondo alla gola. «E il mio essere sempre così sicuro? Non ne sono così certo. So solo che stiamo così bene insieme che è assurdo. E qualsiasi difficoltà abbiamo avuto, in qualche modo le abbiamo superate».

Avvertendo l'opportunità di alleggerire l'atmosfera, Jenny gli fece una faccia del tipo *stai scherzando?* che lo fece ridere.

«Okay, chiamiamolo pure un uragano di categoria cinque».

Jenny approvò con il pollice in su.

«Possiamo risolvere la situazione, Jenny. Qualunque cosa significhi, qualunque cosa ti serva. Senza pressioni».

«Non voglio più essere una vittima, Stan. Non voglio. Voglio che siamo completi. E felici, molto felici, come eravamo prima. È solo che...» Sapere la verità rendeva più facile credere nel loro futuro, ma non cancellava il loro passato. «C'è questa divisione tra il mio cuore e la mia mente. È come se il mio cervello sapesse cosa è successo davvero tra noi e perché. La *vera* realtà. Ma la *mia* realtà era tutto ciò che avevo». Scrollò le spalle. «Ora faccio fatica a conciliare le due cose. O forse a lasciar andare ciò che pensavo fosse reale».

«Mi dispiace tanto». La sua bocca si strinse in una linea sottile e dolorosa. «Non smetterò mai di cercare di rimediare».

«Ma è questo il punto» disse Jenny, sentendosi improvvisamente più calma e più in controllo di sé di quanto non fosse da mesi. «Non voglio che tu ti senta obbligato a farlo. È una cosa *mia*». Allungò la mano e la appoggiò sul suo grosso bicipite. Era caldo e le sue dita si chiusero intorno al suo braccio. Gli occhi di lui si addolcirono mentre Jenny lo accarezzava senza pensarci. «Possiamo fare le cose con calma? Assicurarci che sia naturale. So che l'ultima volta ci siamo buttati a capofitto, ma ora non sono in grado di farlo».

Stan le fece un cenno di gratitudine. «Finché so che ci sarà un altro giorno, posso accettarlo. Per me va bene ovunque tu sia. Il tuo ritmo. Sappi solo che non ti perderò più di vista. Temo che tu sia bloccata con me e con il circo che mi accompagna, piccola».

«Basta che non mi infili in una macchina da clown» scherzò lei, poi si rese conto di aver fatto una battuta autolesionista. L'ultima volta che era stata infilata in un'auto era finita male.

«Mai» disse lui dolcemente, riconoscendo il suo errore. «Ho bisogno del tuo telefono, per favore».

Senza nemmeno chiedergli a cosa servisse, lei gli porse il telefono. «Il codice di accesso è il compleanno di Hayden. Zero, uno...»

«Diciassette» disse Stan con un sorriso. «Pensi che non l'abbia memorizzato subito?»

Nello stomaco di Jenny si accese un caldo bagliore. «Beh, okay, allora» disse lei, ricambiando il sorriso. «Comunque, a cosa ti serve il mio telefono?»

«Ho un nuovo numero, voglio solo cambiarlo» le disse Stan aprendo i contatti e iniziando a scorrere.

Il sorriso di Jenny si strinse. Non avrebbe trovato il suo nome lì dentro. Aveva cancellato il suo contatto più di un anno fa. Era più facile non doverlo guardare. Tuttavia, quando se ne rese conto, Stan non disse nulla, si limitò ad aggiungersi come nuovo contatto e gli restituì il telefono.

«Allora, resteremo seduti qui tutto il giorno?» chiese lei sfacciatamente, pronta ad andare avanti.

Lui sorrise di nuovo e disse con un occhiolino: «Dai, bellezza, *ho* un piano e tra poco scoprirai qual è».

Sentendosi più leggera di quanto non fosse da settimane, Jenny si sistemò sul sedile mentre guidavano verso la città. Dopo aver parcheggiato, Stan fece il giro dell'auto e le aprì la portiera prima ancora che lei si fosse slacciata la cintura di sicurezza. Era pieno di gente, nonostante fosse il tardo pomeriggio, quello strano momento in cui le persone sono a casa a prepararsi per uscire a cena o sono già state in città a pranzo o a fare shopping e sono tornate a casa.

Stan le prese la mano e la aiutò a scendere dall'auto, con la massima naturalezza. Una volta in piedi, però, la lasciò andare con una scusa, mormorando qualcosa sul fatto di lasciarle spazio. Li guidò per la strada e, dopo un isolato, si fermò e fece cenno con la testa a una vetrina. Jenny era stata così occupata a cercare di rilassarsi e di "godersi il momento" che non aveva notato nessuno dei negozi o delle boutique lungo la strada. Questo negozio aveva delle vetrine smussate dipinte con scritte graziose e, quando guardò oltre la vetrina, le si spalancò la bocca nel vedere i suoi dolcetti preferiti brillare come un faro.

Spalancò gli occhi e sorrise. «Gelato?»

«Oppure una mela caramellata» disse lui con disinvoltura.

«Aspetta» lei gli appoggiò una mano sul petto, «hai detto *oppure?*»

Lui sorrise maliziosamente. «Davvero?»

«Non è divertente».

I suoi occhi lo dissero di nuovo: *ci arriveremo di nuovo e sarà spettacolare.*

Ma a voce alta, offrì un amichevole: «Dai, vediamo di sfamarti per oggi».

Ridendo e un po' eccitata, si lasciò trascinare all'interno. Si misero a gironzolare un po', scegliendo alcune caramelle come le mou alla nocciola con arachidi o quelle al miele e mandorle e un assortimento di toffee vecchio stile. Stan adocchiò una collana di caramelle e la prese per Callie e, dopo aver controllato tutti gli scaffali e i barili, si misero in fila per il gelato. Quando arrivò il loro turno, lui si appoggiò al bancone, sorridendo da un orecchio all'altro mentre lei cercava di scegliere.

Alla fine, si divisero una coppa di gelato con due cucchiai:

vaniglia e caffè, con topping al caramello, panna montata e noci pecan. Jenny non ricordava l'ultima volta che si era sentita così felice. A parte Hayden, quella piccola gita con Stan, e soprattutto il tempo trascorso in quel negozio, era il ricordo più bello che avesse da molto tempo.

Prima di andarsene, fecero una bella scorta di gelato da portare a casa. Stan conosceva i gusti preferiti di tutti e aveva già detto a Rosa che avrebbe portato il dolce. Quattro enormi mele caramellate, una semplice, e le altre ricoperte di Oreo tritati, caramelle mou e noci pecan completarono il resto del loro ordine.

Mentre se ne andavano, Jenny strofinò la sua spalla contro quella di lui, sentendo davvero la loro vicinanza in quel momento. «Grazie. È stato davvero bello».

Lui le sorrise. «La prossima volta porteremo Hayden».

Durante il viaggio di ritorno alla tenuta, Jenny osservò il paesaggio dal finestrino dell'auto sportiva, riportando i suoi pensieri a qualcosa che aveva rimuginato per tutto il giorno. Ovvero, come lei e Stan fossero arrivati a quel punto. Desiderosa di lasciarsi alle spalle gli ultimi timori, si girò verso di lui, rannicchiandosi sul sedile. «Credo che le cose dovessero andare in questo modo» disse a bassa voce.

Lui le lanciò una rapida occhiata interrogativa prima di tornare a guardare la strada. «Perché dici così?»

«Beh» rispose lei lentamente, con attenzione. «Non sono mai stata davvero indipendente, a parte l'università, e quella non conta davvero perché lì tutti sono da soli, e sei lì con gli amici. Ma poi sono passata dalla casa dei miei genitori a quella di John, dove ho condotto la vita che voleva lui. Ripensandoci, Stan, non ho mai lottato per nulla». Scrollò le spalle. «L'ho semplicemente accettato».

Stan sembrava sul punto di dire qualcosa, ma lei scosse la testa.

«Va bene così, non ho bisogno di compassione. L'attaccamento emotivo a quegli anni non è più forte come una volta, ed Evan è stato bravissimo ad aiutarmi a risolvere i miei dilemmi. Dopo il divorzio e il mio trasferimento in Florida, ho imparato a essere un'adulta e a prendermi cura di me stessa».

Mentre girava verso la proprietà e aspettava che i cancelli si aprissero, Stan emise un suono profondo, quasi un ringhio. «Sì, hai imparato l'arte dell'evasione e a proteggerti».

«Credo che tu non abbia capito il punto, Stan» insistette lei. «Se non fosse stato per l'incidente, le cose sarebbero state molto diverse. Io sarei diversa, e ci sono parti di questa nuova me che mi piacciono molto».

Lui parcheggiò l'auto e spense il motore, dedicandole tutta la sua attenzione. «Sono contento che tu la veda come una lezione di vita, Jenny. Ma avrei dato il mio braccio destro per far sì che le cose fossero andate diversamente. Sapere che eri da sola, sapere che pensavi che io...» fece una smorfia, poi lo disse «...che io ti avessi semplicemente cancellato dalla mia vita. Non riesco a immaginare come ti abbia fatto sentire. Se non l'ho detto abbastanza, mi dispiace tanto».

Lei allungò la mano e gli accarezzò il viso. «È così. È successo a entrambi, Stan». Infranse la regola di non piangere più, ma pensò che il momento lo giustificasse. «Non posso immaginare come deve essere stato vedermi in ospedale con John. Ero così pronta a tornare da te. Anche a me dispiace». Una volta sola non le sembrò abbastanza, così lo sussurrò di nuovo: «Mi dispiace tanto, Stan».

Mentre le braccia di lui la avvolgevano, lei si lasciò sprofondare nel suo abbraccio. Rimasero in macchina per qualche tempo, tranquilli e soddisfatti. Lei pensò a ciò che Stan aveva appena detto e per la prima volta sentì che aveva ragione. *Avevano* superato una tempesta. E forse, solo forse, le acque si erano finalmente calmate.

19

Southampton
New York

Stan sorrise mentre si asciugava dopo la doccia. Attraverso il monitor e la porta aperta del bagno, riusciva a sentire Jenny nella sua stanza. In fondo Samantha aveva avuto ragione in merito alla culla. Per due giorni aveva lasciato che Jenny venisse da lui. Non aveva fatto pressioni, aveva solo insistito che si comportassero come due co-genitori con Hayden che dormiva in camera sua per metà del tempo. Stava funzionando alla grande.

Aveva persino concesso a Jenny lo spazio di cui aveva bisogno. Non l'aveva nemmeno baciata. Beh, le aveva baciato il palmo della mano... e la punta delle dita... e la fronte... *okay*, quindi l'aveva baciata. Ma non l'aveva presa tra le braccia e non le aveva sfiorato le labbra con le sue. Aveva toccato quelle parti carnose e... gemette. Colpa sua per essersi lasciato trasportare dai pensieri.

Dopo il viaggio in città di qualche giorno prima e la loro conversazione di svolta, la prima in cui avevano parlato a cuore aperto, lui e Jenny avevano trovato una comoda via di mezzo. Non gli dispiaceva affrontare la situazione con calma e, a essere sinceri, non se la passava poi così male. Jenny era a un piano di distanza e aperta a una piena riconciliazione, voleva solo che accadesse con i suoi tempi, naturalmente. Stan lo capiva, o almeno l'aveva capito dopo che lei gli aveva spiegato il suo punto di vista. Quindi, se loro, *lei*, avevano bisogno di un po' di tempo per tornare insieme, nessun problema. Era disposto ad aspettare.

Si strofinò ancora una volta l'asciugamano sulla testa, poi se lo avvolse intorno alla vita e si passò le dita tra i capelli prima di rientrare in camera, fingendo sorpresa quando la bella bocca di Jenny formò una "o".

«Non ti ho sentita entrare» mentì lui.

«Scusa» rispose Jenny, arrossendo leggermente sulle guance. «Mi mancava». Fece un cenno con la testa a Hayden, che stava ancora dormendo profondamente. «Ho bussato e quando non hai risposto, ho semplicemente...» Si strinse nelle spalle, spalancò gli occhi e disse con un po' d'imbarazzo: «Credo di essere entrata e basta. Volevo essere sicura che non fosse nella culla prima di venirvi a cercare».

«Jenny, non c'è bisogno di spiegare». Le strofinò il braccio, notando con soddisfazione come i suoi occhi osservassero l'asciugamano stretto intorno alla sua vita, poi allungò la mano e toccò Hayden. «Si è addormentato in perfetto orario, e io mi sono messo in pari con alcune scartoffie». Traduzione: Stan aveva tenuto il bambino sveglio più a lungo del previsto e poi aveva seguito alcune piste su John, che era ancora in Virginia. Ma finché lui e Jenny non fossero stati entrambi su un terreno molto solido, non intendeva fare alcuna mossa.

Dopo alcune discussioni con Alex, Stephen e Gregor, Stan aveva deciso di spaventarlo a morte o di picchiarlo a sangue, o magari entrambe le cose. Un tipo come John sarebbe stato facile da distruggere dopo un confronto mirato e una bella lezione. Fino ad allora, però, avrebbe continuato a illudersi del suo stesso potere, al limite della follia. La vista di Jenny lo liberò dalle brutte sensazioni causate da John. Non vedeva l'ora di condividere un altro pasto con lei, il loro bambino e la squadra. «Ho pensato di avere tutto il tempo per farmi una doccia e vestirmi per la cena. Ho un baby monitor in bagno».

«Non ero affatto preoccupata» affermò Jenny, nonostante fosse piombata nella sua stanza senza preavviso e fosse rimasta lì. Lui sollevò un sopracciglio smascherando il suo bluff e ridacchiò dolcemente quando lei si arrese. «Okay, va bene. Ma non ero *davvero* preoccupata». Persino il suo modo di alzare gli occhi al cielo era adorabile. «È solo che sono abituata a stargli sempre vicino. Siamo stati solo noi due per...» La sua voce si spense.

«Ehi» disse Stan, prendendole la mano. «Va tutto bene, Jenny. *Eravate* solo voi due». Cominciò a massaggiarle il palmo dal polso alle dita, osservando gli occhi di lei che si illuminavano a ogni carezza. Scosse la testa, rendendosi conto che si stava facendo prendere la mano e che doveva rivestirsi, in fretta. L'ultima cosa che voleva fare era dare l'impressione che la stesse spingendo a muoversi più velocemente di quanto lei volesse. «Ora vado a vestirmi. Perché non ti siedi?» Fece un gesto verso l'area salotto dietro la scrivania. «Quella sedia è comodissima».

«Morbida come quella di Helen?» chiese lei con un sorriso, mentre le sue guance tornavano ad assumere una tenue tonalità di rosso.

«Ne sai qualcosa, eh?»

Lei alzò le spalle. «Già. E grazie. Davvero, non mi sono mai sentita più sicura».

«Non voglio che tu ti senta mai più in pericolo. Questa tenuta dà un nuovo significato al termine "casa sicura". C'è un motivo per cui occupiamo quest'ala. Se qualcuno si introducesse all'interno, non riuscirebbe mai a superare Gregor, me o gli altri ragazzi. E nel caso *apocalittico* in cui qualcuno lo facesse, Alex e Stephen lo manderebbero dritto all'inferno a mani nude. Possono sembrare due aristocratici, ma sotto la superficie sono dei Superman».

«Ho avuto questa sensazione la prima sera che sono arrivata. Era come se qualcuno avesse dato l'ordine: "Fratelli Montgomery: in azione!"».

Stan ridacchiò; era una buona descrizione.

Jenny guardò l'orologio. «Dovrebbe svegliarsi presto».

O forse no, pensò. «Hai fatto bene a mantenere degli orari e una routine costante. È un gran dormiglione».

«Magari lo fossi anch'io» disse Jenny, quasi distrattamente.

Lo desiderava anche lui. Dormiva bene *una volta*, quando *stava* con lei. Si chiese se si svegliasse ancora di soprassalto. Sperava proprio di no. «Jenny, pensavo davvero a tutto quello che ti ho detto. Sto facendo del mio meglio per rimanere al mio posto, ma spero che tu sappia che voglio l'intero pacchetto. Ti voglio in tutto e per tutto».

Lei alzò lo sguardo e qualcosa nei suoi occhi cambiò, come anche nel suo linguaggio del corpo. *Accidenti.*

«Anch'io, Stan». Gli pose le mani sul petto e, se lui la interpretava correttamente, gli stava offrendo un invito. Beh, forse non carta bianca, ma era un inizio. Lui si abbassò lentamente, dandole tutto il tempo di protestare, ma Jenny annuì, sollevando le braccia e cingendogli il collo. Quando le loro labbra si unirono, il tumulto del sangue nelle sue vene fu quasi pari a quella del loro primo bacio anni prima. Era difficile trattenersi quando non desiderava altro che stringerla fra le braccia, portarla a letto, assaporarla e riaverla. Gemette, indugiando e mordicchiandola un po' prima di passare a baciarle ogni parte del viso e poi staccarsi.

«Lentamente, giusto?» sussurrò Stan, e le passò il dorso delle dita sulla guancia, spostandole poi una ciocca di capelli morbidi dietro l'orecchio. Sapeva, perché lo sentiva nel profondo delle ossa, che avrebbe potuto insistere di più, ma non lo fece. Non l'avrebbe fatto. Lei fece una faccia carinissima e sembrò quasi delusa, confermando la sua sensazione. *Cavolo sì, Jenny, tesoro, ci siamo quasi.*

«Allora è meglio che tu ti rivesta».

Si chinò e la baciò ancora una volta prima di tornare di nuovo al suo posto, poi le indicò il salottino mentre andava a cambiarsi.

Jenny rimase in camera, lasciando che lui si preparasse con calma. Si prese tutto il tempo necessario finché sentì Hayden fare dei versetti sul baby monitor. Stan si chiese come avrebbe reagito. L'avrebbe preso in braccio e se ne sarebbe andata? O l'avrebbe aspettato? I cinque minuti successivi furono gioiosi e agrodolci allo stesso tempo, mentre la ascoltava salutare e prendere in braccio il figlio.

«Ciao, piccolo» disse lei attraverso il baby monitor, con la voce piena d'amore. «Hai fatto un bel pisolino? Scommetto di sì». Gli parlò, canticchiò per lui e gli chiese se si era divertito con "papà". Gli occhi di Stan si inumidirono e il suo cuore si riscaldò quando sentì: «Aspettiamo papà, d'accordo?» Poi sussurrò e Stan smise per un attimo di respirare per poter ascoltare le sue parole: «Saremo una famiglia, Hayden. Proprio come dovevamo essere».

Stan si prese un momento per ricomporsi prima di rientrare nella stanza. Avrebbe fatto di questa la passeggiata più bella di sempre verso cena. *Sei con la tua ragazza e tuo figlio. Su col morale, Finch.* Fece un ampio sorriso, poi si chinò per prendere il bambino e tese una mano per aiutare Jenny ad alzarsi. Lei la prese e sorrise quando Hayden emise un gridolino.

«Ti piace vivere con i Montgomery, vero?» chiese Jenny mentre uscivano dalla sua stanza e si dirigevano verso l'atrio.

Hayden gli saltellava in braccio, emettendo dei versetti soddisfatti. Stan rise e poi rispose alla domanda di Jenny. «Sì, mi piace. Sto con Amanda, Sam e Callie da poche settimane dopo che...» Si fermò, lasciando che la sua voce si perdesse, desideroso di riformulare la frase in modo diverso.

«Mi dispiace. Non volevo tornare al passato».

Sospirò. «È difficile da evitare, vero?»

Lei si fermò e gli mise una mano sul braccio. «Sì. Ma va bene così. Ricorda quello che ti ho detto, dicevo sul serio. Credo davvero che dovesse andare in questo modo. Significa che abbiamo qualche cicatrice emotiva in più, e allora?»

Si scambiarono uno sguardo, e Stan, l'uomo che aveva sempre un piano pronto, decise di gettare la prudenza al vento: *al diavolo i limiti*, pensò mentre allungava la mano e la attirava a sé. Lei si avvicinò di buon grado, appoggiandosi a lui, trovando il suo posto insieme a Hayden. Suo figlio, la sua amata, entrambi tra le sue braccia. *Grazie, Dio*. Un altro passo avanti. La musica risuonava soavemente attraverso l'impianto audio e lui li tenne stretti, cullandoli per qualche minuto sul pavimento dell'ingresso.

Dopo un attimo, Callie li superò di corsa, poi tornò indietro per abbracciare loro le gambe prima di proseguire. Interrotto quel tenero momento, lui e Jenny scoppiarono a ridere e ripresero a camminare, lui con il braccio intorno a lei e lei appoggiata a lui.

Gli ci volle un attimo per ricordare di cosa avevano parlato. «Amo la famiglia che ho trovato qui, Jenny. Tuttavia, non mi piace il costo che ha comportato».

Lei lo aveva sentito benissimo, ma senza battere ciglio continuò: «Com'è la California? Sam ha detto che siete stati lì per la maggior parte dell'anno, ma ora vivete tra le due coste».

Stan prese spunto da Jenny e lasciò andare l'impulso di sollevare argomenti pesanti, almeno per il momento. Jenny sapeva come si sentiva. «La California è fantastica. Mi sorprende che mi piaccia così tanto, ma ero così impegnato prima che arrivassero Alex e gli altri, che questa affinità mi ha colto di sorpresa». Decise di restare sul vago, rendendosi conto che prima avrebbe dovuto parlare con Alex e Amanda per capire se ci fosse davvero qualcosa da spiegare a Jenny. Non era abituato al fatto che le persone di casa *non* conoscessero la loro storia. «Tu e Hayden la amerete. Garantito».

Fece una pausa, percependo chiaramente l'implicazione che lei e Hayden lo avrebbero seguito al suo ritorno, ma non disse nulla. «Allora, come mai Alex e Amanda sono stati separati per così tanto tempo?» domandò invece.

Ed eccola lì. La domanda da un milione di dollari. Stan si chiese come avrebbe reagito Jenny alla verità. Ci avrebbe mai creduto? Se non fosse stato per Callie, Stan non era sicuro che Amanda avrebbe mai rivelato qualcosa, nemmeno a lui, sul suo folle viaggio nel passato o sulla vera identità di Alex. E se non fosse stato per quella bambina con il suo vestito all'antica, quella prima sera, e per la sua paura reale mentre Amanda era in sala operatoria, forse lui stesso non ci avrebbe creduto. E quello era solo l'inizio.

I primi giorni di esposizione di Callie al ventunesimo secolo erano stati sorprendenti. Soprattutto considerando che Amanda stava curando le proprie ferite emotive e fisiche. All'epoca, se Callie non era incollata alla madre, era incollata a lui. Ogni volta che lei indicava un semplice oggetto o qualcosa di banale come una doccia o un autobus, il suo sospetto cresceva sempre più: doveva esserci qualcosa di più grande in gioco. Per fortuna, Sam era arrivata il giorno dopo. E quando la storia completa aveva cominciato a venire fuori un po' alla volta, aveva deciso che non poteva metterla in dubbio, quindi l'aveva accettata per vera. Da allora erano sempre rimasti tutti insieme. Stan considerava già Sam una buona amica e anche Amanda, ma ora condividevano un nuovo legame. Profondo e indissolubile.

Rendendosi conto che sarebbe stato troppo per Jenny in quel momento, anche se Alex gli aveva dato il via libera, Stan decise: «Non spetta a me raccontare questa storia».

«Capisco» disse Jenny, alzando lo sguardo su di lui. «Siamo bravi a mantenere i segreti, vero?» Fece una pausa. «Tutti noi abbiamo mantenuto quelli di Sam».

Lui rimase un po' stupito dalla sua affermazione, ma sapeva che aveva ragione. Avevano mantenuto il segreto di Sam per anni. Per quanto ne sapeva lui, nonostante tutte le loro nuove amicizie, erano ancora solo loro tre a conoscere la verità. «È vero. Non ne ho mai parlato e sono certo che se Alex, Stephen o

Gregor ne fossero a conoscenza, sarei uno dei primi a saperlo. Non aspetto con ansia il giorno in cui lo *scopriranno*».

Con un dito sulle labbra, Jenny interruppe quella parte della conversazione, facendo un cenno verso Gregor, che si stava dirigendo velocemente verso il corridoio dietro di loro. Al suo passaggio, Gregor sorrise calorosamente e diede a Stan una pacca sulla spalla. Jenny e Stan percorsero il resto della strada verso la cena, godendosi per un attimo il fatto di essere solo loro due e Hayden.

Quando raggiunsero la cucina, si accorsero che era affollata. I ragazzi erano seduti a tavola con Callie, che in qualche modo era già riuscita a coinvolgerli in una partita a Uno. Evan parlava con Helen, e Rosa dirigeva alcuni membri del personale mentre le padelle calde sfrigolavano e vari piatti e ciotole venivano estratti da armadi e scaffali e disposti sull'isola.

Per fortuna, in tutto quel caos, nessuno fece caso alla loro vicinanza. Stan tenne aperta la porta della terrazza, dove Stephen e Sam, a testa china, stavano scegliendo alcuni vini da dietro il bancone. Stephen chiese a Stan e Jenny se volevano qualcosa.

«Possiamo aspettare» rispose Stan, rivolgendosi a Jenny. «Voglio mostrarti una cosa». La condusse giù per i gradini di marmo e lungo il sentiero fino a un'area salotto con una vista perfetta sull'oceano.

«È stupendo» esclamò lei.

«Ho vissuto qui con Amanda e Sam la scorsa primavera, prima di portarle in California».

«Posso capire perché vogliano tornare. È lo stesso motivo per cui i miei genitori non se ne sono mai andati e perché mio padre ha tenuto quella grande casa nonostante siano solo lui e Ris».

Dopo un breve silenzio, ripresero a salire i gradini, udendo le voci degli altri che si accomodavano per la cena. Stan tirò indietro la sedia per Jenny e baciò il figlio prima di ridarglielo e sedersi accanto a lei. Lei gli sorrise e gli sfiorò il braccio.

Improvvisamente, il brusio si fermò di colpo: tutti, come se avessero avuto lo stesso pensiero nello stesso istante, notarono la novità tra loro. Un sorriso collettivo si diffuse, prima che il solito caos dei Montgomery riprendesse.

La cena fu ottima, una delle migliori che ricordasse, probabilmente grazie alla presenza di Jenny accanto a lui. Fu piacevole, gioviale e lui si ritrovò rilassato, non nervoso come negli ultimi giorni. Anzi, non c'era affatto tensione.

Si appoggiò allo schienale e guardò Jenny che sorrideva e rideva insieme a tutti gli altri. Si sentiva a suo agio. Era strano che fossero finiti tutti insieme. Non solo lui, Jenny e le ragazze, ma anche i fratelli, Gregor, Evan e i ragazzi. Tra loro c'era un ritmo, una simbiosi innegabile. Chi avrebbe mai immaginato che, nonostante le loro evidenti differenze e le ferite condivise, avrebbero trovato un tale cameratismo, pace, affetto e amore? In momenti come quello, avrebbe giurato che erano tutti destinati a stare insieme. Come lui e Jenny.

Forse Jenny aveva ragione e doveva essere così. Per riprendere una frase di Alex: *al diavolo il passato*, lui, la sua ragazza e il loro bambino erano vicini a ottenere tutto.

Pazienza, ragazzo.

20

Southampton
New York

Jenny si svegliò di soprassalto, con gli occhi puntati sul bambino e la mano sul cuore che batteva all'impazzata. Poi, lasciò che il respiro rallentasse. Quasi pianse lacrime di felicità quando ricordò dove si trovava, sollevata nello scoprire che non era ancora mezzanotte e si trovava nella sua stanza, dai Montgomery e, non di nuovo in Florida dove era stata solo una settimana prima, nella casa che non aveva mai sentito veramente sua, e neanche da sola.

Mentre si rilassava, le passò per la mente la magnifica serata di poche ore prima: il tempo trascorso con Stan nella sua stanza, la passeggiata, poi la cena sulla terrazza, un'ora di conversazione favolosa, ottimo cibo e tanto calore e affetto. Non c'era da stupirsi che Amanda avesse detto che i pasti erano sacri in quel posto. Jenny aveva capito bene cosa intendeva e si sentiva esattamente come lei.

In seguito, si erano riuniti tutti nella sala da biliardo e da gioco, dove si erano impegnati in una partita piuttosto spietata a

Yahtzee. Jenny non aveva mai visto nulla di simile. Si erano divisi in tre squadre e per l'ora successiva era stata coinvolta nel divertimento più chiassoso di sempre. Incredibilmente, tra le urla di incitamento e i fischi dei giocatori, e i salti e gli applausi di Callie, entrambi i neonati si erano addormentati tranquillamente tra le braccia dei rispettivi padri.

Dopo erano saliti al piano di sopra per mettere i piccoli nelle loro culle e Callie a letto. Se non fosse stato per il fatto che tutti si erano riuniti per qualche minuto nel corridoio, avrebbe cercato di essere più diretta con Stan. Invece, quando lei aveva sbadigliato un paio di volte, lui aveva varcato quel suo stupido limite e, nonostante non fosse tardi, l'aveva condotta nella sua stanza, regalandole un bacio della buonanotte lento e passionale, per poi tornare al piano di sotto con gli altri.

Mentre il suo battito cardiaco rallentava e il respiro tornava normale, Jenny sentì la musica dal piano di sotto e, pochi secondi dopo, la bella voce di Amanda. Quando poi sentì Hayden borbottare, si chiese chi avesse svegliato chi. Jenny si alzò dal letto per controllare il bambino e lo trovò che si mordicchiava il pugno, con gli occhi verde-blu che la fissavano. Le sue gambette scalciavano eccitate e lei ridacchiò, prendendolo in braccio con un sorriso.

«Ciao, piccolo» sussurrò. «Immagino che siamo svegli, eh? Perché non passeggiamo un po' e ascoltiamo zia Amanda che canta? È decisamente spettacolare. Forse troveremo papà ancora in piedi in salotto». In silenzio, Jenny decise che se lo avessero trovato, gli avrebbe detto che era arrivato il momento di varcare il limite una volta per tutte. Lo voleva nel suo letto, oppure voleva essere lei nel suo, anche solo per dormirgli accanto.

Con il cuore che batteva forte, Jenny si affacciò nel corridoio giusto in tempo per vedere Callie, in camicia da notte con volant e una felpa con la zip, sgattaiolare fuori dopo l'ora di andare a letto, passando in punta di piedi vicino a Helen, addormentata sulla sedia. Una volta passata, la bambina sorrise, chiaramente orgogliosa di averla fatta in barba a tutti.

«Beh, sei proprio una furbetta» disse Jenny, tendendo la mano a Callie. Era difficile fare la guastafeste quando si era complici. E ovviamente il resto degli adulti, o almeno Amanda e Alex, erano di sotto.

«So cosa vuoi dire» disse Callie ridacchiando.

Certo che lo sapeva, pensò Jenny, era la figlia di due persone brillanti. «Dove andiamo?» chiese Jenny, accettando il fatto che il suo piano originale di rimanere al piano di sopra era saltato, ma improvvisamente ansiosa di vedere Stan.

«Voglio sedermi vicino all'Ammiraglio mentre la mamma canta».

Jenny trovava adorabile che Callie chiamasse Alex "ammiraglio" con la stessa frequenza con cui lo chiamava "papà". Non aveva idea dell'origine di quel soprannome, ma sembrava che si addicesse ad Alex, o almeno a quello che Jenny sapeva di lui.

«Anche Hayden sta mettendo i denti?» chiese Callie mentre facevano una rapida deviazione per tornare in camera di Jenny e prendere la vestaglia. «Prima Zander piangeva molto forte e la mamma ha detto che è perché gli stanno spuntando i denti e gli fanno male».

Mentre si stava addormentando, Jenny aveva sentito le grida di Zander, poverino. Per fortuna, nelle ultime due notti Hayden era stato risparmiato da quel particolare dolore.

Callie chiacchierava adorabilmente scendendo le scale, poi attraversarono l'atrio e si avviarono verso il salotto. Jenny rimase un attimo sulla soglia, affascinata dall'intima scena familiare. Amanda era seduta allo splendido pianoforte a coda situato in un angolo vicino alle finestre. Alexander era dall'altra parte della stanza, reclinato su un divano, con il figlio sul petto, che sorseggiava da un bicchiere di cristallo mentre guardava amorevolmente la moglie. Sam era rannicchiata dall'altra parte, con la testa sul cuscino, mentre Stephen versava da bere dietro il bancone, e Stan era seduto su uno splendido sgabello a parlare con Gregor, con un portatile in mezzo, entrambi impegnati a lavorare su qualcosa, se i blocchi di appunti sulle loro ginocchia erano indicativi.

Oh, quanto avrebbe desiderato avere sempre una casa come quella. Il calore che trasudava da ogni centimetro la attirò. Quando attraversò il soggiorno con Callie, sentì le prime note di *Landslide*. Nessuno interpretava Stevie Nicks meglio di Amanda. Tutti sorrisero alla loro entrata e quando Alexander fece cenno alla figlia di avvicinarsi, Callie sgusciò via da Jenny, per avvicinarsi rapidamente al fianco del padre.

Stan si avvicinò con uno sguardo preoccupato. «Stai bene? Pensavo di averti messo a letto».

Lei arrossì alle sue parole. Poi scrollò le spalle. «Credo mi sia venuta una gran paura di perdermi qualcosa».

«Non ti sei persa niente. Lo facciamo quasi ogni sera». Fece cenno ad Alex di avvicinarsi. «A parte il bambino» ridacchiò. «*I bambini*» si corresse, strofinando la schiena di Hayden. «E Callie, come puoi vedere, è stata un po' più irrequieta del solito con tutta l'eccitazione di essere tornata qui per l'estate. Ci stiamo ancora tutti ambientando». Le prese la mano. «Ti siedi con me?»

Jenny annuì, ma lo fermò quando lui cercò di guidarla nella stanza «Devo cambiarmi?»

Lui fece una smorfia. «No. Tutti, tranne Gregor e io, stavano per andare a dormire quando Zander si è svegliato».

Quindi *stavano* lavorando. Cosa c'era di così importante da dover essere affrontato alle undici di sera? si chiese Jenny. «Devi finire quello che stavi facendo?»

Lui sorrise, poi abbassò lo sguardo sulle loro mani unite. «Mi piace di più fare questo».

Scrutando la stanza, Jenny notò che tutti gli altri erano in pigiama o in abiti comodi e si sentì molto meglio con sé stessa.

«Ecco». Stan raggiunse Hayden, le sue grandi mani coprirono la schiena del bambino e avvolsero il suo piccolo busto. Lei lo lasciò andare, godendosi il tocco di Stan come aveva fatto prima. «Al bar? O laggiù?» disse con un movimento della testa verso dove erano seduti Alex e Sam.

Lei fece un piccolo sorriso e indicò il salotto. Stephen attirò la sua attenzione e alzò un bicchiere, chiedendole in silenzio se volesse bere qualcosa. Lei scosse la testa, mentre Stan le allungava di nuovo la mano, tirandola verso l'interno della stanza. Percepiva intensamente il loro legame. Ancora più forte di prima. Stava prendendo forma. Le sembrava di rinascere, ma questa volta si trattava solo di ritrovare un equilibrio con Stan. Il loro viaggio in città era stato determinante. Si chiese se lui avesse saputo che era quello di cui avevano bisogno. Un po' di tempo solo per loro due. Una conversazione franca e diretta per poter andare avanti e ricominciare da capo, da zero. Era elettrizzata dall'eccitazione. Erano tutti lì, una famiglia, con i loro amici, vecchi e nuovi.

Stan la guidò verso la poltrona e aspettò che si sedesse prima di mettersi nell'angolo accanto a lei, e il suo peso la fece inclinare contro il suo fianco. Lei cercò di raddrizzarsi, ma poi il braccio di lui la circondò, sussurrandole «Per favore» all'orecchio. Lei alzò lo sguardo su di lui, i suoi occhi dolci e pieni di calore, di amore. Annuì e si accoccolò contro di lui. Dalla sua posizione, sul petto di Stan, Hayden gorgheggiò insieme alla voce di Amanda. Stan ridacchiò, baciandogli la sommità del capo. Il movimento la portò a essere ancora più vicina. Si accoccolò, aspettando l'occasione per dirgli che era pronta. Pronta per stare di nuovo insieme. Si chiese se sarebbe riuscita a pronunciare quelle parole o se sarebbe diventata rossa come un peperone, sperando che lui recepisse il messaggio che voleva infilarsi nel letto accanto a lui e restarci per sempre. Era così bello stargli accanto e godere di quell'energia che tanto amava. Quell'armonia pacifica che aveva provato solo con Stan.

Jenny si distrasse dai suoi pensieri concentrandosi di nuovo sulle persone nella stanza. Osservò Stephen che si avvicinò e prese la poltrona accanto all'angolo del divano occupato da Sam, poi vide Sam che spostò le gambe per fare spazio ai piedi del suo "non fidanzato", che lui poggiò accanto a lei. Jenny ridacchiò piano, facendo sì che Stan la stringesse dolcemente e le premesse le labbra sulla fronte.

Felice di essersi svegliata e di essere scesa al piano di sotto, Jenny sprofondò ancora di più nella sua nuova sensazione di appagamento, avvolgendo il braccio intorno a Stan proprio sotto le gambette di Hayden. Amanda iniziò un'altra canzone e Jenny decise che non appena fosse finita avrebbe detto a Stan che voleva dormire nella sua stanza quella notte.

Invece, rannicchiata tra le braccia protettive di Stan, ascoltando la voce di Amanda che suonava e cantava, Jenny si addormentò proprio dove si trovava.

21

Southampton
New York

Stan si svegliò lentamente, ancora in salotto, con il peso del suo bambino sul petto e la sua ragazza al fianco. Prima di andare a letto, Alex aveva spostato un'ottomana in modo che Stan potesse distendere le gambe. Dopo aver fatto qualche attenta manovra per assicurarsi che Jenny fosse completamente avvolta dalla coperta che Sam le aveva posato addosso, anche lui aveva chiuso gli occhi e con una preghiera di ringraziamento, si era addormentato.

Erano così vicini. A Jenny non era servito molto per capire che stavano andando dalla parte giusta, il loro tempo insieme era solo stato interrotto. *Strano,* pensò, anche Alex e Amanda avevano avuto un percorso simile con un'interruzione, e guardali ora. Era assurdo che lui e Jenny avessero dovuto trascorrere più di un anno pieni di astio e di dubbi l'uno verso l'altra, quando non avevano mai avuto bisogno di provare un sentimento del genere. Ripensò di nuovo al commento di lei, quello in cui diceva che le cose erano accadute per un motivo. A guardar bene, aveva ragione. Non solo per lui e Jenny, ma per tutti loro.

Si chinò e baciò la testa di Jenny. Lei si agitò, ma rimase addormentata, così Stan decise di non muoversi. Guardando il sorgere del sole, pensò di voler cancellare ulteriormente le convinzioni erronee di Jenny, smontandole lentamente. Jenny aveva bisogno di sentirsi completa e autosufficiente, ed era convinta che ciò non sarebbe accaduto se non le fosse stato concesso lo spazio per stare da sola. Gli dava la nausea pensare a quello che era stata sottoposta per raggiungere quell'indipendenza, ma dal momento che l'aveva fatto ed era tornata sé stessa, come poteva toglierglielo? E poi c'era lui. Aveva dovuto perdere ciò che riteneva più prezioso per lasciare il continente, proprio quando i Montgomery avevano bisogno di lui. Senza allearsi con loro, non avrebbe mai ricevuto la chiamata di Gianni. Quella consapevolezza lo sconvolse. Considerando il corso degli eventi e tutti i partecipanti, sembrava quasi un intervento divino.

Proprio in quel momento, Hayden si agitò e Stan gli diede una carezza rassicurante, mentre Jenny si chinava e strofinava il viso contro il suo fianco. Non riusciva ancora a credere che stava tenendo la sua famiglia tra le braccia.

«Buongiorno» salutò Jenny con dolcezza, stiracchiandosi un po' prima di accoccolarsi più vicino a lui. Premette le labbra contro il suo fianco in un bacio.

«Buongiorno» ricambiò lui, baciandole di nuovo la testa.

«Ho dormito così bene». Lei lo strinse a sé. «Ma avresti potuto trasferirci nella tua stanza ieri sera».

Lui si fermò alle sue parole, volendo essere sicuro di aver sentito bene. Le sollevò il mento, prendendole delicatamente il viso. «Tanto per essere chiari. Io e te siamo sulla stessa lunghezza d'onda?»

I suoi occhi erano luminosi e pieni d'amore. «Di più, sullo stesso paragrafo».

«Stessa frase?»

«Stessa parola, Finch».

Bello. «Beh, il tuo tempismo è pessimo» ridacchiò lui. «Oggi dobbiamo uscire presto». La strinse a sé, baciandole le labbra imbronciate, e ringhiò quando lei rispose al bacio con passione. *Incredibilmente bello.* Hayden, che era stato un bambino perfetto per tutta la notte, decise che era ora di farsi sentire e lanciò uno strillo.

Entrambi sorrisero. Lei fece leva sul petto di lui e si alzò. «Okay, piccolo» disse Jenny, staccando Hayden dal suo petto, con la voce dolce che riservava solo al figlio. A Stan piaceva molto. E amava partecipare al loro risveglio. Sollevò il loro bambino in modo che fosse davanti a lei. «Ciao, piccolo. Abbiamo dormito bene, vero?» Jenny sorrise così intensamente che Stan quasi pianse. Ma mentre abbracciava Hayden, divenne terribilmente silenziosa, evidentemente rimuginando su qualcosa. Dopo un lungo momento in cui aveva fatto dei cerchi sul tappeto con il piede, lo guardò, con il volto mortalmente serio. «Non hai mai smesso di amarmi, vero?»

«Nemmeno per un secondo».

Un cipiglio le segnò il bel viso. «Dovrebbe pagarla, Stan».

«La pagherà, Jenny».

Un lampo di consapevolezza la attraversò. «Oh, cavolo. Gli stai dando la caccia».

«Jenny, a parte le offese che non hanno lasciato un segno fisico, è colpevole come minimo di aggressione».

Stan aveva letto il rapporto dell'incidente e, considerando quello che era successo, era scioccato che Jenny fosse integra. In base alla velocità a cui viaggiava quando aveva urtato il muro di contenimento, John avrebbe potuto ucciderla.

«Quel bastardo pagherà per quello che ti ha fatto» dichiarò Stan. *Per non parlare di quello che ha fatto a noi.*

«Non voglio che tu ti faccia del male».

Avrebbe voluto prometterle che non si sarebbe fatto niente, ma sapeva di non poterlo fare, così le disse la verità: «Non posso lasciar perdere».

Lei strofinò di nuovo un piede avanti e indietro sul tappeto, poi lo guardò. «Puoi andarci piano, allora? Solo un po'?»

Lui apprezzò la sua rapida capitolazione, ma non era sicuro che cambiasse qualcosa. John Monroe stava per essere neutralizzato, e le basi sarebbero state gettate proprio quel giorno con una riunione in città per esaminare i dettagli e la logistica. «Ci penserò su».

Lei annuì. «Voglio solo che tu stia bene e al sicuro».

Stan scosse la testa. «Tesoro, devi fidarti di me. Di nuovo».

Lei gli sorrise dolcemente. «È in cima alla mia lista».

22

Southampton
New York

Il tragitto verso la città era incantevole. Stephen guidava, Amanda, Sam e Jenny stavano sedute nel sedile posteriore del SUV della Calder. A quanto pareva, Amanda non si spostava mai senza scorta. Jenny si chiese quanto di questo fosse dovuto al suo status di star e quanto al fatto che il marito volesse tenerla al sicuro, come in una bolla.

Di solito, le guardie del corpo di Amanda erano Stephen o Stan, gli "uomini di punta" come dicevano i ragazzi tra loro, per designare chi era al comando. A dirla tutta, Jenny era un po' delusa che fosse Stephen. Non che non le piacesse. Anzi, si stava affezionando molto a tutti loro. Solo che Stan era, beh... non c'era bisogno di spiegarlo. Stephen incrociò il suo sguardo nello specchietto retrovisore e lei fece un rapido sorriso, poi arrossì per l'imbarazzo, come se lui l'avesse letta nel pensiero.

Stan le aveva comunicato di avere degli affari da sbrigare in città, ma solo dopo la sua partenza Jenny si era resa conto che era stato un po' criptico. Quando lei le aveva domandato la natura di quegli affari, lui era stato evasivo e l'aveva liquidata cambiando argomento, borbottando qualcosa sul fatto che doveva portare con sé il suo berretto nero perché il tempo minacciava pioggia. Tutta la squadra della Calder indossava berretti neri in caso di pioggia, quindi era un dettaglio banale. La sua evasività, invece, *era* alquanto strana, soprattutto perché le aveva appena chiesto di fidarsi di lui.

Decidendo di non lasciare che la sua immaginazione prendesse il sopravvento, Jenny ritornò al presente e si concentrò sulle ragazze e sulla loro conversazione su dove sarebbero potute andare a cena quando ne avessero avuto la possibilità. Considerato tutto il trambusto degli ultimi tempi, si erano recate in città per pranzare solo qualche volta, e raramente a cena. Jenny aggiunse alla lista alcuni ristoranti che le erano sempre piaciuti quando andava a trovare suo padre. Esplorando con lo sguardo l'interno del SUV, le venne in mente un'altra domanda che aveva intenzione di rivolgere a Stan.

«Non capisco» esordì Jenny perplessa, pensando che Amanda sarebbe stata in grado di risponderle altrettanto bene. «Perché i SUV Navigator? Pensavo che le Tahoe o le Escalade fossero lo standard commerciale».

Amanda rise. «Non ero con Alexander all'epoca, ma la storia dice che prima avevano delle Tahoe, poi lui sentì il nome del marchio "Navigator", vide i veicoli e sostituì l'intera flotta in un colpo solo». Amanda alzò gli occhi al cielo. «L'Ammiraglio ha un debole per la navigazione».

«Ha un debole per *te*» disse Sam e Stephen sorrise d'accordo nello specchietto retrovisore.

«Aspetta. È davvero un ammiraglio?» chiese Jenny, cercando di mettere insieme le nuove informazioni. Non c'era da stupirsi che l'altro fratello Montgomery emanasse un'aura così incredibilmente dominante. Anche se, a dire il vero, Stephen, Gregor e Stan non erano certo da meno.

«Lo era». Amanda non aggiunse altro, ma i suoi occhi rivelavano qualcosa di strano.

Jenny intuì che c'era qualcosa di più di quello che Amanda aveva lasciato intendere. «E?» incalzò, ricordando come Stan si fosse comportato in modo altrettanto strano quando il giorno prima avevano affrontato un argomento simile.

Amanda ridacchiò e scambiò un'altra occhiata con Stephen dallo specchietto. «Onestamente non saprei da dove cominciare. Ma per ora diciamo solo che è in pensione».

Jenny avrebbe voluto saperne di più, ma sembrava che fossero arrivati a destinazione. All'ingresso della città, Stephen parcheggiò tra un gruppo di veicoli della Calder Defense. Due uomini, che Jenny aveva visto in giro per la tenuta, erano appoggiati a uno di essi. Fecero un cenno di saluto alle donne, poi le seguirono mentre si dirigevano verso i negozi.Per fortuna, sia loro che Stephen mantennero una certa distanza, lasciando che entrassero e uscissero dalle boutique in tranquillità. Jenny sorrise quando passarono davanti alla gelateria dove era stata con Stan, e tutte le preoccupazioni e i timori di prima scomparvero.

Dopo un paio d'ore, Amanda chiese: «Pranziamo in città?»

«Pensi che per i ragazzi vada bene?» chiese Jenny.

«Se intendi i bambini, non potrebbero essere in mani migliori. Ma dipende da te».

Jenny tentò un'alzata di spalle disinvolta, ma il suo sguardo rivelava chiaramente l'impazienza di avere notizie di Hayden. Amanda sorrise, tirò fuori il telefono e chiamò casa per confermare che i bambini stessero bene. Fatto questo, si diressero verso un bel ristorante. Erano appena entrati quando Amanda e Sam si girarono, con gli occhi spalancati, e la spinsero fuori con un «Andiamo da un'altra parte».

Sorpresa dalla brusca inversione di marcia, Jenny allungò il collo per sbirciare oltre le sue amiche, con il battito cardiaco che accelerava in risposta alla loro reazione. Ciò che vide all'interno la colpì come un pugno nello stomaco, e per un attimo la vista le si offuscò. Alexander, Gregor e il resto della squadra erano lì a mangiare, ma gli occhi di Jenny si posarono immediatamente su Stan, stretto in un abbraccio con una bellissima mora.

La fiducia che stava cercando di costruire svanì in un istante. Si sentì confusa e imbarazzata, e l'atteggiamento sfuggente di Stan di quella mattina le apparve improvvisamente chiaro come un'insegna al neon. Aveva finalmente trovato il coraggio di aprirsi, di credere in ciò che provava. Si era praticamente offerta a lui quella mattina e ora, mortificata, avrebbe solo voluto scomparire.

Jenny non vedeva l'ora di andarsene. Non poteva sopportarlo; francamente, non ne aveva il coraggio. I suoi nervi logorati da anni erano ormai ridotti a brandelli e non aveva più difese. Si era permessa di fidarsi di lui, aveva lasciato che tutti quei sentimenti nuovi e teneri venissero a galla, ed era stata ferita, ancora una volta. Ora desiderava non essere mai stata coinvolta in quell'ambiente e voleva tornare nella sua bolla protettiva, solo lei e Hayden.

Era quasi arrivata alla porta d'ingresso quando qualcuno le afferrò il braccio con delicatezza, ma con forza, e la spinse di lato. Era Stan, improvvisamente materializzatosi lì davanti a lei.

«Per favore» disse molto seriamente, alzando una mano. «Dammi un momento, così posso spiegarti». Poi si rivolse ad Amanda e Sam, ognuna trattenuta dai rispettivi fratelli Montgomery, e gli uomini si allontanarono da Stan, lasciandogli gestire la situazione.

«Avete un'opinione così bassa di me?» disse Stan con un tono di rimprovero aspro e pungente ad Amanda e Sam. «Che vi succede?»

Jenny, ancora scossa, cercò di capire cosa stesse succedendo. Notò che almeno loro due sembravano colpevoli per il suo rimprovero.

«Ci siamo fatte prendere dal panico. Davvero» disse Sam per prima.

Poi Amanda intervenne per giustificarsi: «Se Jenny e io ci fossimo imbattute nella stessa scena, ma fosse stato Stephen invece di te, avremmo portato via Sam di corsa anche in quel caso».

«Oh, sei così dolce, Am» disse Sam, prima di lanciare uno sguardo di disapprovazione a Stephen.

Stephen alzò gli occhi al cielo. «Era solo un'ipotesi».

«Non si può mai sapere» ribatté Sam, fingendo uno sguardo ferito.

Jenny avrebbe trovato divertente la loro interazione se non fosse stata nel panico più totale. Il cuore le batteva così forte da sentirlo in gola.

«Bella mossa per sviare, ragazze. Ma non funziona» disse Stan, riaffermando la sua autorità. Jenny evitava il suo sguardo, terrorizzata dalle conseguenze.

«Ah, Stan, l'uomo delle regole». Entrambe sgranarono gli occhi. «Ci dispiace» disse Amanda contrita, facendo capire a Jenny quanto Stan fosse vitale per la loro famiglia.

«Ora tu» disse lui, rivolgendo tutta la sua attenzione a lei. «Jenny».

Jenny si abbracciò, tenendo gli occhi sul pavimento. I confronti erano la sua rovina e senza Hayden non aveva nulla dietro cui nascondersi. Avere il bambino con sé la faceva sentire più coraggiosa, avrebbe avuto qualcuno da proteggere, e se ciò falliva, le dava almeno una valida via di fuga.

«Jenny» ripeté Stan. «Jenny, guardami».

Jenny scosse la testa. Non voleva piangere, non lì, non con tutte quelle persone.

«Bene» sospirò Stan. «Jenny, quella era Celeste Lowell. La sorella minore di Derek Lowell. Ti ricordi di lei?»

Jenny alzò lo sguardo su di lui e la nebbia cominciò a diradarsi. Il rumore nella sua testa scese di qualche decibel. Il tono di Stan era gentile, comprensivo. Non c'era nulla di accondiscendente o sminuente nelle sue parole e, a quella constatazione, il suo cuore si calmò e lei ricominciò a respirare normalmente. Jenny si sentì improvvisamente minuscola per aver reagito con tanta impulsività.

Le ci volle un attimo per uscire dal suo torpore. «Certo che sì. Non ho potuto partecipare al funerale. Ne abbiamo parlato...

quando abbiamo pranzato in albergo». Discutere di argomenti del genere ad alta voce non le bruciava più. O almeno, non come prima. Non quando lui le stava davanti, insistendo per mettere tutto in chiaro. Santo cielo, che orribile supposizione aveva fatto, *avevano* fatto. «Ricordo che a volte usciva con noi nei fine settimana».

Stan le prese le mani, osservando le loro dita intrecciarsi spontaneamente. Emise un suono in fondo alla gola prima di guardarla e dire a voce alta e chiara, senza curarsi del fatto che c'era una folla: «Lasciamelo dire di nuovo, nella speranza che sia davvero chiaro. Non c'è mai, mai, mai stata nessun'altra all'infuori di te, Jenny. E non solo di recente. Ci sei sempre stata solo tu, da molto prima di Palm Beach. Nessuno. Ripeto, NESSUNO può competere con te e con i sentimenti che provo nei tuoi confronti».

Sentendosi ancora piccola e oltremodo dispiaciuta, Jenny gli strinse le mani. «Mi sono fatta prendere dal panico. Mi dispiace. È solo che... sono ancora un po' incasinata, Stan».

I suoi occhi si ammorbidirono. Con calore, la voce piena di compassione, disse: «Si dà il caso che i casini siano la mia specialità». Allungò la mano, prendendole il viso. «Un passo avanti, due indietro, ma ci arriveremo. In qualsiasi modo accada, per me va bene. Ma ti prego, non pensare mai che ti abbandonerei».

«Lo so, davvero».

«Posso abbracciarti, per favore?»

Non vedeva l'ora di ritrovarsi fra le sue braccia. Si strinse a lui, trovando rifugio nella sicurezza del suo abbraccio. Con la testa appoggiata alla sua, lo sentì sciogliersi dalla tensione.

«Mi dispiace, tesoro» disse. Le baciò la fronte, ma non fece altro.

Apparve il resto della squadra e i due si staccarono dall'abbraccio, lentamente. Stan guidò Jenny verso il loro tavolo, prendendo altre sedie lungo la strada. Jenny, mortificata per aver fatto una scenata, si concentrò sulla disposizione e si rese conto che alternavano sempre un posto per un maschio e uno per una femmina: le piaceva. Alexander allungò la mano ad Amanda, tirandola a sé e poi appoggiò il braccio sullo schienale della sedia. Stephen prese posto accanto ad Amanda, Sam accanto a lui e Stan mise una sedia al suo fianco.

Prima di sedersi, Jenny andò da Celeste, che non vedeva da anni. «Oh, Celeste, che piacere vederti». Jenny la abbracciò. «Come stai?»

«Jenny, ciao! È passato tanto tempo» ricambiò Celeste con calore.

«Troppo tempo» si lamentò Jenny, rendendosi conto di essere stata così presa dalla sua vita da non aver mai contattato la sua amica dopo la morte di Derek.

«Stan te l'ha detto?»

Jenny scosse la testa: Stan era stato troppo occupato a farla ragionare. Era ancora imbarazzata per aver agito così avventatamente prima e, guardando Celeste, con i suoi grandi occhi azzurri così simili a quelli di Derek, Jenny voleva fare qualcosa per rimediare. Il suo lato materno venne fuori e si mise ad accarezzare i capelli scuri di Celeste, dicendo: «Era troppo occupato a correggere il mio pessimo comportamento. Dirmi cosa, tesoro?»

Gli occhi di Celeste si riempirono di lacrime e il cuore di Jenny si strinse. Da quello che aveva sentito, ne aveva già passate tante.

«Maggie...» La voce di Celeste si incrinò. «È scomparsa due anni e mezzo fa».

Jenny inspirò bruscamente, scioccata. «Oh, no, è terribile». Prese Celeste tra le braccia, come se questo potesse metterla al riparo da ciò che era successo. Guardando sopra la spalla della donna, mormorò a Stan: «Tu lo sapevi?»

Stan scosse la testa. «Ci siamo incontrati per caso. Pochi istanti prima che tu arrivassi».

Lei gli tese la mano per scusarsi ancora una volta di essere saltata alle conclusioni sbagliate.

«Non so perché non ho pensato di contattarti prima» spiegò Celeste. «Tu e Maggie siete sempre state ottime amiche. È così strano averti incontrato oggi».

Jenny aveva mandato una bellissima composizione floreale al funerale di Derek, ma quando aveva accennato al desiderio di partecipare alla funzione, John aveva trovato una scusa banale per cui non potevano andare. Guardò Stan. Lui le aveva detto di aver partecipato al funerale e di aver incontrato Sam. Jenny si chiese cosa sarebbe successo se si fossero visti in quel momento. Si lasciò quasi trascinare dai "se" ma poi si bloccò e, mettendo da parte i suoi pensieri, tornò a dedicare a Celeste tutta la sua attenzione.

«Mi dispiace, Celeste. In questi ultimi due anni le cose sono state difficili per me. Ma non è una scusa. Avrei dovuto contattarti».

Celeste scosse la testa, poi abbracciò di nuovo Jenny. «Va tutto bene. Sono così felice di essere venuta qui e di aver rivisto Stan. E te. E Sam. E Amanda».

Le ragazze si erano ormai avvicinate scambiandosi abbracci. Jenny, Sam e Stan un tempo erano stati molto vicini a Derek e Maggie, Amanda invece li aveva conosciuti successivamente, quando era venuta a trovarli e in alcune occasioni. Jenny aveva sempre ammirato il modo in cui Derek si prendeva cura della sorella minore. Avevano perso i genitori anni prima, ma Derek, appena adolescente, li aveva tenuti uniti. Ricordava che Maggie le aveva raccontato di come lei e Derek avessero legato all'istante, al primo incontro, e non si fossero mai lasciati andare. La storia fece riflettere Jenny sul fatto che alcune famiglie sembravano vivere troppe tragedie. Le fece anche capire quanto fosse fortunata a essere riuscita a superare le sue difficoltà.

Guardando l'amicizia e il sostegno collettivo da cui si trovava circondata, Jenny lasciò che un sorriso le attraversasse il volto per la prima volta da quando erano arrivati al ristorante. Dopo essersi accomodate al tavolo (e dopo che, con sua grande gioia e sollievo, Stan aveva avvicinato la sua sedia in modo che le loro gambe si toccassero), ordinarono il pranzo e Celeste disse loro che era in città per l'estate, per aiutare un'amica che aveva uno studio di yoga.

«Non hai continuato a cantare, Celeste?» le chiese Amanda, sembrando un po' delusa. «Derek e Maggie si sono sempre complimentati per tutti i ruoli che hai ottenuto in teatro. Sai quante locandine mi hanno sbattuto in faccia con orgoglio?» disse ridendo. «Ma davvero, è un peccato, perché hai una voce così bella».

Celeste arrossì. «Non volevo dire nulla, ma mi *esibisco* in un locale a una trentina di minuti da qui, ma solo il sabato sera». Scrollò le spalle. «È successo per caso. Ma sono felice che abbia funzionato perché la musica è la mia terapia».

Jenny lanciò un'occhiata ad Amanda e Sam, chiedendosi se avessero percepito il suggerimento: un locale per un'uscita del sabato sera. Dai loro sorrisi complici, sembrava di sì. Guardò Alex che incrociò lo sguardo della moglie e annuì.

«Bene» disse lui battendo le mani. «Una serata in città è *proprio* d'obbligo». Guardò Jenny. «Includiamo anche tuo padre. E anche tua sorella, ora che è tornata in città».

All'accenno a Marisa, Jenny sorrise, felice della premura di Alex. Quel gruppo, e soprattutto i due fratelli, aveva un modo di coinvolgerti e di farti sentire una di famiglia prima ancora che ti rendessi conto di quello che era successo. Stan le diede una stretta affettuosa alla coscia da sotto il tavolo.

Poi Alex guardò Stan, con un lampo negli occhi che Jenny non riuscì a interpretare. «Dettagli, su di te, Stan» disse, con voce di nuovo autorevole. «Non questo fine settimana, perché sai che abbiamo quell'impegno sulla costa occidentale, ma il prossimo».

«Ricevuto, capo». Stan annuì e strinse di nuovo la coscia di Jenny.

Dopo aver pranzato e salutato Celeste, tornarono tutti al furgone in un clima di piacevole cameratismo.

Stan la tenne stretta al suo fianco. «Siamo a posto, vero?» chiese.

«Va sempre bene fra noi, Stan» rispose lei con semplicità, sperando che tutti i rancori residui di prima fossero ormai lontani.

«Ricordatelo» aggiunse lui, dandole un bacio sulla testa.

Jenny sorrise, ma la sua mente aveva già iniziato a vagare, come stava facendo da quando le era stata ricordata la morte di Derek e le nuove informazioni su Maggie. Era ancora più sicura di non volere che Stan andasse a cercare John. Era troppo pericoloso. Nemmeno sbattergli in faccia la loro relazione, cosa che avrebbe voluto fare, ne valeva la pena.

Mentre si avvicinavano al furgone, Jenny strattonò il braccio di Stan, facendogli cenno di fermarsi un attimo. Tenendo la voce bassa, gli chiese se volesse accantonare i suoi piani, qualunque essi fossero, per dare la caccia a John. Aveva però dimenticato la compagnia in cui si trovava: era come se Alex e Stephen avessero delle orecchie bioniche, particolarmente vigili quando erano in pubblico. Quando Stan la guardò con una smorfia, si fermarono tutti.

«Jenny» disse, senza preoccuparsi di sussurrare, «voglio avvolgere le mie mani intorno al suo collo e stringerle fino a fargli saltare via la testa. E considera che questa è solo la versione che intendo condividere con te».

I grugniti di approvazione nel gruppo abbondarono, ma Jenny era a disagio. Pur apprezzando l'idea, e la apprezzava davvero, era preoccupata che John potesse in qualche modo avere la meglio. Perché le sembrava che, in ogni caso, lui finisse sempre per vincere o avere la meglio.

«Pensaci» disse, sapendo che non avrebbe mai vinto la discussione se ci fossero stati Alex e Stephen a sostenerlo. Solo lei avrebbe potuto convincerlo, *se* mai ci fosse riuscita, ma soltanto a quattr'occhi.

Lui annuì e tutti ripresero la breve passeggiata verso i SUV. Come se avesse percepito la sua persistente preoccupazione,

Stan la tirò a sé, e l'immediatezza di quel gesto le tolse il fiato. Le sue grandi mani le sfiorarono la nuca mentre si chinava per baciarla. Jenny si abbandonò al bacio sorridendo. Le piaceva che le dimostrazioni pubbliche di affetto fossero comuni in quel gruppo.

Dopo aver aiutato Jenny, Amanda e Sam a salire in macchina, Alex e Stan parlarono con Stephen attraverso il finestrino aperto del lato guida. Quando sentì le due pacche sull'esterno del veicolo da parte di Stan e Alex che davano loro il segnale di "via libera", Jenny capì il motivo per cui Stephen o Stan erano sempre di scorta alle ragazze. Il prezioso carico e tutto il resto. Forse, si concesse di sperare, non c'era bisogno di preoccuparsi per Stan. La sicurezza sembrava essere una priorità assoluta per quegli uomini.

Durante la seduta con Evan, nel pomeriggio, Jenny parlò della sua reazione eccessiva in città. Evan la aiutò a riorganizzare l'esperienza ricordandole che Amanda e Sam avevano avuto un ruolo importante nel farle pensare che fosse successo qualcosa di terribile. Una volta capito che aveva ragione, Jenny sorrise al ricordo: era buffo quanto si fossero comportate da adolescenti.

«Sai» pensò, «lui non mi ha mai criticato per essere saltata alla conclusione sbagliata».

«Non riesco a immaginare perché avrebbe dovuto, Jenny. Da quando ho iniziato a collaborare con Alex e la Montgomery Enterprises, faccio fatica a ricordare un solo episodio in cui uno dei ragazzi si sia comportato in questo modo». Evan fece una pausa, riflettendo sulle sue parole. «Anzi, permettimi di correggermi. Non ho mai visto nessuno di loro trattare una *donna* in modo irrispettoso».

Terminata la seduta e con ancora un po' di tempo a disposizione prima della cena, Jenny preparò una piccola borsa per la notte da portare in camera di Stan, riempiendola di articoli da toilette, un paio di camicie da notte, una vestaglia e un cambio di vestiti per la mattina. Stava per scendere quando Alex entrò dalla porta principale, da solo. In piedi sulle scale,

Jenny cercò di scrutare oltre attraverso la porta aperta, ma lui scosse la testa.

«Mi hanno solo accompagnato» spiegò, e né lui né Jenny dovettero specificare di chi stesse realmente parlando. «Non tornerà a casa fino a molto più tardi».

Jenny annuì e stava per girarsi per andarsene quando Alex indicò la sua borsa per la notte, con l'astuccio della toilette e lo spazzolino da denti che spuntavano dalla parte superiore.

«Autorizzata al piano di sopra» disse alzando un sopracciglio.

«Come scusa?» Che cosa voleva dire?

I suoi lineamenti si addolcirono. «Scusami. Intendevo dire: le ragazze al piano di sopra».

La sua espressione impassibile quasi ingannò Jenny: in realtà non aveva spiegato nulla di più, finché non le fece l'occhiolino.

«Non preoccuparti» aggiunse. «Ho dato tempo a Stan fino alla fine della settimana per trasferirsi. Fino ad allora, sei libera di muoverti dalla tua alla sua camera».

«Perché...»

«Le ragazze di sopra» dissero all'unisono Amanda e Sam, scendendo dietro di lei.

Quando la raggiunsero, Amanda mise una mano sul braccio di Jenny. «Perdona mio marito. Ma a lui piace sapere che noi stiamo al piano di sopra».

«Anche a me» disse Stephen entrando nell'atrio. Fece un cenno con la testa e Alex si congedò, seguendo il fratello nel loro ufficio.

«Bene» sussurrò Amanda mentre scomparivano all'interno. «Fratelli Montgomery, in azione».

Le ragazze si coprirono la bocca, poi scoppiarono in una risata. *Era* divertente. Jenny alzò gli occhi al cielo in modo esagerato, poi si diresse verso la stanza di Stan, frugando nella borsa per assicurarsi di avere tutto il necessario per la serata. Era già abbastanza nervosa così, meglio non aggiungere alla lista l'ansia per aver dimenticato il detergente per il viso. Amanda e

Sam la raggiunsero mentre svoltava nell'ampio corridoio che portava alle stanze degli uomini in quell'ala della tenuta.

«Siete curiose?» chiese Jenny quando le ragazze si misero al suo fianco.

Amanda annuì con impazienza, anche se Sam era un po' più diretta. «Sono solo una ficcanaso» disse.

«Oh, guarda» fece notare Amanda quando Jenny sparì nel bagno per posare i suoi effetti personali. «Chi l'ha scattata?»

Jenny capì subito senza voltarsi che si trattava delle foto sul comodino di Stan. Quando era scesa a dare un'occhiata alla stanza, aveva notato la cornice, che realizzò doveva avergli mandato suo padre, accanto alla foto di Hayden con la sua palla di stoffa. Dato che non l'aveva notata prima, sebbene fosse stata nella sua camera il giorno prima, si chiese se lui l'avesse tenuta in un cassetto per non allarmarla, nel caso in cui lei se fosse piombata nella stanza senza preavviso, come aveva appena fatto.

«L'ha scattata mia sorella» spiegò dal bagno. Hayden aveva appena un mese all'epoca. Jenny ricordava fin troppo bene il giorno in cui Ris era arrivata e aveva scattato la foto. In preda agli ormoni, alla nostalgia e, a dire il vero, alla tristezza, aveva pensato a Stan e alla grande famiglia che avrebbero potuto formare insieme. In quel momento aveva sperato che il karma non avesse finito con loro, ma non era pronta a credere che si sarebbero riuniti presto. Per lo più, aveva sperato che nella prossima vita avrebbero fatto le scelte giuste.

Quando tornò in camera da letto, le ragazze la stavano aspettando nel salottino. Avevano risistemato tutti i cuscini. Lei se ne accorse perché era proprio così che piacevano a Stan.

«Cosa c'è di così divertente?» chiese, e quando le sentì ridacchiare, capì. «Carino. È il vostro modo di fare i dispetti?»

«Nei momenti più tristi, era l'unico modo per trovare un po' di svago» disse Amanda con un'alzata di spalle. «Ci è servito. Abbiamo passato dei giorni piuttosto bui».

Poco dopo si riunirono sulla terrazza. Era strano cenare senza Stan, Gregor o i ragazzi: era sempre bello, ma non allo stesso modo. Jenny era ansiosa di lasciarsi completamente alle spalle il malinteso del giorno prima, tutti i loro malintesi, in effetti, e di andare avanti. Aveva contato sul fatto di passare la notte con Stan per portare a termine quella missione. Voleva lavare via tutte le ferite e pensava che, una volta riconsiderata la loro relazione, sarebbe potuta diventare una vecchia storia; poi sarebbero andati avanti a tutta velocità. Prima le era sembrato un buon piano, ma l'incontro con Celeste aveva aggiunto un'altra dimensione alla faccenda. La vita poteva essere brutta e talvolta definitiva e sapeva che anche Stan era rimasto scosso da quell'incontro casuale.

Gli aveva mandato qualche messaggio prima e uno dopo cena, ma si era limitata a quello perché non voleva essere una distrazione. Le sue risposte erano state un po' affrettate, ma Jenny si era ricordata che stava lavorando e, dopotutto, si trattava solo di un messaggio. Sciocchezze, anche se un'emoji a forma di cuore sarebbe stata molto utile. Stan aveva detto che avrebbero fatto tardi. Le undici circa.

Dopo una "serata di giochi" più tranquilla rispetto all'ultima, Jenny mise Hayden a letto nella stanza di Stan. Fece partire qualche ninna nanna dal suo cellulare e accese il baby monitor, portandolo in bagno per poter fare la doccia. Appena sistemata e con il bambino che dormiva, Jenny andò in salotto ad aspettare, improvvisamente incerta su cosa fare fino al ritorno di Stan. Conclusi i primi due atti, ora attendeva con ansia il terzo e ultimo, il tanto desiderato "E vissero felici e contenti".

23

Southampton
New York

Ansioso di rivedere Jenny ed esausto per il lavoro e tutte le riunioni, Stan si sentì sollevato quando finalmente uscirono dall'autostrada. Una giornata iniziata in modo promettente si era trasformata in un attimo, prima con il malinteso di Jenny a pranzo e poi con la terribile notizia di Celeste. La povera Celeste aveva perso prima Derek e poi Maggie, la sua migliore amica, era scomparsa. Sapeva che anche Jenny era scossa dall'incontro con Celeste. La favola d'amore dei loro amici del college, svanita in un istante. In un batter d'occhio, tutto era finito.

Stan si chiese ancora una volta le motivazioni di quel tempismo. Perché proprio quel giorno, dopo la notte perfetta con Jenny, dopo che entrambi erano stati pronti ed entusiasti di andare avanti? Perché aveva ricevuto un altro brutto colpo dal passato? Aveva avuto a malapena il tempo di conciliare l'argomentazione di Jenny "forse tutto è successo per un motivo" con il fatto che la situazione *aveva* iniziato a prendere una piega migliore prima che un altro disastro gli fosse piombato addosso.

Poi, come se non bastasse, aveva notato sul giornale di quella mattina un articolo su Alex e Amanda con il titolo "Marceau e Montgomery in città". Sullo sfondo, un'immagine molto chiara non solo di sé stesso, ma anche di Jenny, che, nonostante le circostanze, era radiosa, il che lo irritava per due motivi. Primo: odiava essere sotto i riflettori. Un uomo nella sua posizione poteva svolgere al meglio il suo lavoro solo quando si confondeva con lo sfondo. Secondo, ed era più importante del primo, non gli piaceva che la posizione di Jenny fosse resa nota al pubblico. John era ancora là fuori e Stan avrebbe scommesso soldi a palate che la stava cercando, desideroso di vendicarsi o di costringerla a tornare da lui. non sapeva quale delle due opzioni, ma qualunque fosse, non sarebbe stato un bene.

Jenny gli mandò un messaggio nel tardo pomeriggio, scusandosi ancora una volta per essere saltata alle conclusioni. Sebbene fosse rimasto sconvolto dal fatto che la sua mente si fosse spinta fin lì, aveva deciso di lasciar correre. Aveva sofferto troppo a lungo, per un periodo oramai impossibile da quantificare. Per di più, le reazioni isteriche delle ragazze e le loro conclusioni affrettate non avevano certo migliorato la situazione.

Quando riuscì a risponderle, le disse di non preoccuparsi, trovando conforto almeno nel fatto di avere di nuovo il suo numero di telefono e di poter comunicare con lei. Sebbene volesse disperatamente confortarla, di persona, al telefono o via messaggio, Stan, con suo disappunto, e odiava ammetterlo, si sentiva sopraffatto. Era questo che faceva l'innamoramento a un uomo? Lo Stan uomo delle regole stava passando in secondo piano rispetto allo Stan dei sentimenti, e quest'ultimo gli suggeriva di mettere la testa a posto prima di occuparsi di Jenny. A parte il pranzo, avevano avuto riunioni per la maggior parte della giornata e le cose da fare e le cattive notizie continuavano ad arrivare.

Inizialmente si era rassicurato pensando che le riunioni si sarebbero tenute in città, ma un cambio di programma dell'ultimo minuto li aveva portati nei loro uffici di Manhattan, proprio prima di cena. Alex si era offerto di accompagnarli, ma lo avevano sentito dire a Callie che stava tornando a casa, quindi lo avevano lasciato davanti all'ingresso di casa ed erano ripartiti di corsa. Stan non si era nemmeno fermato per un caffè o un boccone, figuriamoci per salutare Jenny e abbracciarla per qualche minuto, come avrebbe voluto. Invece, le aveva inviato un altro messaggio, un breve avviso del cambio di programma, dicendole di andare a letto senza di lui se si fosse fatto troppo tardi.

Era quasi mezzanotte quando tornò con Gregor e i ragazzi. Avevano cenato per strada e lui voleva solo abbracciare Jenny, dirle quanto l'amava. Sapeva però che probabilmente non avrebbe potuto vedere suo figlio, che a quell'ora dormiva già, e non era nemmeno sicuro che Jenny fosse ancora sveglia.

All'interno della casa, ognuno si diresse in un luogo diverso: Gregor verso l'ufficio, i ragazzi in cucina e lui rimase a camminare nell'atrio, con gli occhi puntati su Jenny. La scorse appena dentro il soggiorno, seduta su una sedia di fronte alla porta. Quando lo vide entrare, si alzò per andargli incontro a metà strada e spalancò le braccia quando si trovò a pochi passi di distanza. Lui la prese in braccio senza perdere un attimo. Le braccia di lei si avvolsero intorno al suo collo, le gambe intorno alla vita e lui la tenne stretta come aveva fatto alle Keys. Un periodo che sembrava passato da una vita.

Stan non era nemmeno più sicuro che fossero le stesse persone. Ma non importava: la loro essenza era la stessa. Per quanto fosse stato sicuro alle Keys, non c'era dubbio che fossero destinati a stare insieme. *Jenny.* Dopo averla portata lungo il corridoio, premette la maniglia della sua porta, chiudendola lentamente per non svegliare il bambino.

La portò in bagno e la posò sul bancone. Adorava coccolarla

e si chiedeva se in fondo non fosse perché sapeva che lei ne aveva bisogno. Accidenti, forse anche lui ne aveva bisogno. Prima di chiudere la porta, guardò verso la culla e poi di nuovo verso Jenny. «L'abbiamo fatto noi». La sua voce si incrinò. Improvvisamente, si sentì un po' fragile. Sopraffatto. *Lui.*

Jenny si commosse nel vederlo lottare con sé stesso e allungò le mani per abbracciarlo. Le sue gambe si aprirono e lei gli avvolse le braccia intorno alla vita, trascinandolo con sé. Lui si pizzicò il ponte del naso, premendo contro gli occhi, cercando di contenere le sue emozioni. Dopo tanti colpi di scena, erano finalmente insieme. E avevano un bellissimo bambino. Per un attimo, il peso di tutto questo lo sopraffece, ma dopo un respiro profondo si riprese, prendendosi il tempo necessario per assicurarsi che la sua voce fosse chiara, e la allontanò leggermente in modo da poterla vedere in viso.

«Ti amo, Jenny. Non ho mai avuto la possibilità di dirtelo. Ad alta voce. Direttamente». Le strinse le spalle. «Mi senti? Ti amo».

Lei gli accarezzò il viso. «So che mi ami». Lei abbassò lo sguardo, scosse la testa e sussurrò: «Mi hai sempre amato, non è vero?» Non era una domanda. Quando rialzò lo sguardo, gli disse: «Anch'io ti amo. Ti ho sempre amato». Inclinò il mento verso la porta. «Hayden è stato fatto con le nostre parti migliori».

«Non voglio che ci sia mai più distanza tra noi. Dopo oggi, non credo di poterlo sopportare». La tirò di nuovo verso di sé, le sue gambe lo avvolsero di nuovo. «Devo fare la doccia. Ma prima voglio abbracciarti per qualche minuto, okay? Poi voglio andare a letto». Premette la fronte sulla sua e sussurrò. «E stare con te».

«Vuoi che ti faccia compagnia?»

«Lascia che mi lavi via la giornata di oggi, tesoro».

Lei sorrise in segno di comprensione e gli tese le braccia perché la portasse nell'altra stanza. Lui la posò nel salottino e la coprì con una coperta, promettendole che sarebbe tornato subito. Quando arrivò alla porta, si voltò e il suo sorriso morbido e bellissimo gli tolse l'ultima pressione che gli era rimasta addosso. Fece velocemente la doccia e poi, fermandosi con la mano sullo stipite appena dentro la porta, a testa china, ringraziò velocemente chiunque o qualunque cosa l'avesse reso possibile.

Quando entrò di nuovo in camera da letto, Jenny aveva abbassato le luci ed era sotto le coperte con una bella camicia da notte azzurra. Stan si avvicinò per controllare Hayden, sfiorandogli delicatamente la schiena. Quando guardò Jenny nel letto, lo colpì proprio come era successo l'anno precedente. *Casa*. Non importa dove fossero, quando erano insieme, erano a casa. Non c'erano dubbi. Jenifer Lynne D'Angelo, presto signora Finch (doveva solo chiederglielo), *era* il suo punto di riferimento.

Lei gli tese le braccia e Stan non riuscì a raggiungerla abbastanza velocemente. L'asciugamano di lui toccò il pavimento, un secondo prima della camicia da notte di lei. Era così bello essere pelle contro pelle, talmente bello che non si mossero per qualche minuto, ma si tennero stretti l'uno all'altra.

«Voglio sentire tutto il tuo peso sopra di me» sussurrò lei. Lui si adeguò, facendola rotolare sotto di sé e sistemandosi tra le sue cosce. «So che mi farai impazzire, ma ora ho solo bisogno di sentirti dentro di me. Ti prego».

Lui non discusse. Desiderava ardentemente essere dentro di lei, al punto da sentire un dolore interiore. Lei lo guidò, appoggiando la mano sul suo petto per controllare la sua entrata lenta, misurando la sua tolleranza con la pressione della mano. Non fu un momento frenetico, come la prima volta che avevano fatto l'amore, la loro fame iniziale era già stata appagata, ma fu altrettanto intenso ed emozionante. Solo che questa volta dovevano essere silenziosi. Non fu facile.

Dopo, fecero una doccia veloce, insieme, e tornarono a letto. Ancora una volta Jenny si strinse a lui.

«Avevi ragione prima» disse. «Non voglio che ci sia spazio tra noi».

«Nemmeno io, tesoro» sussurrò lui, avvolgendola tra le braccia. «Ti amo, Jenny».

Lei gli accarezzò il viso, come faceva sempre. «Anch'io ti amo, Stan».

24

Southampton
New York

Jenny si svegliò di soprassalto. Con gli occhi spalancati e non del tutto a fuoco, inspirò bruscamente. Sentì il solito panico del risveglio, ma poi tutto cambiò. Le mani di Stan le incorniciarono il viso e i suoi profondi occhi verdi le offrirono un punto fermo.

«*Shh*. Va tutto bene». Scosse la testa. «Basta, Jenny. Sei al sicuro. Ci sono io con te».

Le baciò la fronte, poi la strinse forte a sé. Doveva averla abbracciata per tutto il tempo, e ora le accarezzò la schiena mentre il suo respiro rallentava e lei cominciava a rilassarsi.

«Così va molto meglio» disse lei qualche minuto dopo, completamente sprofondata nel suo abbraccio, stupita di come fosse sopravvissuta fino a quel momento senza quel tipo di sostegno.

Lo sentì sorridere e poi sussurrare: «Ti amo».

Lei ricambiò il sorriso. «Anch'io ti amo». Avvolse la gamba intorno alla sua vita per abbracciarlo completamente e ricevette in cambio un grugnito di apprezzamento. «Che ora è?» chiese.

«Abbiamo quindici, forse venti minuti».

«*Mmh*, fattibile».

Lui ridacchiò, la sua erezione calda e spessa contro di lei. Poi sussurrò: «Ricordi quando mi hai chiesto di rinunciare ai miei programmi ieri sera?»

Lei sorrise contro il suo collo, baciando la sua pelle accaldata mentre la mano di lui le palpava il sedere. «Quando ho detto che mi avresti fatto tutte quelle cose incredibili?»

Lui si tirò indietro. «Sì, certo. Forse non abbiamo tempo *per tutte quelle cose straordinarie*, ma abbiamo tempo almeno per *questo*».

Un lento sorriso le attraversò le labbra mentre lui la spingeva indietro e la faceva sdraiare. La strinse a sé. Lei era già umida, perché a volte lui le faceva questo effetto anche solo con uno sguardo. Ma quella mattina, sentirlo contro il suo ventre mentre le sue mani le accarezzavano il corpo, era tremendamente eccitante. Gemette quando lui si avvicinò e le sue dita scivolarono dentro di lei. Era già pronta, e lui usò la punta delle dita per accarezzarla facendo dei piccoli cerchi, proprio come piaceva a lei. Non ci volle molto e solo pochi minuti dopo le diede una leggera spinta con la testa.

«Guardami» sussurrò, la sua voce roca già di per sé afrodisiaca. Lei si concentrò sul suo viso e le labbra le si dischiusero mentre lui premeva un po' più forte continuando ad accarezzarla. «Oh, sì, piccola...» Jenny cominciò ad ansimare, ma riuscì a bloccare il piccolo grido che voleva sfuggirle dalla gola. Con le labbra contro il suo orecchio, si aggrappò alla sua spalla mentre lui la portava all'apice, sapendo già che era vicina. «Oh, Jenny... così... così».

La sua voce roca e le sue parole le fecero superare il limite pochi secondi dopo con un gemito profondo e soffocato. Lui rotolò sopra di lei e si sistemò tra le sue cosce; sentirlo lì era meraviglioso. Iniziò a strofinarsi contro di lei e quando si spinse dentro, la sensazione fu così intensa che gemettero insieme. Il loro amore era sempre intenso, ma quella mattina era arrivato anche oltre. A differenza della sera precedente, che era stata lenta, struggente e un po' agrodolce, quella mattina era esplosiva, ed entrambi non riuscivano a essere abbastanza vicini. Era come se volessero fondersi l'uno nell'altra e, per quanto lui ci provasse, Stan non riusciva ad andare abbastanza in profondità. La sua esplosione fu così potente che lei trasalì per l'intensità. Sudati, spossati e ansimanti, si strinsero l'uno all'altra, percependo che tutto ciò che avevano represso e trattenuto era oramai finalmente liberato. Che da quel momento in poi avrebbero guardato solo avanti. Niente più parole. Niente più rimpianti. Niente più incomprensioni. Semplicemente, niente di tutto ciò. C'era solo quel momento; e da quel momento in poi.

Il resto della mattinata fu come un sogno. Quell'energia disinvolta e vivace era tornata tra loro. L'ultimo incontro d'amore aveva dissipato ogni residuo di nervosismo e imbarazzo ed erano giunti alla semplice beatitudine familiare. Quando, poco dopo, Hayden iniziò a gorgheggiare, fu Stan ad andare a prenderlo. Lei li ascoltò, appena uscita dalla doccia, e si avvolse in un asciugamano quando sentì Stan prenderlo in braccio.

«Ciao, figliolo. Sì, sei un bambino felice, vero? Anch'io. A proposito, ho appena avuto la tua mamma, devo dirti che lo abbiamo fatto spesso, ma questa mattina» fece un suono in fondo alla gola «è stato fantastico!»

«Ehi!» urlò lei ridendo dal bagno, sbirciando da dietro la porta. Stan le sorrise, mettendo una mano su Hayden, che giaceva sul fasciatoio, con le gambette che scalciavano. «Non dirgli queste cose».

Stan strizzò l'occhio e fece un cenno con la testa verso il bagno. «Ci pensiamo noi».

Jenny aveva appena finito di spazzolarsi i capelli quando lui tornò, con l'asciugamano intorno alla vita e il bambino in braccio. Lei scoppiò in un ampio sorriso. Si somigliavano così tanto: stesso colorito, stessi capelli folti, stessi occhi. Vederli insieme sulla porta era una perfetta istantanea nel tempo e Jenny sapeva che non avrebbe mai dimenticato quel momento.

«Ah, Jenny, è tutto così perfetto che non sembra neanche vero» disse lui, chiaramente sopraffatto dalle sue emozioni.

«Lo so». Jenny si alzò e baciò Hayden, che strillò, facendola ridacchiare.

«Ed eccola qui, Jenifer Lynne».

Sì, quindi non ridacchiava solo con Stan. Lui la attirò a sé, prendendo tra le braccia sia lei che il bambino, e la guardò con affetto.

«Avremo una vita fantastica insieme». Poi fece una smorfia. «A patto che non ti dispiaccia far parte del branco».

Jenny sorrise raggiante. Dopo anni di solitudine, e in particolare l'ultimo anno in cui, a parte Hayden, era davvero sola, si sentiva pronta. «Più siamo, meglio è, Finch».

Le tirò i capelli, inclinando la testa all'indietro, e la baciò, ridendo quando Hayden cominciò ad accarezzare i loro visi. Jenny prese il bambino: «Okay, vieni qui, piccolo».

Stan si infilò un paio di jeans eleganti e una camicia elasticizzata. «Vado a prendergli il biberon» le propose, prendendole il viso e baciandola di nuovo. «Torno subito, piccolo, così la mamma si prepara mentre io ti do da mangiare».

Jenny si voltò quando lui se ne andò, girando su se stessa sul pavimento, sopraffatta da quella gioia esaltante che provava solo con Stan. Hayden rise di gusto, ovviamente, pensando che fosse tutto merito suo. Si chinò a baciare il suo prezioso visetto, con un sorriso enorme. Era bello essere finalmente a casa.

25

Southampton
New York

«Okay, tutti dentro».

Era sabato sera e Stan e Stephen stavano dirigendo il traffico dal cortile. Per la cena, avevano bisogno di una scorta rinforzata: due SUV per la loro carovana e altri due come riserva, dato che a quel punto si sapeva che Amanda Marceau Montgomery era in città con il marito miliardario. Stavano andando a cena nel ristorante in cui si esibiva Celeste e tutti non vedevano l'ora di trascorrere una serata fra adulti.

Stan si voltò quando Jenny si avvicinò di soppiatto, gli prese il viso fra le mani delicate e premette le sue belle labbra sulle sue. Accadde in un batter d'occhio, ma l'effetto di quel gesto sincero fu straordinario. Non riusciva a capacitarsi di quanto tutto fosse perfetto da quella prima notte nel suo letto. E la mattina dopo. E la notte successiva. L'ultima settimana e mezza era stata come una favola. Accidenti, erano proprio fatti per stare insieme.

«A sinistra, tesoro». Quando lei si allontanò, lui le passò un braccio intorno alla vita e la strinse di nuovo a sé per un altro bacio. «L'altra sinistra» disse strizzando l'occhio, facendo un cenno con la testa verso la mano tesa di Alex. Alex la aiutò a salire sul furgone, ma lei si voltò indietro mentre si trovava sul predellino, i capelli biondi e lucidi che riflettevano le luci esterne.

«Stiamo andando a prendere mio padre e Ris?» chiese, con gli occhi che le brillavano per l'eccitazione.

«Sì, signora, sono la prima fermata».

Lei fece una smorfia adorabile e gli mandò un bacio volante. Adorava renderla felice, e la serata si stava rivelando fantastica. Con Trev e Michael come autisti designati per la serata, Stan portò Jenny, Stephen e Sam con sé, gli altri invece salirono sull'altro veicolo. Anche il padre di Jenny viveva in una bella tenuta sulla costa. Come la proprietà dei Montgomery, ognuna di esse apparteneva alla famiglia da anni.

Stan si sentiva di nuovo al top: nessuna distrazione, nessun errore e nessun passo falso... teneva Jenny al sicuro, dietro di sé. Uno stratagemma disonesto? Forse, ma efficace. Sentiva il sangue pulsare di nuovo nelle vene e si sentiva vivo, dentro e fuori. *Jenny.*

Dopo una rapida sosta da Gianni, in perfetto orario, il loro corteo proseguì. Con quasi un'ora di viaggio, avevano tutto il tempo per recuperare prima di arrivare alla periferia della città. Da quando Jenny e Stan si erano riuniti, Gianni non vedeva l'ora di parlargli da uomo a uomo (o, più probabilmente, da padre a *figlio*). Era il rapporto che entrambi avevano sempre desiderato ma che non avevano mai avuto l'opportunità di avere. Ora tutto questo era cambiato e sembrava naturale, meritato.

La strada fuori dal ristorante era trafficata, al limite dell'affollamento, e quando accostarono, varie teste si voltarono per assistere allo spettacolo da tutto l'isolato. Stan e i ragazzi formarono un perimetro intorno alle ragazze mentre Jenny faceva le presentazioni, dato che era la prima volta che Marisa si univa al gruppo. Stan notò un guizzo negli occhi di Gregor quando inclinò la testa verso di lei e sorrise tra sé e sé. *Buona fortuna, amico, è una tosta come poche.* Ris gli aveva già dato il tormento per aver lasciato Jenny in ospedale e per essersi comportato da idiota; aveva persino scandito la parola, per assicurarsi che l'avesse capita dopo avergliela urlata al telefono. Lui aveva capito il messaggio. E aveva concordato con lei. Marisa era rimasta stupita, sorpresa che lui avesse accettato le sue ragioni così velocemente, ma questo aveva contribuito a spianare la strada a un nuovo rapporto amichevole.

Quando entrarono nel locale, alcuni clienti percepirono un cambiamento nell'atmosfera e si voltarono a guardarli. Il direttore di sala venne loro incontro prima che raggiungessero il bancone delle prenotazioni, e li condusse all'area riservata. Qualcuno, probabilmente un cliente eccitato, si fece avanti, e Stan reagì immediatamente. Era un'azione da principianti, e lui riprese il suo ruolo con naturalezza.

«Dateci un po' di tempo per sistemarci e vi garantisco che la signora Montgomery firmerà qualche autografo e si lascerà scattare qualche foto» disse al fan che si avvicinava, ma si assicurò di parlare a voce abbastanza alta da essere sentito dalla maggior parte dei presenti all'ingresso.

Quando il direttore di sala indicò una saletta privata, Alex scosse la testa e fece cenno con la mano verso la sala principale. «Va bene se prendiamo quei tavoli lì?» disse mentre tutti si concentravano sul posto perfetto.

Il direttore di sala sembrò imbarazzato e fece un rapido dietrofront. «Potete prendere tutti i tavoli che volete. Mi dispiace, pensavo che voleste un po' di privacy».

Alex gli batté la mano sulla spalla. «Capisco perfettamente. Ma se non le dispiace, siamo qui per una notte di baldoria».

Il direttore di sala si illuminò. «Le assicuro che è venuto nel posto giusto, signore. Scegliete a vostro piacere».

Si diressero tutti verso un posto a sinistra del palco, a pochi tavoli dalla pista da ballo e lontano dagli altoparlanti. Abbastanza vicino per godersi e partecipare a tutto, e abbastanza lontano per non essere assordati dalla musica ad alto volume.

Almeno fino all'uscita di Celeste. Questo permetteva anche agli altri avventori di sedersi vicino a loro, cosa che molti amavano fare.

Presero due tavoli da sei, li accostarono e si strinsero intorno. A quel punto uscì il proprietario, che si presentò e si scusò per non averli salutati personalmente al loro arrivo. Quando ordinò al direttore di sala di prendere un altro tavolo, Alex rifiutò, dicendo: «Siamo a posto così» e spiegò che preferivano stare vicini piuttosto che avere spazio. Quando Celeste si sedette con loro prima della sua esibizione, Stan si rilassò e la osservò. Aveva incaricato una squadra di seguire le piste su Maggie, ma aveva la sensazione che Celeste gli stesse nascondendo qualcosa. Sperava che quando l'avrebbe incontrata a tu per tu, lei si sarebbe confidata.

Ricordandosi che erano lì per divertirsi e non per lavorare, Stan diede una stretta alla coscia di Jenny e si sintonizzò di nuovo sulla conversazione. La musica era ottima e, tra un piatto e l'altro, tutti si alzarono per ballare un paio di volte. Quando il DJ lanciò una serie di vecchi brani famosi, proprio mentre il dessert e il caffè arrivavano sul tavolo, si misero di nuovo a ballare. Le ragazze non si ritrovavano così dai tempi dell'università e i ragazzi erano felici di partecipare alla festa. A Jenny brillavano gli occhi. Era fantastico essere in coppia e in gruppo. Anzi, era stupendo.

Celeste cantò tre brani e, proprio come avevano immaginato, Amanda si unì a lei per uno di quelli, attirando ancora più pubblico. Accolsero alcune richieste e le loro voci si fusero in un'armonia perfetta.

Spossati e contenti, i membri del gruppo si rilassarono con un caffè e una conversazione piacevole dopo il concerto. Quando Amanda si alzò per firmare qualche autografo e scattare qualche foto, Michael e Trevor le stettero vicino, scrutando la folla alla ricerca di fan troppo zelanti. Stan notò che Jenny aveva iniziato a strofinarsi la nuca e si guardava intorno in modo strano. Qualcosa nel suo gesto, il disagio evidente, mise in allarme Stan. Con i nervi tesi, scrutò di nuovo l'ingresso. Aveva scelto quel posto per avere una chiara visuale delle porte d'accesso, anche se non le aveva tenute d'occhio ogni secondo.

«Tutto a posto?» chiese senza emettere suono, non notando nulla di sospetto.

Ottenne solo un'alzata di spalle e un sorriso storto, come se Jenny si vergognasse di sentirsi a disagio. All'inizio Stan pensò che fosse colpa dell'anno di isolamento e solitudine, ma un minuto dopo la sua postura cambiò, incurvandosi ulteriormente. Quando sembrò rannicchiarsi completamente su sé stessa nella sedia, Stan allungò la mano. C'era qualcosa che non andava.

«Ehi?» premette, toccandola leggermente.

Lei trasalì. Al suo evidente spavento, anche i fratelli rivolsero la loro attenzione verso di lei.

«Tesoro?» Lui le prese la mano e si sorprese quando la percepì umida.

I suoi occhi guizzarono verso di lui. «Nervosa» fu tutto ciò che riuscì a dire, ma era chiaramente un fascio di nervi. La guardò scrutare di nuovo la stanza. Seguì la sua traiettoria e notò che tutti gli uomini al tavolo avevano notato il suo comportamento. Un uomo che Stan aveva riconosciuto come la guardia del corpo di Celeste stava guardando verso l'ingresso principale, ma i buttafuori del ristorante erano rilassati, senza fare o notare nulla di particolare. Quando Stan guardò di nuovo Jenny, nella sua testa scattò un campanello d'allarme. Il colore del suo viso era svanito e quando gli occhi di lei si spalancarono e la bocca si allargò come per urlare, lui agì immediatamente. Tutto e tutti intorno a lui si muovevano come al rallentatore. Invece il suo cervello elaborava rapidamente la situazione. «A TERRA!» gridò, girandosi per fare da scudo a Jenny mentre si alzava dalla sedia e prendeva la sua arma. I ragazzi rovesciarono il tavolo e le altre ragazze venivano schiacciate a terra dai fratelli e da Gregor. Sei pistole puntate in linea con la traiettoria visiva di Jenny e ulteriori grida di: «A TERRA! A TERRA! A TERRA!» scatenarono il panico nel locale.

La guardia del corpo di Celeste, o l'uomo che Stan credeva fosse la sua guardia del corpo, almeno, se n'era andata, facendo oscillare la porta nella sua scia. Guardando Jenny, che giaceva a terra con le ragazze, capì prima che la parola *John* uscisse dalla sua bocca che quel bastardo l'aveva trovata. Quella maledetta foto sui giornali.

«L'avete presa?» gridò, guardando gli uomini. Al cenno di Stephen, lui, Gregor e Michael si avviarono verso l'ingresso.

Dopo essersi fatto largo tra la folla che cercava ancora di uscire dal bar, Stan scorse due ragazzi della Calder che dirigevano il traffico, mentre gli altri correvano verso sud. Con così tante persone che si riversavano in strada era impossibile far passare un veicolo. In piena allerta sensoriale e con l'adrenalina a mille, Stan si diresse in quella direzione: «Ti prenderò, bastardo» recitava come un mantra nella sua mente.

Dopo un inutile inseguimento di quindici minuti, la squadra tornò al ristorante. Parlarono anche con la guardia del corpo di Celeste, un omone con i capelli lunghi e l'accento scozzese, che disse loro che John era scappato in un SUV con i vetri oscurati. L'uomo lo aveva inseguito a piedi per un buon chilometro prima di perderlo di vista, ottenendo così il rispetto di Stan.

Con i fari accesi e la maggior parte della folla sparita, tutta la festosità del bar era evaporata. Alex, con Amanda appoggiata al suo fianco, stava parlando con il proprietario, insieme allo sceriffo e agli agenti di pattuglia che erano in servizio e avevano risposto alle chiamate di emergenza degli avventori del ristorante.

Dato che non era successo *effettivamente* nulla, non c'era molto da fare a livello di documentazione, e Stan era contento che Alex se ne stesse occupando. Appena lo vide, Jenny corse verso di lui e lo abbracciò. Lui la strinse a sé, arrabbiato con sé stesso per non aver già risolto il problema di John, infuriato che si fosse mosso senza che loro lo sapessero e facendola spaventare a morte di nuovo. Con la mente in subbuglio, premette le labbra sulla fronte di Jenny, poi la accompagnò al tavolo dove sedevano Sam e Marisa, facendola accomodare sulla sedia accanto a loro.

«Dov'è la tua sicurezza?» chieste Stan avvicinandosi a Celeste. Voleva farle qualche altra domanda su ciò che avrebbe potuto aver visto.

Celeste sembrò confusa. «Quale sicurezza?» chiese. «Sono lusingata che pensi che io ne abbia bisogno, ma...»

«La tua guardia del corpo?» Stan la interruppe. Era in modalità protocollo, non c'era spazio per i convenevoli.

«Non ne ho una» ammise lei. «Ti dispiace?» chiese, facendo un gesto verso Sam che indicava un posto vuoto accanto a lei.

Stan la lasciò andare. Confuso, si guardò intorno. «Ehi, Stuart» disse, facendo cenno al proprietario del locale di avvicinarsi. «Quel tizio grosso, in piedi contro il muro laggiù» Stan indicò il punto in cui l'aveva visto. «Lavora per te?»

«No». Stuart scosse la testa. «L'ho visto un paio di volte, ma solo quando Celeste si esibisce».

Stan uscì fuori, scrutando gli ultimi curiosi, ma non trovò nulla. Beh, chiunque fosse, aveva dato la caccia a John. Basandosi solo sull'istinto, Stan aveva la sensazione che fosse un bravo ragazzo.

Quando tornò, la maggior parte dei tavoli e delle sedie erano stati rimessi al loro posto, ma Jenny sembrava ancora scossa.

«Mi dispiace tanto» mugolò lei.

«Non dispiacerti» la tranquillizzò Stan, tirandola contro il suo fianco. «Andiamo a casa».

E lascia che prenda quel bastardo una volta per tutte.

26

Southampton
New York

Jenny aveva sbagliato così tante volte nella sua vita che a volte si chiedeva perché ci avesse provato. Che cosa aveva causato il cortocircuito nel suo cervello che l'aveva portata a scegliere la porta numero due quando tutto ciò che aveva sempre desiderato la stava aspettando dietro la porta numero uno? Non poteva dare tutta la colpa a quell'unico incidente ai tempi dell'università. Forse era stata la goccia che aveva fatto traboccare il vaso, ma era qualcosa di più profondo, di più radicato, ad averla resa così spaventata all'idea di ottenere ciò che aveva sempre desiderato: la vita luminosa e l'amore che avrebbe potuto condividere con Stan.

Mentre la nebbia degli anni passati cominciava a diradarsi, Evan l'aveva finalmente aiutata a venirne a capo una volta per tutte. Per Jenny, quell'uomo era un santo e si considerava fortunata che facesse parte della famiglia dei Montgomery e ancora di più che avesse dedicato del tempo ad aiutarla a districarsi tra i meccanismi di difesa che aveva sviluppato nel corso della sua vita.

Era complicato, ma Evan aveva questo modo di vedere oltre i dettagli e di puntare dritto al nocciolo della questione. Ogni volta che lei aveva temuto di essere una causa persa, lui le aveva detto: «Jenny, molte persone prendono decisioni basate sulla paura. Paura di essere abbandonati, paura di essere feriti, paura di non essere apprezzati. Questo può innescare una reazione a catena con conseguenze sorprendenti. Gli errori sono all'ordine del giorno, ma non devono definire chi sei. Imparare dai nostri errori o dalle scelte sbagliate è il segreto per andare veramente avanti e, in definitiva, per crescere».

Dopo l'incidente al ristorante, Evan aveva trascorso un po' di tempo con lei nella tenuta e, per qualche motivo, questa volta si era confidata del tutto. Un po' come quando era andata a trovare la sua nonnina. Improvvisamente Jenny riusciva a vedere le sue esperienze passate come fatti concreti, senza le distorsioni delle sfumature di grigio. Aveva sentito questa serenità avvolgerla, e con essa una forza d'animo che non aveva mai provato prima. Non era come il coraggio che aveva dimostrato quando aveva lasciato John per la prima volta, e nemmeno quando se n'era andata per conto suo, e sicuramente non era Stan che la proteggeva o la salvava. No, era Jenny che finalmente si affermava, per sé stessa e per nessun altro. Era straordinariamente liberatorio.

Nonostante tutti i progressi che aveva fatto sul piano personale, Jenny era ancora preoccupata per la reazione di Stan alla scena al bar. Sapeva che era arrabbiato e sperava che non lo fosse con lei. John non sarebbe stato lì se non fosse stato per lei e Stan avrebbe potuto già occuparsi di lui se lei non gli avesse chiesto espressamente di non farlo.

Non che Stan si fosse comportato come se fosse arrabbiato con lei, ma aveva tutte le ragioni per esserlo. Non avrebbe mai dovuto dirgli di andarci piano con John. E se non si fosse dimostrata un'adolescente stupida e insicura, quella scena al ristorante non sarebbe accaduta e forse le foto non sarebbero mai finite sui giornali.

Rimproverandosi aspramente, si mise a spostare gli effetti personali di Stan nella sua stanza di sopra dal piano inferiore. Avrebbe già dovuto farlo la settimana precedente, ma si stavano godendo così tanto la vita insieme che avevano rimandato, e Alex non aveva insistito. Dopo quello che era successo, però, tutti insistevano per far rispettare la regola "le ragazze di sopra".

Ancora intenta a metabolizzare la seduta con Evan, Jenny si avvicinò all'ufficio del piano di sotto, la cui porta era leggermente socchiusa. Cercò di non sbirciare all'interno, per dare a loro, soprattutto a Stan, il tempo di riorganizzarsi, ma l'istinto ebbe la meglio e diede una rapida occhiata. Stephen la fulminò con lo sguardo, poi abbassò l'attenzione sul braccio pieno di vestiti di Stan che portava con sé. Pochi secondi dopo, senza una parola, i ragazzi si riunirono e si diressero verso la stanza di quest'ultimo. Ci volle solo un altro viaggio per spostare tutto al piano di sopra prima che gli uomini tornassero al lavoro. Tutto senza proferire parola.

Era tardi, ma erano ancora tutti piuttosto eccitati. I ragazzi erano tornati in ufficio a giocare con i loro gadget tecnologici, comportandosi come dei *supereroi*. E Jenny stava sistemando i vestiti di Stan nel suo armadio, il *loro* armadio, quando notò Amanda in piedi sulla porta.

«Mi dispiace tanto, Am» disse, facendo un cenno al livido sbiadito sulla fronte di Amanda.

«Oh, smettila. Non mi hai spinto tu a terra. Cosa posso fare per aiutarti?»

Jenny indicò il pouf. «Perché non mi fai compagnia?»

«Stai bene?»

Jenny scrollò le spalle. «Odio averlo portato qui». In testa le vorticava un pensiero, così decise di dirlo ad alta voce. «Sinceramente, Am, odio molte delle decisioni che ho preso nella mia vita».

«Oh, Jen. Devi smetterla di essere così dura con te stessa».

Jenny alzò le spalle. «Sai, per molto tempo mi sono dispiaciuta per me stessa, sotto molti aspetti. Ma ora credo di essere solo onesta. Non cerco pietà o di fare la vittima».

«Beh, posso dirti, *onestamente*, che non ho mai provato questo nei tuoi confronti. E mettiamo in chiaro una cosa, visto che siamo oneste. Devi smettere di prenderti la responsabilità per John». Quando Jenny aprì la bocca per protestare, Amanda scosse la testa con decisione. «È un uomo adulto, anche se non è cresciuto molto per bene. *Non lo è,* e *non è* colpa tua».

«Ha ragione, Jen, non lo è affatto» disse Sam da dove era apparsa sulla porta, con un sorriso sornione e portando un vassoio di tè caldo e biscotti, facendo gonfiare un po' il cuore di Jenny. Si era ricordata. Quando Jenny era piccola, sua madre adorava il tè con o senza dolcetti, ma sempre con panna e zucchero. Jenny lo aveva fatto scoprire alle ragazze al college ed era diventato una delle *loro* tradizioni. Riconoscente, Jenny le rivolse uno sguardo amorevole mentre Sam posava il vassoio accanto ad Amanda e si sedeva sul pavimento.

Jenny la raggiunse, versando il tè e sollevando un sopracciglio mentre indicava la panna e lo zucchero.

Amanda rise. «Sì, grazie. C'è un altro modo?»

«Ti va di parlare di quanto è successo?» chiese Sam.

Fissando la sua tazza tra le mani, Jenny scosse la testa. «È stata una serata così bella. E poi non lo è stata più. Un attimo prima mi stavo divertendo come una matta, a tavola con tutti, seduta accanto a Stan. E un attimo dopo...» Scrollò le spalle. «All'inizio non avevo capito cosa stesse succedendo. Credo di aver saputo che era lì, ma il mio cervello non me lo ha fatto intuire subito. All'inizio era solo una sensazione, come se volessi strisciare dentro la mia pelle e nascondermi». Scrollò di nuovo le spalle. «Non mi sentivo così da tanto tempo. In quel modo. Era una cosa estranea per me, ero confusa. Anche quando Stan mi ha chiesto se stavo bene, non riuscivo a capirlo». Rabbrividì. «Poi, vedendo John, mi sono bloccata. Cosa c'è di sbagliato in me? Avrei dovuto essere furiosa. Avrei dovuto urlare a squarciagola e cercare di proteggere tutti. Ma no, non ho fatto nulla di tutto ciò. Mi sono solo paralizzata».

«Non essere così dura con te stessa. La psiche fa quello che le pare» ragionò Amanda. «Credimi, anch'io ho perso un anno intero della mia vita».

Ancora una volta, la curiosità di Jenny si risvegliò. Aveva cercato di rispettare la privacy di Amanda e di non impicciarsi, ma le sembrava strano non sapere di qualcosa che aveva chiaramente avuto un impatto così forte sulla vita della sua amica. «Beh, se mai sarai pronta a condividerlo» disse lentamente, «spero che ti fiderai di me. Inoltre, mi piacerebbe restare lontana dai riflettori». Jenny rivolse ad Amanda un sorriso di sostegno.

Amanda ricambiò il sorriso e le strinse la mano. «Non ha nulla a che vedere con la mia fiducia in te, Jen. So che ci copriamo le spalle a vicenda».

All'inizio Jenny pensò che non avrebbe detto altro, ma dopo aver lanciato un'occhiata a Sam, Amanda si sedette a gambe incrociate sul pavimento tra le donne, creando un cerchio. Poi si avvicinò e sussurrò: «Posso dirvi questo: Stan mi ha salvato la vita tanti mesi fa. E se non fosse stato nel Regno Unito in quel momento, non so cosa sarebbe successo a me e a Callie». Poi prese le mani di Jenny. «Questa è la parte importante. Sono molto colpita da come sei riuscita a trovare la tua strada da sola, Jenny. Ti sei presa cura di te e di Hayden. È un risultato enorme. Non dimenticarlo mai».

Non si trattava di un segreto di Stato, ma era una debolezza nel sistema dei Montgomery. Jenny non si era resa conto, fino a quel momento, quanto per lei fosse importante sentirsi integrata. Non voleva far parte del gruppo solo perché stava con Stan. Per lei, quella non era davvero integrazione. Voleva essere accettata sinceramente. Ed era determinata a dimostrare il suo valore.

Quando le ragazze se ne andarono poco dopo, Jenny controllò Hayden prima di tornare al lavoro. Aveva bisogno di tenersi occupata fino a quando non fosse riuscita a parlare con Stan e quindi si dedicò a finire di sistemare l'armadio. Dopo aver messo a posto le giacche, i cappotti e i completi di Stan, affrontò i cassetti. Stava sistemando l'ultimo scaffale, lisciando con cura una delle magliette di Stan, quando lui entrò, fermandosi sulla soglia.

Non aveva avuto una vera conversazione con lui da quando erano tornati dal ristorante. L'aveva aiutata quando tutti avevano portato i suoi effetti personali al piano di sopra, ma la conversazione era stata più che altro sulla logistica. Nonostante fosse stato molto premuroso prima, percepiva la rabbia che covava sotto la superficie. L'aveva sentita anche quando era ripassata davanti all'ufficio dopo che gli uomini erano tornati al lavoro. Anche con la porta chiusa, aveva sentito Stan urlare contro qualcuno al telefono. E Stan non alzava mai la voce.

Coraggio, Jen, si ripeté prima di fare un respiro profondo e guardarlo. «Sei arrabbiato con me?» gli chiese, costringendosi a incontrare il suo sguardo.

«No. Neanche un po'» assicurò lui, varcando la soglia e osservando il suo lavoro. «È bello qui dentro». Le sfiorò il viso con le dita, poi la tirò a sé, avvolgendola fra le braccia in un profondo sospiro. Si abbandonò al suo abbraccio, sentendolo rilassarsi lentamente contro di lei.

«Doccia e letto?» chiese lui.

«È tutto qui?»

«No. Neanche un po'».

27

Southampton
New York

Stan, dal canto suo, non stava facendo granché. A parte, ovviamente, fare da sostegno al pilastro nell'atrio e dare un'occhiata alle ragazze. Beh, non le stava proprio spiando. Si limitava a osservarle attraverso la finestra del soggiorno mentre si rilassavano nello spazio esterno. Non importava che Amanda e Jenny fossero mamme molto presenti: Helen e Rosa, a volte, potevano essere un po' territoriali, e nella maggior parte dei casi era semplicemente più facile lasciar fare a loro.

Ora che lui e Jenny si erano sistemati al piano di sopra e si godevano la beatitudine della riconciliazione, la situazione stava tornando alla normalità. Una nuova normalità.

Sebbene John li avesse rintracciati in città, Stan era certo che non sarebbe riuscito a infiltrarsi nella tenuta. E anche se ci fosse riuscito, non l'avrebbe fatto. John era pericoloso, ma il suo obiettivo era Jenny da sola. Era un prepotente, ma anche un codardo. Non avrebbe mai rischiato di affrontarli tutti. Stan era più che mai convinto che John si fosse mostrato solo per spaventare Jenny. Per dimostrarle che aveva ancora il potere di farla sentire piccola. Chiaramente, era uno dei suoi passatempi preferiti.

Minaccia immediata o meno, sperava che i suoi ragazzi lo trovassero presto. Il viscido bastardo se n'era andato dalla Virginia e non aveva lasciato alcuna traccia digitale. Stan si era anche imbattuto in un vicolo cieco sul caso di Maggie e, dopo il trambusto al ristorante, non aveva ancora avuto modo di parlarne con Celeste a tu per tu. Tutti i suoi contatti, ancora attivi, giuravano che la sua pista fosse morta. Morta e sepolta. Tutti, tranne una sensitiva pazzoide che, a quanto pare, aveva condiviso un messaggio criptico del tipo: «Siate certi che Margaret è al sicuro nel momento che le è più congeniale» o una sciocchezza del genere.

Okay, forse pazzoide era un po' troppo, considerando che lui stesso *lavorava* per un gruppo di aristocratici uomini della Marina britannica che viaggiava nel tempo. Tuttavia, non aveva avuto la possibilità di andare a trovarla di persona ed era disposto ad accettare le distorsioni spazio-temporali solo in parte.

Mancavano ancora sei settimane prima che tutti facessero i bagagli per tornare in California. Stan sperava di concludere *entrambi* i casi prima di allora. Jenny, fortunatamente, era d'accordo con il trasferimento e, da quello che aveva capito, non vedeva l'ora di stabilirsi per un po' sulla costa occidentale. Le piaceva l'idea di vivere fra due coste ed era entusiasta di sapere che sarebbero stati molto vicini alle ragazze. Vicini inteso come vicini di casa, perché l'anno prima Alex aveva acquistato la proprietà accanto a quella di Amanda. Al loro ritorno, lui e Jenny l'avrebbero rilevata e lui l'aveva incoraggiata a invitare suo padre e Ris. *Voleva* che lei sapesse che la sua famiglia era la benvenuta.

Proprio in quel momento apparve Stephen, che si dirigeva verso il corridoio dalla cucina. Scuoteva la testa e sembrava allarmato mentre ascoltava qualcuno al telefono. Questo attirò l'attenzione di Stan. La telefonata finì e Stephen lo fulminò con lo sguardo, facendogli cenno con la testa di andare in ufficio. Stan annuì e lo seguì, con Trevor e Michael alle calcagna. All'interno, Gregor era chino su uno schermo posizionato sulla credenza.

«Ci siamo quasi» mormorò.

Stephen spostò il tavolo da conferenza in modo che potessero guardare le immagini sul piano di vetro. Si materializzò una mappa della proprietà di Abersoch, che per un attimo stupì Stan. Non se l'aspettava. Non aveva più pensato alla tenuta in Gran Bretagna una volta partito con Amanda, Callie e Sam per gli Stati Uniti. Anche se non era passato molto tempo da quando erano stati lì, gli sembrava che fosse passata una vita. Un campanello d'allarme suonò nella sua testa quando Stephen iniziò a ingrandire l'immagine.

«Abbiamo un problema». Stephen indicò un affioramento di roccia e la scogliera naturale adiacente. «C'è stato un incidente aereo. Un monomotore. Una vittima. L'impatto potrebbe aver causato uno spostamento della topografia».

Stan e i ragazzi guardarono Stephen, in attesa di capire il nocciolo della questione. Gregor, impegnato a scrivere su un tablet, era chiaramente già al corrente.

«Il fratellastro di Amanda, Robert, è stato sepolto lì» spiegò Stephen. Tutti conoscevano la storia di come Amanda fosse finita ad Abersoch, intorno al 1774, ma non era stato necessario spiegare i particolari del luogo di sepoltura del fratello. Fino ad allora.

Considerando che la sua morte era tecnicamente avvenuta circa un quarto di millennio prima, Stan chiese: «Il DNA?»

«Senza dubbio. Quando sono scomparsi, sono state avviate delle indagini sia per Amanda che per Robert. Poiché lui ha cercato di ucciderla, è probabile che sia presente anche il DNA di Amanda».

«Sono già sul posto?» chiese Stan, calcolando già i possibili rischi. Cosa poteva essergli sfuggito. Cosa aveva criptato e cosa aveva cancellato del tutto quando l'aveva presa sotto la sua ala. Avrebbe dovuto essere tutto a prova di bomba, ma come stava iniziando a capire, a sue spese, non si poteva esserne sicuri al cento per cento.

«Sono sul posto, ma la scena non sarà sgombra prima di un giorno o due. Una squadra sul campo dice che le coordinate sono vicine. C'è una possibilità del cinquanta per cento: o siamo fuori pericolo o potrebbero scoprire i resti oggi stesso o nel giro di pochi giorni, con le maree. Se trovano il punto giusto».

«Soluzioni?» chiese Stan. Era in piena modalità protocollo.

Stephen guardò Gregor. «Spostare il suo corpo» dissero all'unisono.

«Vi prego, ditemi che intendete le sue *ossa*» supplicò Stan, sperando che fosse solo un chiarimento e non qualcosa da dover sottolineare.

Quando le teste si mossero in risposta, Stan capì che in realtà intendevano dire che dovevano spostare il *corpo* di Robert. Il che significava tornare indietro. Al 1700. E anche buttarsi da una rupe con una speranza e una preghiera, a meno che non riuscissero a capire dove fosse il portale all'interno delle grotte.

«Alex?» chiamò Stan. Si era accorto solo allora che il suo capo non era lì, e questo era strano. Quando Stephen tirò fuori dalla tasca un auricolare Bluetooth, Stan rimase a bocca aperta. «Hai intercettato le sue comunicazioni?» chiese, doppiamente sbalordito. Stan aveva già agito alle spalle di Alex, quando Amanda era ancora troppo fragile per fidarsi di lui. Una volta era sufficiente.

«*Pensava* di aver intercettato le mie comunicazioni» disse Alex sornione entrando nello studio. «Anche se apprezzo il tuo tentativo di proteggermi, ho ricevuto un avviso dal gestore della tenuta». Alex si avvicinò al tavolo fermandosi accanto a Stephen. Sfiorò l'immagine della parete rocciosa, con un'espressione sofferta sul volto. «Dobbiamo tornare indietro».

Per usare una frase preferita del suo capo: *porca miseria*.

«Capo, tu non vai da nessuna parte. Primo, Amanda sarebbe fuori di sé e...»

«Ci andrò io» disse Stephen.

«Non da solo, vengo con te» intervenne Gregor.

«Accidenti, ci sono anch'io» aggiunse Stan.

«Ho bisogno di qualcuno qui con la famiglia se Stephen e Gregor vanno».

Stan era commosso e onorato della fiducia che Alex riponeva in lui. «Cosa diremo alle ragazze?»

«La verità».

Stan sapeva cosa intendeva e, francamente, era contento che fosse arrivato quel momento. «È ora di informare Jenny?»

Alex annuì. «Ho parlato con Evan. È convinto che possa farcela. Sei d'accordo?»

Stan annuì. La sua ragazza era più forte che mai. «Sono d'accordo». Inoltre, non gli piaceva tenerle nascosta una questione così importante.

28

Southampton
New York

La riunione si svolse nel salotto, come la prima sera di Jenny nella tenuta. Solo che questa volta entrarono tutti insieme e il padre di Jenny non era presente. Ognuno si mise comodo al solito posto o, almeno, allo stesso posto dell'ultima volta. Jenny si accomodò in una poltrona accanto a Stan. Dopo un attimo di silenzio, Alex giunse le mani guardando sua moglie, Sam e poi lei.

«Abbiamo deciso di prendere due piccioni con una fava» disse, senza che Jenny potesse capire davvero cosa intendesse.

«Non mi sembra una buona idea» dichiarò Amanda, osservando il marito con preoccupazione.

«*Noi* abbiamo deciso?» chiese Sam. Il suo tono era un po' più tagliente, gli occhi stretti mentre scrutava alternativamente i fratelli. «Voi due "noi"?» Poi, guardando Gregor: «Voi tre "noi"? O "noi" come tutti i maschi nella stanza? Non che abbia importanza, suppongo».

Jenny intuì che c'era sotto qualcosa di grosso, di

monumentale. I suoi campanelli d'allarme cominciarono a suonare perché Stephen, che di solito nascondeva i suoi sentimenti per Samantha dietro una sottile patina di stoicismo, le allungò la mano. A quel punto, Jenny strabuzzò gli occhi e anche Sam, ma fu Amanda ad alzarsi e a dire: «Oh, ma cosa diavolo sta succedendo qui?»

«C'è stato un incidente. Un incidente aereo nella proprietà di Abersoch» disse Alexander.

Jenny non aveva idea di cosa fosse la proprietà di Abersoch, ma Amanda ebbe un sussulto.

«*Chi*?» chiese, portandosi le mani alla bocca. «Quanto è grave?»

Stephen e Alex scossero la testa. «Nessuno che conosciamo».

«Allora qual è il problema? Ditecelo e basta» chiese Amanda.

In quel momento Alex e Stephen rivolsero i loro sguardi su di lei. Jenny si spostò sulla sedia, improvvisamente a disagio e incerta sotto gli occhi di tutti. Stan le coprì la mano con la sua, ma Jenny non riuscì a capire se stesse semplicemente cercando di sostenerla o se stesse facendo capire ai fratelli che dovevano farsi da parte. Sinceramente non era sicura di nulla, al momento.

«Un monomotore è precipitato sul lato nord della proprietà. Ha colpito il muro di cinta, sotto la cappella».

Jenny ignorava il motivo per cui l'incidente aereo tra la scogliera e la cappella fosse così importante, ma quando Amanda girò bruscamente la testa verso suo marito, capì con certezza che *era* significativo in qualche modo.

Alex allungò la mano, confortando la moglie. «Ora capisci il nostro problema».

«Io no» disse Jenny a bassa voce, intervenendo per la prima volta. «Scusate, ma non capisco cosa stia succedendo».

«Il fratellastro di Amanda, Robert, ha cercato di ucciderla due anni fa» spiegò Alex, voltandosi verso di lei, con un'espressione imperscrutabile. «Il suo corpo è stato sepolto sotto le rocce».

Due cose colpirono subito Jenny. Primo: se aveva avuto dei dubbi sul suo posto all'interno della squadra, ora erano spariti. Era *dentro* e in pratica le avevano appena fatto giurare un patto di sangue. Non si raccontano cose del genere a persone destinate semplicemente a riempire il vuoto. Secondo: non era successo qualcosa di terribile solo a lei e a Sam. Anche Amanda aveva sofferto.

Sentendosi male, Jenny chinò la testa e chiuse gli occhi, mentre i suoi pensieri tornavano alle parole di Amanda dell'altro giorno: *Stan mi ha salvato la vita*. All'epoca Jenny aveva pensato parlasse in senso figurato, ma evidentemente non era così. *Cosa mai abbiamo fatto noi tre per meritarci tutto questo?* Interruppe i suoi pensieri prima che cominciassero a diventare tortuosi, poi fece un respiro profondo e tornò a guardare Amanda.

«Mi dispiace tanto, Amanda. Non credo di averlo mai incontrato».

«Considerati fortunata» sogghignò cupamente Alex.

«Ancora non capisco» ammise Jenny.

«È possibile che se scoprono le ossa di Robert, venga trovato anche il DNA di Amanda. Una squadra sta valutando la situazione. Speriamo che non ne venga fuori nulla. Ma ci ha fatto capire che dobbiamo correggere la situazione».

«Quindi andremo in Gran Bretagna?» chiese Amanda, che non sembrava molto contenta.

«In parte è così».

L'aria nella stanza divenne improvvisamente molto più densa e Jenny sentì un nodo allo stomaco. Sospettava che, qualunque fosse la parte successiva, sarebbe stata peggiore, anche se non era sicura di cosa potesse superare un incidente aereo mortale e un tentato omicidio.

«Qual è l'altra parte, Alexander?» chiese Amanda, e tutti gli occhi si puntarono su Alex.

«Per evitare di attirare l'attenzione sul luogo, dato che oggi comporterebbe l'uso di esplosivi, abbiamo deciso di spostare il corpo». Alex si voltò e le prese le mani. «Torniamo indietro, Amanda».

Sam, che per tutta la conversazione era rimasta in silenzio, con la mano appoggiata sotto quella di Stephen, si voltò a guardarlo. «Ci vai anche tu?»

Lui la fissò per un tempo lunghissimo, la stanza stranamente silenziosa. «Ci vado. Devo farlo».

Anche se Jenny non aveva ancora idea di cosa stesse succedendo esattamente, guardarli era quasi straziante. Sembrava quasi che non si sarebbero mai più rivisti.

Jenny si appoggiò a Stan. «Non capisco quale sia il problema» sussurrò. «Cosa c'è di così tremendo nell'andare in Gran Bretagna?»

A quanto pare aveva parlato abbastanza forte da farsi sentire anche dagli altri, perché fu Sam a rispondere per prima, rivolgendosi a Stephen con tono accusatorio. «Il *problema* è che devono saltare da una maledetta scogliera!»

Come se lo avesse schiaffeggiato, Stephen chiuse gli occhi, con una smorfia appena percettibile che rivelò quanto l'avesse ferito. Eppure, non disse nulla per contraddirla.

Jenny era più confusa che mai. Anche se tutti parlavano chiaramente, c'era ovviamente qualcosa di più sotto, ma lei non riusciva a capire cosa fosse. Le ultime parole di Sam non migliorarono la situazione: «E se sopravviveranno al salto, dovranno sfuggire alla cattura e alle accuse di tradimento da parte dell'Impero Britannico».

29

Southampton
New York

Stan esaminò l'isolato, individuando i suoi uomini fermi agli angoli opposti di ogni incrocio, con i loro veicoli parcheggiati in fondo alla strada. Erano tutti in città, a godersi una piacevole pausa dalla pioggia che aveva flagellato la costa nei giorni precedenti. Dato che le precipitazioni erano state intermittenti per tutta la mattina e che il radar mostrava un clima sereno per qualche ora, si erano mossi in fretta.

Dopo l'incidente al club della settimana precedente, avevano deciso di rafforzare le misure di sicurezza. Tuttavia, a parte mettere letteralmente un guinzaglio alle ragazze, cosa che avrebbe suscitato non poche proteste, non c'era molto altro che potessero fare, quindi erano scesi a compromessi tenendole sotto stretta sorveglianza.

Anche se nell'ultima settimana la situazione era stata tranquilla e tutte le prove indicavano che John aveva lasciato la città, la sera prima, ad esempio, c'era stato un movimento su una delle sue carte di credito a un'ora dalla Virginia. Stan non voleva

216

correre rischi. Quella mattina poi c'era stato un altro pagamento sulla carta di John, e Stan aveva mandato i suoi uomini a controllare, ma finora non c'era alcun filmato delle telecamere che confermasse che si trattava proprio di lui, oltre che nessuna traccia della sua presenza a casa. Stan non avrebbe avuto pace finché non si fosse occupato di John una volta per tutte.

Anche oltreoceano la situazione sembrava stabile, ma Stan sapeva che non sarebbe durata a lungo. Fino a quel momento, il luogo di sepoltura di Robert era rimasto intatto, sconosciuto, e il meglio che potevano fare era sperare che rimanesse così finché non avessero organizzato un piano concreto per tornare ad Abersoch. Per fortuna Jenny non aveva chiesto a Stan ulteriori dettagli. Lui odiava nasconderle qualsiasi cosa, ma forse questa era l'unica che sentiva di dover celare. Almeno per il momento.

Guardò le ragazze uscire dal negozio in cui si erano appena recate, scrutando la folla per la millesima volta. Esagerato? Forse. Tuttavia, Stan aveva la sensazione che John non avesse ancora finito con Jenny. Non sarebbe mai riuscito a sopportare che lei fosse felice e avesse trovato la sua strada senza di lui. John l'avrebbe considerata una sconfitta e, se Stan sapeva qualcosa su di lui, era che il bastardo odiava perdere. Nonostante il compito da svolgere e lo sgradevole e sempre presente ricordo di John, sentì un sorriso insinuarsi sulle labbra: Stan, l'uomo delle regole, che oramai da tempo aveva ceduto al suo soprannome, vacillò all'avvicinarsi della sua ragazza. *Jenny.*

Stan le tese la mano, prendendo la sua borsa e ricambiando quando lei si avvicinò per un rapido bacetto. Quando alzò lo sguardo su di lui, sorridendo e strizzando i suoi begli occhi prima di schermarli con una mano quando un altro gruppo di nuvole si spostò, lui non poté resistere a tirarla di nuovo a sé per un altro bacio. Che dire, aveva un debole per lei.

Jenny gli avvolse le braccia intorno al collo, appoggiandosi a lui con tutto il suo peso. «Possiamo ballare di nuovo più tardi, come abbiamo fatto ieri sera?»

«Ogni singola sera, per sempre». Stan sorrise, adorando la

sensazione di sentirsela addosso. *E sì, ieri sera è stato divertente*, pensò, immaginando la cenetta privata che aveva organizzato per sé e Jenny.

All'inizio aveva previsto che si svolgesse nel gazebo vicino ai giardini, ma dato che diluviava (di nuovo), aveva arruolato Amanda, Sam e Callie, che aveva insistito per essere inclusa, per aiutarlo a decorare la veranda. Le ragazze erano arrivate con una scatola piena di candele e luci e i ragazzi al seguito, portando una scala per poterle appendere intorno alle finestre e ai grandi alberi in vaso. Rosa aveva preparato un tavolo ricoperto da una tovaglia di lino per due persone con altre candele e un piccolo vaso di rose. Stan aveva preparato il pasto, cucinandole quel pollo che avevano mangiato alle Keys e che le era piaciuto tanto.

L'aveva aspettata in fondo alle scale, con il cuore in gola alla sua apparizione con un delizioso vestito azzurro senza maniche. Quando Jenny aveva notato che erano coordinati, perché lui indossava la camicia azzurra che le piaceva così tanto, aveva sorriso radiosa, piena di gioia. Lui l'aveva presa per mano e condotta verso la veranda, coprendole gli occhi e dicendole: «Non sbirciare» almeno cinque volte. Quando finalmente erano arrivati, lui si era messo dietro di lei e le aveva sussurrato all'orecchio: «Sei pronta?» Lei aveva annuito e quando lui aveva tolto la mano aveva avuto un sussulto, poi aveva quasi pianto quando aveva visto quello che aveva fatto per lei. Si era coperta la bocca, scuotendo la testa e si era voltata per guardarlo.

«L'hai fatto per me?»

Che sciocchina. Renderla felice era l'unica cosa che desiderava fare, in quel momento e per sempre. E lei era così facile da accontentare. L'aveva condotta al tavolo e le aveva scostato la sedia, e avevano riso, parlato e mangiato il pollo insieme proprio come la prima volta. Dopo cena, Trevor aveva diffuso la musica attraverso l'impianto audio: i loro brani preferiti, tutti lenti e carichi di significato. Avevano riso quando una palla da discoteca si era accesa nell'angolo. *Opera di Trevor, un tipo divertente.* Sam si stava occupando di Hayden, ma avevano fatto in modo di finire in tempo per leggergli delle storie prima di andare a dormire. Gli piaceva metterlo a letto insieme, cosa che stava diventando una routine.

Poi avevano fatto l'amore e Stan l'aveva tenuta stretta. La vita con Jenny era davvero un calvario!

Così, quando lei gli poneva una domanda come quella dell'altra sera, lui non doveva nemmeno pensare alla risposta. Jenny era raggiante, il suo viso brillava di felicità. Già, renderla felice era facile, una ricetta che lui aveva imparato alla perfezione. Trattarla con rispetto, darle molte attenzioni, ricoprirla di amore e affetto e vederla prosperare.

Lei gli prese il viso fra le mani e gli disse: «Ti amo, Stanley Finch» poi si voltò per correre via e raggiungere di nuovo le ragazze.

Quel giorno non erano le uniche che sembravano aver colto al volo l'opportunità di uscire per un po', c'era proprio molta gente. Dopo averle seguite per un altro isolato, mentre curiosavano in almeno quattro negozi, le nuvole cominciarono ad addensarsi di nuovo e in lontananza si udirono dei tuoni. Stan guardò Alex, che stava parlando con Stephen e Gregor fuori dal negozio in cui erano appena entrate le ragazze. Attirò dunque l'attenzione di Alex e si batté il polso, chiedendosi per quanto sarebbe ancora durata quel teatrino di sicurezza. Alex rispose via Bluetooth: «Dieci». Si poteva fare.

«Ehi, Michael, raduna le truppe» disse Stan attraverso le ricetrasmittenti.

Controllò l'orologio. Erano passati dieci minuti. Facendo un cenno ad Alex, che si era appena avviato verso l'ultimo negozio in cui le ragazze erano entrate, Stan si diresse con i ragazzi verso i loro veicoli. Era ora di andarle a prendere e tornare a casa.

30

Southampton
New York

«Guarda, Celeste» disse Jenny, tirandola verso una vetrina. «È quella cosa per lo yoga di cui parlavi».

«Oh, sì, a quanto pare è *ottimo* per il savasana» rispose Celeste, girandosi per guardare dove Jenny stava indicando. «Entriamo».

Jenny era contenta che Celeste si fosse unita a loro quel pomeriggio e che fosse stata accolta con tanto entusiasmo dai Montgomery e dall'intera squadra. Era la seconda volta che la vedevano da quella sera al club: la settimana precedente era venuta a trovarli a casa e si era fermata per il pomeriggio.

Sfortunatamente, i ragazzi erano stati via per gran parte della giornata; per fare cosa, non ne era sicura. Ma Jenny aveva imparato la lezione e aveva deciso di non dire a Stan cosa avrebbe dovuto fare, soprattutto quando si trattava di sicurezza, la sua area di competenza. Aveva invece deciso di lasciare che Stan e gli altri facessero quello che sapevano fare meglio. *Uomini dalla Calder Defense: in azione.* Tuttavia, quando gli aveva detto della visita di Celeste, Stan era rimasto deluso di non averla vista. A quanto pareva, voleva parlarle del caso di Maggie.

Proprio in quel momento si udì un tuono e Jenny si voltò in tempo per vedere Callie che saltava in braccio ad Amanda e le stringeva le braccia intorno al collo.

«Dovremmo andare» le chiamò Amanda. «Alex ha detto che si stanno preparando a partire. Tra poco verranno a prenderci».

Jenny annuì, ma, non essendo ancora disposta a terminare il loro giro, le disse di andare avanti e fece un gesto verso il negozio di articoli per il benessere davanti al quale si trovavano. «Entro un attimo qui con Celeste».

«Mando un messaggio ai ragazzi per avvisarli» disse Sam, ma proprio mentre tirava fuori il telefono si fermò davanti a loro un SUV della Calder.

Sam e Amanda vi salirono, con Callie al seguito. Probabilmente avevano informato Stephen del piano di Jenny, perché lui si girò verso di lei e disse: «Sta per piovere».

«Non annegherò» rispose Jenny ridendo. «Non preoccuparti».

«Ci preoccupiamo sempre».

Jenny amava quel loro aspetto. «Lo so, grazie. Passa un po' di tempo con Sam».

L'espressione di Stephen rimase stoica, ma lei colse una punta di divertimento nei suoi occhi. Dopo la tensione tra Stephen e Samantha in salotto la settimana prima, Jenny fu sollevata nel vedere che tutto era tornato come prima. Dal canto suo, lei non aveva chiesto ulteriori informazioni su ciò che stava accadendo in Gran Bretagna, né alle ragazze né a Stan. Le erano state affidate già abbastanza informazioni private, e ne aveva condivise talmente tante delle sue, che sapeva che al momento giusto l'avrebbero informata. In realtà, ragionò, forse era un bene non essere appesantiti da informazioni più gravose, non ancora.

Guardando Sam fare un sorriso raggiante a Stephen mentre

saliva sul furgone, Jenny li salutò con la mano quando si allontanarono, poi avvolse un braccio intorno a Celeste e la condusse nel negozio. Si divertirono a girare fra gli scaffali, provando diversi oli e creme. Quando furono pronte per recarsi alla cassa, Jenny chiamò Stan.

«Sì, signora» rispose lui, rispondendo al primo squillo.

«Ciao». Lei non riuscì a trattenere il sorriso.

«Ciao, tesoro. Sei pronta?»

«Sì, signore, quasi».

«Abbiamo perso la nostra posizione di attesa. Dammi cinque minuti, forse sei... e mezzo. Aspetta sotto il tendone, okay?»

«Va bene. Ti amo. *Smach*» disse lei, mandandogli un bacio al telefono.

«Ricambio. Ti amo».

Quando lei e Celeste uscirono, Jenny vide il furgone accostare e si stupì che fosse arrivato così in fretta. «Oh, eccolo» disse a Celeste, indicando il familiare furgone nero con i vetri oscurati. «Tu sali e io faccio il giro dall'altra parte».

Mentre si apprestava a correre, visto che nessuno era apparso con degli ombrelli per ripararle dal temporale, Celeste le diede un sacchetto della spesa vuoto. «Copriti la testa con questo» gridò in mezzo alla pioggia.

Jenny annuì, lo prese e iniziò a correre. Tenne la testa bassa perché la pioggia cadeva a catinelle e, fortunatamente, quando raggiunse la porta, scoprì che Stan era sceso per aprirle la portiera. Per un attimo si chiese perché indossasse scarpe diverse da quelle di prima, ma il tempo era troppo inclemente e lei si muoveva troppo velocemente affinché la sua mente potesse ragionare. Le sembravano familiari, ma...

Sentì un pizzico sulla nuca e, mentre si accasciava sul sedile, registrò l'espressione di puro orrore di Celeste seduta di fronte a lei. La mente di Jenny lottò per mettersi al passo con la realtà. Sapeva che stava succedendo qualcosa di terribile, ma era come se le sue facoltà di elaborazione fossero immerse nella melassa.

Le sembrò che Celeste avesse urlato, ma non riusciva a sentire nulla al di sopra della pioggia, dei tuoni e del suono del sangue che le scorreva nelle orecchie. Rimase lì, immobile, a guardare Celeste sporgersi verso di lei e allungare entrambe le mani. Jenny sapeva che avrebbe dovuto afferrarle, ma si accorse di non riuscire a muoversi. La sua vista si annebbiò e perse ogni senso di spazio e tempo.

All'improvviso, vide una sagoma indistinta e una cascata di capelli scuri quando qualcuno afferrò Celeste da dietro e gridò a Jenny: «SCAPPA!» ma Jenny non riusciva a muoversi. L'uomo sembrava furioso perché lei non lo stava ascoltando e Jenny voleva spiegargli che non sapeva come funzionavano i suoi arti, ma le parole non le uscivano dalla bocca. Cercò di dirglielo con gli occhi. *Per favore. Aiutami.*

Poi, qualcuno spinse le sue gambe da dietro e il suo corpo si piegò su sé stesso in una strana angolazione. Quando cadde in avanti per la spinta, il suo telefono scivolò a terra e sparì sotto il sedile dove era stata Celeste pochi secondi prima. Ora era sparita, ma l'uomo che l'aveva trascinata fuori dal furgone no; balzò sui sedili, afferrandola. L'espressione del suo volto era feroce e lei voleva disperatamente allungare la mano per farsi aiutare. Ma prima che potesse anche solo tentare di farlo, sentì qualcosa di pesante sopra di lei e cominciò a perdere i sensi. Poi tutto divenne nero.

31

Southampton
New York

Stan tornò indietro su Main Street, a tre isolati da dove le ragazze stavano facendo shopping. L'acquazzone si era un po' attenuato e aveva potuto rallentare i tergicristalli. Francamente sollevato di lasciare la città, ridacchiò quando vide il nome di Celeste comparire sul suo telefono solo due minuti dopo aver parlato con Jenny. *Che impazienza.* Le ragazze non vedevano l'ora di continuare a fare shopping, finché non aveva iniziato a diluviare e *all'improvviso* avevano bisogno di essere prelevate il prima possibile. Naturalmente.

Dopo che Stephen, Alex, Sam, Amanda e Callie se ne erano andati, Stan aveva preso il loro posto, con Gregor e Michael seduti dietro di lui. Mentre era fermo sul marciapiede, le auto avevano continuato ad accostare sul lato della strada a due file di distanza, in stile aeroporto, e lui aveva iniziato a sentirsi in colpa per aver occupato tutto quel parcheggio. Quindi, visto che Jenny e Celeste sembravano prendersela comoda, si era fermato per qualche minuto e ora stava tornando verso la loro posizione.

Rispondendo alla chiamata, le assicurò: «Sarò lì tra due minuti, Celeste, forse tre. Jenny mi ha chiamato un minuto fa. Tieniti forte e resta sotto il tendone finché non arriviamo». Avrebbe dovuto già vederle, ma con la pioggia, anche se era passata da un diluvio a una pioggerella, la visibilità era al massimo di un metro. Ed era una stima generosa.

«Ha preso Jenny!» esclamò la voce concitata di Celeste. «Sono in un SUV nero, proprio come il tuo».

Le parole di Celeste furono ghiaccio nelle vene di Stan. Sapeva che si riferiva a John. I suoi occhi si strinsero di rabbia al pensiero che quel mostro potesse mettere le mani su Jenny.

«Credo che l'abbia drogata» aggiunse Celeste, le cui parole gli fecero digrignare i denti posteriori.

Accanto a lui passò un SUV nero con i finestrini oscurati, incurante dei pedoni che cercavano di scappare, dato che l'acquazzone non era più torrenziale.

«Datemi strada!» gridò, e Gregor e Michael saltarono fuori, facendo letteralmente scappare persone e auto dalla via mentre Stan inseriva la retromarcia. Schiacciò il pedale e, dopo un mezzo giro e un testacoda, si trovò a puntare verso est. «Dentro, dentro, dentro!» gridò, e si stava già muovendo prima che le porte si chiudessero.

«VIA, VIA, VIA!» urlò Gregor, con gli occhi puntati sul furgone di John che stava avanzando sulla strada.

Un SUV della Calder alla sua sinistra si girò per seguirlo. Con le comunicazioni ancora aperte fra loro, Stan sapeva che Alex e Stephen stavano aspettando una sua spiegazione, così strinse i denti, odiando ogni parola. «John ha preso Jenny».

Senza perdere di vista il veicolo davanti a loro, Stan si appoggiò al volante e scrutò la targa mentre colmava la distanza tra loro. «ECO DELTA ZULU CINQUE ZERO NOVE DUE. DIREZIONE EST-MAIN E...»

Gregor notò l'insegna. «Waters».

«Stiamo trasferendo le ragazze adesso» disse Stephen attraverso le comunicazioni.

Stan borbottò un'imprecazione sottovoce mentre perdeva tempo prezioso per aggirare i pedoni. «Aspettate!» *Santo cielo!* Si accorse del bebè nel passeggino un millisecondo prima che fosse troppo tardi. «ACCIDENTI!» urlò, pigiando sui freni e sterzando con il sistema antibloccaggio, mentre il furgone si girava e si rovesciava sull'asfalto bagnato come un bambino grande su uno scivolo.

Quando riprese il controllo, erano già circondati da una folla di curiosi.

I ragazzi saltarono fuori dal furgone per liberarli, ma Stan riusciva a pensare solo a Jenny, più avanti, diretta chissà dove, rapita dall'unico uomo che aveva giurato non l'avrebbe mai più toccata.

32

Località ignota
New York

Jenny iniziò lentamente a riprendersi. Accasciata, fletté le spalle, cercando di raddrizzarsi dalla scomoda posizione in cui si trovava. Con le palpebre ancora pesanti e la bocca terribilmente secca, premette le mani contro... delle piastrelle fredde, il pavimento, poi cercò di sollevarsi in posizione seduta. *Ahi*. Dove si trovava? Le faceva male la nuca e si toccò il punto, aprendo lentamente gli occhi. La sua memoria era confusa, ma da qualche parte nella sua mente sapeva di essere in un posto in cui non voleva essere.

Quando la sua vista cominciò a schiarirsi e la stanza si mise a fuoco, lo stesso fece anche la sua memoria. *Giusto*. La pioggia. Il SUV che sembrava identico ai veicoli della Calder. Le droghe che sospettava le fossero state somministrate e che l'avevano incollata al sedile, incapace di liberarsi o di chiedere aiuto. Le stava tornando in mente tutto. E, di fronte a lei, John.

Stava fissando qualcosa su un bancone e non aveva un bell'aspetto. Frustrato o stressato, Jenny non sapeva dirlo, ma sapeva per esperienza che nessuna delle due cose era di buon auspicio per lei. Ciò che la colpì maggiormente in quel momento fu la strana sensazione che il pensiero dell'umore di John non la facesse chiudere in sé stessa e rannicchiare. Si sentiva ancora stranamente calma, capace di reagire. Non era una bella situazione, ma non si stava lasciando sopraffare dagli eventi.

Spinta da una ritrovata lucidità, gli occhi di Jenny si spostarono nella stanza, notando un berretto nero sul tavolo, proprio come quello che Stan e gli altri della Calder indossavano sotto la pioggia. Se non fosse stato per l'acquazzone e per il suo sguardo rivolto verso il basso, lui non sarebbe mai riuscito a prenderla.

Mettendo da parte quel pensiero, osservò l'ambiente circostante; sembrava che fossero in una casa, forse una casa per le vacanze. Era sulle piastrelle di quello che sembrava un atrio. Bello, l'aveva scaricata proprio davanti alla porta. Jenny si mise a sedere più dritta, sapendo che non meritava di essere trattata così. Tra il sostegno di Stan, il lavoro con Evan e in realtà grazie anche alla forza che traeva dall'intero gruppo dei Montgomery, era cambiata.

«Mi hai drogata?» chiese. Avrebbe voluto dirlo con spavalderia, ma la voce le uscì gracchiante.

Il volto di lui si girò nella sua direzione. «Dov'è il tuo telefono?» scattò, avvicinandosi a lei e afferrandole il braccio come se volesse scuoterla. L'altra mano di lei scattò, in posizione di difesa, e cercò di allontanarsi, ma non c'era nessun posto dove andare. «Rispondimi!» pretese lui, stringendo la presa. «Avevi un telefono?» La tirò su per le braccia e la scosse così forte da farle sbattere la testa contro il muro dietro di lei. Quando Jenny non rispose, lui la lasciò cadere, sentendo lo schiocco dei suoi denti all'impatto.

Ancora una volta, Jenny si meravigliò del fatto che, sebbene *fosse* una brutta situazione, e lo era davvero, John non aveva il potere di spaventarla come faceva prima. Era ancora fisicamente più forte di lei, ovviamente, ma mentalmente Jenny non era più debole. *Non sono più quella di una volta*, pensò, fissando il volto arrossato di lui. Con la sua ritrovata lucidità, Jenny fu in grado di guardare la situazione per quello che era. Se John non aveva il suo telefono, dov'era?

Cercò di ricordare l'ultima volta che l'aveva visto. Dopo aver chiamato Stan, lo teneva ancora in mano quando era uscita con Celeste. Celeste. Dov'era?

Gli occhi di Jenny si spostarono nella stanza e per un attimo pensò che anche lei fosse stata rapita o peggio. Poi Jenny ricordò che Celeste era stata tirata fuori dal furgone da quell'uomo che aveva cercato di salvare anche lei. Ah, il suo telefono! Le venne in mente che quando Celeste le aveva dato la borsa della spesa per coprirsi la testa, aveva tenuto il telefono in mano. Era poi caduto sotto il sedile quando John l'aveva spinta dentro il veicolo! E se John non ce l'aveva, significava che era ancora lì dentro. Ed era acceso, il che significava che Stan poteva rintracciarla. *No, Stan l'avrebbe trovata di sicuro.* Sostenuta dall'idiozia di John e forse anche dalla ritrovata fiducia in sé stessa, Jenny guardò John con aria assente, fingendo confusione.

«Rispondimi!» urlò di nuovo lui.

«Viaggio con un gruppo di uomini di una società di sicurezza, perché dovrei aver bisogno di un telefono?» chiese lei, lasciando trapelare la sfida nel suo tono.

«Stai facendo la furba?»

«Con te? Cavolo, John, non credo sia consentito» rispose seccamente.

«Stai zitta, Jenny».

«Zitta?» ripeté lei. «È tutto quello che hai da dirmi? *Taci?* Vai all'inferno, John».

Lui sogghignò. Era abbastanza arrabbiato da far ricredere Jenny sulla sua eccessiva sicurezza. Desiderosa di uscire indenne da quel luogo, iniziò ad allontanarsi d lui, premendosi contro il muro e desiderando di potervi sparire dentro. John si avventò su di lei e lei trasalì quando lui le afferrò una manciata di capelli.

«Hai intenzione di colpirmi? *Proprio me?*» lo sfidò, mentre gli occhi di lui si ingrandivano e il suo viso diventava ancora più rosso. Improvvisamente si sentì stranamente calma e, scuotendo la testa, chiese: «Cosa ti ho mai fatto di male, John?»

A parte in quel momento e l'incidente d'auto, che non era stato un incidente, Jenny non era mai stata ferita intenzionalmente in tutta la sua vita, nemmeno da John. Perciò la forza del suo manrovescio che le colpì il lato del viso fu uno shock. Gridò, sentendo il sapore del sangue in bocca, mentre i suoi stessi denti le laceravano l'interno delle labbra e della guancia. Si premette una mano sulla bocca, stupita. Quando la ritirò, le dita erano insanguinate. *Faceva* male. Stupita e stordita, lo fissò, sentendosi improvvisamente arrabbiatissima.

«Sei proprio nei guai» disse, anche se non troppo chiaramente, con il sapore metallico del suo sangue che le riempiva la bocca.

«Io? Come fai a dirlo?»

«Stan ti ucciderà». Non pensava che sarebbe arrivato a tanto, ma era bello immaginarlo. E se non altro, voleva prenderlo un po' in giro. Se lo meritava per tutte le volte che lui l'aveva fatto con lei.

Vieni a prendermi, tesoro. Sbrigati.

33

Southampton
New York

L'intera squadra, Sam e Amanda comprese, era rimasta in ricognizione per tre minuti in un parcheggio vicino a Main Street. Prima che le ragazze fossero trasferite in un veicolo di custodia, avevano inviato un messaggio forte e chiaro: «Andate a prenderla. Non permettetegli di farle ancora del male. *Abbattetelo*». Ricevuto. Avevano sete di vendetta. E valeva anche per Stan.

Darrach, ovvero Dar, l'uomo che Stan aveva inizialmente individuato come guardia del corpo di Celeste, era accanto a lui, sul punto di esplodere dalla rabbia. In qualche modo, Stan non si era sorpreso quando il corpulento scozzese era apparso sulla scena. Una parte di lui aveva avuto la sensazione che si sarebbero incrociati di nuovo, solo che non sapeva quando o perché.

A quanto pareva, anche Dar era stato in città quel pomeriggio e aveva assistito all'intera vicenda. Dopo aver tirato fuori Celeste dal furgone e averla gettata a terra, era saltato dentro per tirare fuori anche Jenny dal veicolo, ma John lo aveva colpito con un ago, probabilmente un tranquillante o qualcosa di simile, e lo aveva spinto fuori dal SUV. Darrach, un uomo grande e grosso, anche tra una squadra di omaccioni, era stato abbattuto da qualsiasi cosa gli fosse stata somministrata, ma non come era successo a Jenny. Gli effetti su di lui si erano completamente esauriti nel giro di pochi minuti.

«Sopprimilo» disse Dar, come se Stan non lo avesse già in mente. Tuttavia, gli piaceva il modo di pensare di quel ragazzo e la sua verbosità un po' all'antica. Stan notò che anche Gregor e i fratelli si concentravano sul linguaggio di Dar. Li vide guardarsi l'un l'altro. Qualunque cosa stessero pensando, però, se la tenevano per sé e Stan non aveva tempo per approfondire la questione. La sua ragazza era nelle mani di John e John l'avrebbe pagata.

Sto arrivando, piccola. Resisti.

Con una preghiera e la speranza nel cuore, Stan si diresse verso est, l'ultima direzione in cui avevano visto andare il furgone di John. Non poteva avere più di dieci minuti di vantaggio su di loro, ma in dieci minuti potevano succedere molte cose. Accidenti, in un batter d'occhio avrebbe potuto essere tutto finito. *Non pensarci. Tieni duro, Finch.* Stan guidava il convoglio, affiancato da tre veicoli della Calder. Stephen, Alex ed Evan in uno, il resto della squadra negli altri due.

Trevor lo guardò nello specchietto retrovisore. «Le condizioni atmosferiche stanno disturbando i satelliti» disse in risposta alla domanda non posta di Stan.

Cosa succedeva a quei maledetti satelliti quando ne avevano bisogno? Sperò che John non avesse distrutto il telefono di Jenny e che con un po' di fortuna, *per favore Dio*, avrebbero ricevuto un segnale. Stephen e Alex avevano offerto la loro flotta di elicotteri alla polizia locale per una ricerca aerea, ma gli era stato detto che il tempo era troppo brutto e che i piloti della polizia sarebbero rimasti in attesa di un miglioramento.

«Abbiamo un segnale! A cinque chilometri di distanza»

esclamò Trevor. «A sinistra sulla Regency, a duecento metri. Casa unifamiliare. Sì, una casa domotica».

Grazie, Dio. Stan fece un cenno a Trevor, invitando il suo battito cardiaco a rallentare. *Resisti, tesoro. Sto arrivando.*

«Ci sono» disse Trevor, collegandosi ai dispositivi wireless presenti sul posto. «È anche in affitto. Le foto sono online. Le ho trovate».

Il sollievo lo colse quando la voce di Jenny gli risuonò nell'orecchio attraverso il Bluetooth. «Cosa mi hai dato?» Brava, sembrava arrabbiata.

«La stessa cosa che Aaron ha usato su Sam» disse John, e anche attraverso il crepitio della connessione Stan poté intuire il sorriso nelle sue parole. I suoi occhi si spostarono sullo specchietto retrovisore, controllando il veicolo dietro di lui per vedere se Stephen se ne fosse accorto. Un'occhiata alla rabbia che ribolliva negli occhi di Stephen, visibile anche attraverso lo specchietto, il finestrino e la pioggia, confermò che sapeva benissimo che stavano parlando della sua Sam.

Stan tornò a concentrarsi sulla strada. Non poteva distrarsi, non in quel momento. John si stava dimostrando un esemplare ancora più scadente di quello che già conoscevano, ma la loro ira avrebbe dovuto aspettare.

Attraverso il Bluetooth, Jenny emise un rantolo e Stan non poté fare altro che saltare verso l'altoparlante. «Come fai a saperlo?»

«Sei proprio stupida, Jenny». Ci fu una pausa e Stan immaginò il peggio, finché John non urlò a squarciagola: «L'ho aiutato a prenderla!»

A quel punto, Stan decise di non rimandare più la sua furia. Se John non aveva già meritato di morire per come aveva trattato e quasi ucciso Jenny, quest'ultima informazione aveva segnato la sua condanna.

«Sapevi cosa stava per fare? *Glielo hai lasciato fare?* Sei un mostro, John».

Il veicolo accanto a lui si avvicinò deliberatamente. Guardò, non sorpreso di vedere Stephen che scrutava Alex, assicurandosi che avesse recepito il messaggio. La furia nella sua espressione era cresciuta.

«Come vuoi, Jenny» disse John.

«Ti uccideranno. Questa volta ti sei messo contro le persone sbagliate».

Stan si permise di sorridere un po'. John non aveva idea di quanto fosse vera quell'affermazione. *Sei finito, verme schifoso.*

«Questa pistola dice il contrario».

Stan sapeva che John possedeva diverse armi. Pistole e fucili, lui e la sua famiglia erano appassionati di caccia. Gregor indicò a sinistra la strada a cui si stavano avvicinando e Stan svoltò.

«È questo il tuo piano, attirarlo e ucciderlo?» chiese Jenny, e Stan sentì un po' di trionfo per la sfida nella sua voce, per come la sua ragazza si stava facendo valere.

Trevor sussurrò: «quinta casa a destra» mentre John esponeva il suo piano.

«Meglio. Ucciderò prima te e poi il tuo ragazzo».

Fallo parlare, Jenny! Ancora pochi minuti, pensò mentre accostavano il SUV e si dirigevano a piedi, restando bassi e mantenendo un passo veloce. Tra la pioggia e i grandi alberi maestosi, sembrava quasi il crepuscolo e si avvertiva un'atmosfera molto tesa. Trevor passò a Stan il suo telefono per fargli vedere l'interno. Non era una visuale chiara e Jenny non era nell'inquadratura, ma riuscì a vedere John seduto accanto a un'isola della cucina, con in mano una pistola. Dovette fare uno sforzo immane per non farsi sopraffare dalle emozioni e commettere errori, ma Stan, l'uomo del protocollo, era di una forza inarrestabile e prevalse. Per fortuna.

Quando raggiunsero la proprietà, Stan fece segno agli altri di girare sul retro mentre lui e Stephen salivano i gradini del portico. Attesero che Trevor facesse la sua magia sulle serrature, si affiancarono poi alla porta d'ingresso, e Gregor e Alex si avvicinarono alle finestre su entrambi i lati. Attraverso i vetri, Stan poté sentire Jenny che si confrontava con John. Stan guardò Stephen e vide che i suoi occhi dicevano che voleva vedere del sangue. Avendo sentito la conversazione tra Jenny e John e ciò a cui alludeva. Stan lo capiva. Ma non era il momento. Stephen annuì. Il chiavistello della porta finalmente scattò. *Grazie, Trev.*

Con la speranza che Jenny non fosse seduta davanti alla porta, Stan contò, mormorando: «Tre. Due. Uno». Poi diede un calcio alla porta, cadendo e rotolando all'interno, e si alzò in ginocchio appena in tempo per vedere John alzarsi dal suo posto e puntare la pistola direttamente alla testa di Stan. Per fortuna se lo aspettava. Stan sparò, un millisecondo dopo Stephen, che gli aveva coperto le spalle e aveva già sferrato il colpo di grazia.

Dal pavimento nell'angolo della stanza, Jenny urlò. Non importava che John meritasse di morire. Vederlo era qualcosa a cui non si sarebbe mai abituata. Non come qualcosa di normale, comunque. Stan corse verso di lei, bloccandole la vista del corpo di John. Quando si accovacciò per controllarla e si accorse subito che John l'aveva colpita duramente.

«Mi dispiace» disse lei tra le lacrime che avevano appena iniziato a scendere.

Tese le braccia e lui la prese in braccio, cullandola contro di sé. «Sono così orgoglioso di te» mormorò, tirandola ancora più vicino a sé.

«Non sono crollata» disse lei.

«No, non l'hai fatto».

«Stan?» La sua voce vacillò.

«Sì, tesoro?»

«Credo che ora lo farò».

Lui la strinse forte, premendo le labbra sulla sua fronte. «Fai pure. Ti tengo io».

34

Palm Beach
Florida

«Questo lo prendi?» chiese Amanda, tenendo in mano un cubo di cristallo trasparente con una lettera, preso dalla stanza di Hayden.

Jenny annuì. Erano nella casa di Palm Beach, e la stavano chiudendo. Quella casa era stata un nascondiglio, dove si era isolata da John, ma anche dalla vita, mentre si leccava le ferite. Aveva creduto di essere guarita grazie a quel posto, ma non era così, non completamente. Jenny sapeva di essersi ripresa veramente solo grazie alle cure amorevoli di Stan e della famiglia Montgomery.

L'avevano talmente coccolata e amata dopo il rapimento di John, che avrebbe potuto bastarle per tutto il resto della vita. Evan l'aveva visitata non appena erano usciti dall'appartamento di John. Aveva mandato il sangue in laboratorio, ma fortunatamente qualsiasi cosa John avesse usato per stordirla aveva avuto una durata circoscritta, e quando avevano rifatto le analisi era già stata completamente espulsa dal suo organismo.

Jenny sorrise tra sé e sé, ripensando al fatto che Stan, lanciandole un'occhiata quasi nervosa, le aveva chiesto se avrebbe influito su un'eventuale gravidanza. «Era solo per dire, visto che Hayden è arrivato così in fretta» aveva replicato lui, dopo che Jenny aveva ammesso di essersi posta la stessa domanda. «Sono sicuro che sua sorella o suo fratello non tarderanno ad arrivare».

Jenny si passò distrattamente una mano sulla pancia. Non c'era ancora un bambino, ma le piaceva che lui avesse preso in considerazione l'idea. Stan pensava sempre a tutto. Nonostante la rassicurazione, Jenny aveva comunque fatto un test di gravidanza che Sam aveva comprato per lei. Si era sentita sollevata quando era risultato negativo, solo nella remota possibilità che Evan si fosse sbagliato.

Mentre facevano i bagagli, Jenny si meravigliò della piega che aveva preso la sua vita. Erano cambiate così tante cose dalla notte in cui Stan era venuto a prendere lei e Hayden. Innanzitutto, quando sarebbe nato un altro bambino, Stan sarebbe stato presente fin dal primo giorno. E, dal momento che si era davvero lasciata alle spalle il suo passato e aveva trovato la sua strada, anche grazie alla scomparsa della minaccia costante di John, poteva dire addio a quella casa. In realtà, stare lì era quasi catartico, soprattutto con il sostegno del suo nuovo gruppo di amici.

Con sua grande sorpresa, qualche giorno prima, Stan le aveva rivelato che Alex voleva portare la famiglia in viaggio e, visto che Jenny doveva ancora sistemare alcune questioni al sud, pensava che sarebbe stato bello se fossero andati tutti insieme. Qualche giorno di svago e di sostegno. Aveva persino invitato suo padre e Marisa.

«In Florida d'estate è come stare in una foresta tropicale» aveva detto Jenny, ma Stan si era limitato a scrollare le spalle.

«Dubito che i fratelli o Gregor abbiano mai messo piede in Centro o Sud America. Lo chiameremo allenamento» disse con la massima naturalezza.

Jenny aveva pensato che fosse un'idea folle, ma poi si era resa conto che Callie avrebbe iniziato la scuola dopo poche settimane, quindi era davvero l'unico momento per inserire una "vacanza di famiglia" fino al giorno del Ringraziamento o fino a Natale. Non voleva nemmeno prendere in considerazione l'altra possibilità di viaggio: il trasferimento temporaneo in Gran Bretagna. Quest'ultimo non era stato ancora menzionato, ma sapeva che era all'orizzonte, anche se i ragazzi non avevano ancora deciso nulla. Jenny aveva la sensazione che stessero aspettando di tornare a casa dalla Florida, per godersi appieno quella vacanza.

Erano arrivati tutti a casa di Jenny in tarda mattinata per poter radunare tutte le sue cose, così che la squadra di traslocatori potesse imballare e spedire tutto in California e poi ripulire e chiudere la casa.

Osservando Amanda che metteva il blocco di cristallo sul tavolo degli oggetti da impacchettare, Jenny ricordò il giorno in cui l'aveva scelto. Era stato sei mesi prima, da Tiffany & Co. dove aveva incontrato lo stesso commesso che aveva aiutato lei e Stan il giorno in cui avevano curiosato insieme tra le vetrine. Lui le si era avvicinato immediatamente e Jenny si era stupita che si fosse ricordato di lei. Poi si era dispiaciuta che l'avesse fatto.

«Ah, la signora Finch, presumo» aveva detto, con gli occhi che scintillavano. «Che piacere vederla. Ho ancora il regalo che ci ha chiesto di tenere».

Confusa dal suo saluto, Jenny gli aveva rivolto un'occhiata interrogativa e il suo volto si era oscurato. Ricordava come lui le avesse fissato la mano. *Già, niente anello, stupido!* Non sapeva bene perché avesse supposto che fossero sposati, ma l'aveva attribuito a quanto lei e Stan erano stati innamorati in quei mesi. Non era un'ipotesi così campata in aria.

«Mi dispiace tanto. Mi perdoni» aveva ammesso il commesso, contrito e improvvisamente a disagio. «Come posso aiutarla?»

Desiderosa di cancellare la strana gaffe della "Signora Finch", Jenny aveva cercato di essere cordiale e amichevole quando aveva chiesto di vedere degli oggetti legati alla nascita di un bambino. Aveva dunque scelto il blocco di cristallo e quando lui era tornato dopo averlo incartato, aveva inclinato la borsa nella sua direzione in modo che potesse vederne l'interno. Nella borsa c'erano due scatole. «L'altro acquisto» le aveva detto.

Jenny aveva annuito e se ne era andata con entrambe.

Strano, si era dimenticata di quell'episodio bizzarro. Quando lei e Stan stavano insieme, in passato, aveva immaginato di sposarsi non appena il suo divorzio fosse diventato definitivo. Niente di sfarzoso, solo loro due. Non che lui gliclo avesse mai chiesto; era solo l'immagine che si era formata nella sua mente all'epoca.

Ora, Jenny non era sicura quali fossero i piani di Stan, o se ne avesse uno, ma in fondo non aveva importanza. Immaginava che avrebbero affrontato la questione a tempo debito. Per il momento, era soddisfatta del fatto di essere una coppia e genitori del loro bambino, e onestamente non aveva pensato al matrimonio.

Stan entrò nella sua camera da letto, con tutti i ragazzi al seguito, tranne suo padre. Le ragazze li guardarono mentre passavano e Stan li fece radunare vicino al suo letto. Dal luccichio dei suoi occhi, Jenny capì che era ansioso di mostrare la sua cassaforte per le armi. Gli concesse il suo momento di gloria. *Uomini*.

«Pronti?» chiese Stan e, ai loro cenni, agitò la mano davanti al sensore. Quando l'opera d'arte si sollevò dalla parete per rivelare la sua pistola, Jenny ricevette sei grandi cenni di apprezzamento e un occhiolino da parte di Stan.

«Immagino che, se non si può avere un'armeria a portata di mano, questa sia la soluzione migliore» disse Gregor. Poi la guardò e chiese: «Dove sono i soldi?»

Nessun altro aveva pensato di chiederlo. Stan fece un gesto

esagerato vicino alla testa per sottolinearlo. Jenny ridacchiò. Era ovvio che possedesse del denaro: visto che era pronta a fuggire con una pistola carica, di certo aveva preparato anche un mucchio di soldi per la "fuga".

«In cassaforte» spiegò ridendo.

«Sei in gamba, Jenny» riconobbe Gregor.

Lei alzò gli occhi al cielo. «Sei proprio come mia sorella».

Gregor le fece l'occhiolino e vide Marisa arrossire prima di allontanarsi.

Callie entrò saltellando. «Zia Jenny, possiamo andare a nuotare? L'oceano è così vicino alla casa» implorò.

Jenny sorrise. La vicinanza al mare era il motivo per cui aveva scelto quella proprietà. Oltre a Hayden, l'unica cosa che le aveva dato gioia era svegliarsi e vedere l'oceano ogni giorno. Lì si sentiva confortata e più vicina alla sua nonnina, ed era proprio quello di cui aveva bisogno in quel momento.

Jenny posò una mano sulla testa di Callie. «È tua madre che deve decidere» disse, e quando Amanda annuì, Jenny le spiegò dove erano gli asciugamani.

Rimasta sola, Jenny mise i suoi ultimi effetti personali sul tavolo per imballarli.

«Penso che sia tutto, piccola» disse Stan, tornando nella sua camera da letto. Avevano etichettato ogni cosa e dopo si erano serviti un drink di congratulazioni. All'interno, naturalmente, visto che *fuori* c'erano circa trecento gradi con un tasso di umidità assurdo.

Jenny spiegò che stava per prelevare le mazzette di contanti dalla cassaforte. Un piano di emergenza vecchio stampo, che le era stato inculcato fin dai tempi dell'università. *Sempre avere un piano e i mezzi per attuarlo.* Quello era il modus operandi di Derek e, pur non avendolo mai dovuto usare, lo ringraziò mentalmente per questo.

Stan sollevò una borsa di tela spessa. «È abbastanza grande?»

«Perfetta».

La seguì nell'armadio e tenne aperta la borsa mentre lei tirava fuori una mazzetta alla volta. Ce n'erano parecchie, alcune più grandi di altre, ma probabilmente sufficienti a coprire sei mesi di affitto, cibo e vestiti per lei e Hayden. Arrivata alle ultime, un lampo di una particolare tonalità di blu attirò la sua attenzione e vide il regalo che aveva comprato per Stan infilato in fondo.

Quando l'aveva messo lì, le era sembrato il posto perfetto, nascosto dietro i soldi e ben lontano dalla vista. In effetti aveva funzionato: fino a quel momento, se ne era dimenticata. Con l'affiorare dei ricordi, si rese conto di avere sentimenti contrastanti al riguardo e scelse di lasciarlo dov'era.

Dopo aver sistemato l'ultima mazzetta, osservò le grandi mani di Stan intente a tenere aperta la borsa.

«Ehi» disse lui, e lei alzò lo sguardo per guardarlo in faccia. «Sei stata brava, Jenny. Davvero brava».

Jenny fece un sorriso agrodolce e scrollò le spalle. Per un attimo pensò di chiudere la cassaforte, per non svegliare il can che dorme. Notando la sua esitazione, Stan si sporse per sbirciare dietro di lei.

«C'è altro, tesoro?» le chiese.

Jenny fece un respiro profondo e tirò fuori la scatola. Forse, dandogliela, avrebbe magicamente attenuato il ricordo amaro di come si sentiva un tempo.

«Che cos'è?»

«Te l'ho comprato tempo fa... beh, quando siamo tornati dalle Keys».

Lui scosse la testa, gli occhi fissi nei suoi e colmi di rimpianti. Jenny non trovava le parole, ma voleva che quel momento fosse ricordato per l'esperienza esaltante e sconvolgente che le aveva cambiato la vita. Forse il regalo l'avrebbe aiutata.

Scuotendo la testa per lo stupore, Stan si passò la borsa nella mano sinistra, le prese la sua mano con quella libera e la condusse in camera da letto. La trattò come un'occasione seria.

Le fece cenno di sedersi sul bordo del letto e poi si sedette accanto a lei mentre iniziava a sciogliere il nastro.

«Oh, Jenny» sospirò quando aprì la scatola.

Jenny lo guardò con il cuore in gola. Lui ovviamente sapeva già cos'era quando le sue dita sfiorarono l'argento massiccio prima di estrarlo dalla scatola. Dopo che ebbe aperto il coperchio, lei lo osservò con attenzione mentre leggeva l'iscrizione. Era passato molto tempo da quando l'aveva fatta incidere, ma Jenny non avrebbe mai dimenticato quelle parole: *Per non perdere mai più la strada: ovunque tu vada, portami con te.* Entrambi si commossero. Lui la tirò a sé e la strinse come se fosse la cosa più preziosa del mondo. In altre parole, come l'aveva sempre immaginata.

Poco dopo uscirono insieme, e lei si domandò, salendo su uno dei tre SUV, se avessero pianificato tutto in quel modo. Se avessero sempre avuto l'intenzione di aiutarla a chiudere quel capitolo della sua vita, per permetterle di andare avanti completamente in quello nuovo con loro. Conoscendo quel gruppo come lo conosceva ora, aveva la sensazione che l'intera faccenda fosse stata orchestrata, con una certa discrezione, ovviamente.

Li immaginava seduti intorno al tavolo da conferenza di vetro, o forse al bar del soggiorno, a definire i dettagli. Persa nei suoi pensieri, sorrise e si accoccolò contro Stan, senza ascoltare le chiacchiere degli altri. Aveva solo bisogno di un po' di tempo per rilassarsi. Inspirò profondamente, confortata dal suo profumo.

All'improvviso, tutti scesero dai veicoli perché avevano raggiunto la loro destinazione. Jenny non si era nemmeno accorta che si erano fermati o che era passato del tempo. Raddrizzandosi di scatto, si guardò intorno, poi si bloccò, schiacciandosi contro il sedile, con il cuore che le martellava nel petto, e per una buona ragione. Erano arrivati all'hotel. Proprio a *quell'*hotel.

«Perché siamo qui?» si chiese, senza riuscire a trattenere l'allarme dalla voce.

«Ehi». Stan le prese le mani. «Va tutto bene». Le accarezzò il viso. «Qui con te ho trascorso alcuni dei giorni più belli della mia vita, Jenny. Esorcizziamo quei fantasmi e creiamo dei nuovi ricordi insieme».

Riluttante, ma sentendo di non avere altra scelta, Jenny lasciò che Stan la aiutasse a scendere dal furgone. Rodney, il parcheggiatore, le rivolse un sorriso caloroso mentre batteva la mano sulla spalla di Stan. Con un sussulto, Jenny si rese conto che a Rodney sarebbe sembrato che lei e Stan stessero insieme fin dal loro primo soggiorno in albergo, senza avere idea dell'orribile piega che aveva preso la loro relazione. Mentre realizzava quel pensiero, Jenny immaginò che il resto del personale avrebbe pensato la stessa cosa, cioè che lei e Stan stavano insieme da sempre, e questo la tranquillizzò.

Quindi, Stan la trascinò verso la hall, tenendola vicino a sé. Il gruppo, che aspettava appena dentro le ampie vetrate, li seguì da vicino. Jenny trovò strano che non fossero entrati prima di loro, ma era troppo sconvolta dalla sorpresa di essere lì per pensarci più di tanto.

Le era sempre piaciuta la sensazione che provava quando entrava nell'hotel, con il suo importante soffitto a due piani e la vista mozzafiato sulla piscina incorniciata da palme, la spiaggia punteggiata di ombrelloni e capanne, e quel tavolo d'angolo del patio dove aveva pranzato per la prima volta con Stan. Si era sentita così quando aveva visto quel posto per la prima volta con la sua nonnina. Aveva percepito le stesse sensazioni anche quando, poco più di un anno prima, aveva gettato al vento la prudenza con Stan, e si sentiva così anche adesso, al suo fianco, circondata dalla loro famiglia e dai loro amici.

Quando vide il direttore dell'hotel, Henry, uscire dal corridoio che portava agli uffici dirigenziali, le tornò in mente quanto fossero state spettacolari quelle settimane cruciali. Stan aveva ragione, amava l'hotel e ogni secondo che aveva trascorso lì con lui.

Si guardò intorno, cogliendo l'atmosfera. Gli opulenti pavimenti in marmo, le rose fresche allineate in vasi su un tavolo di vetro enorme. E uno dei suoi preferiti, il divano rotondo e trapuntato con borchie. Mentre tutti si riunivano intorno a quel divano, si chiese quante volte fosse stato rivestito nel corso degli anni.

Se solo avessero saputo quante volte vi si era seduta da bambina e poi da donna adulta, nei momenti di gioia e in quelli più tristi, e infine, in quelli pieni d'amore, quando si era profondamente legata a Stan. Osservandolo in quel frangente, lo vide sorridere quando Henry venne a salutarli.

«Ah, signorina D'Angelo, Stan, sono così felice di vedervi di nuovo qui» disse Henry, sorridendo calorosamente. «E posso dire che niente mi rende più felice di vedervi insieme».

Stan strinse la mano di Jenny: era pieno di energia, davvero su di giri, non era da lui. Lei gli lanciò un'occhiata, chiedendosi se avesse bevuto una delle bevande energetiche di Trevor. O magari due. Lui le sorrise e la strinse *forte* a sé, come se neanche un minuscolo insetto dovesse frapporsi fra loro. Lei lo guardò di nuovo, chiedendosi cosa gli fosse preso, ma la sua attenzione era rivolta a Henry, che frugò in tasca e tirò fuori una scatola.

«Credo che l'abbiamo tenuta in serbo per voi per un bel po' di tempo» disse Henry con un sorriso complice.

«Grazie» rispose Stan, chiudendo la mano intorno alla scatola. «Quando ti ho chiesto di tenerla, non avrei mai immaginato di tornare con questa opportunità». Stan prese la scatola, e poi si rivolse a lei.

Jenny scosse la testa, completamente confusa. «Cosa sta succedendo?» chiese guardando lui, poi Henry e poi tutti gli altri riuniti nelle vicinanze.

Tutti li osservavano con aspettativa. Alex, il patriarca di quell'incredibile gruppo di persone di cui era così grata di far parte, Amanda, stretta al suo fianco, e la piccola Callie tra loro.

Stephen e Sam, non così vicini, ma sicuramente in contatto. Gregor ed Evan, vicini ai ragazzi, e persino Rosa ed Helen, con i bambini sui fianchi. C'era anche suo padre, con un braccio intorno a Marisa e l'altro intorno a Reagan, con gli occhi che brillavano.

Jenny iniziò a sentire un piacevole formicolio alle braccia, come se tutti sapessero qualcosa che a lei sfuggiva.

Quando si voltò verso Stan, lui la stava guardando con un'espressione che non aveva mai visto prima. Il suo sorriso era largo un chilometro mentre scuoteva la testa e le prendeva il viso fra le mani, chinandosi per premere la fronte sulla sua. «Dio, ti amo, Jenny».

Non lo aveva mai visto così, così... così impulsivo, nervoso ed eccitato allo stesso tempo. Lui ridacchiò e poi sorrise. Adorava quando lo faceva. Indossava la camicia che aveva messo la sera in cui avevano fatto la prima passeggiata sulla spiaggia e i suoi occhi brillavano di un verde smeraldo.

Fece un passo indietro e le afferrò la mano. «Jenny. *Tesoro*. Il giorno in cui sei partita, ho comprato questo. Per te» disse, porgendole la scatola che Henry gli aveva dato. Lei iniziò a scuotere la testa e fece un respiro brusco quando si rese conto di ciò che stava accadendo. «Ero pronto a iniziare la nostra vita insieme e non vedevo l'ora che tu tornassi. E anche se i nostri piani sono stati un po' stravolti, spero che ora lo farai con me».

Poi, nell'atrio, davanti a tutti gli invitati, ai loro amici e alla famiglia allargata, lui si inginocchiò e Jenny perse la capacità di respirare. Stupita ed emozionata, fissò l'uomo che amava così tanto. Quell'uomo che aveva amato fin dai primi giorni dell'università e in ogni momento che avevano condiviso da allora.

«Jenny, ti ho amata dalla prima volta che ti ho vista. Non c'è nessuno, nessuno con cui voglia condividere la mia vita tranne te. Ti prego, vuoi sposarmi?»

I suoi occhi si riempirono di lacrime, che poi le rigarono il viso mentre annuiva. Lui le infilò un anello di diamanti sbalorditivo, davvero *enorme* sul dito tremante. La fascia di platino, tempestata di altri diamanti, brillava intensamente, Stan gliela sistemò con estrema delicatezza. Jenny fissò l'anello più bello e incredibile che avesse mai visto, poi si immobilizzò e guardò Stan. «Possiamo permettercelo?» chiese a bassa voce.

Lui ridacchiò. «Oh, tesoro. Ci sono alcune cose che devo dirti».

EPILOGO

Palm Beach
Florida

Stan guardò l'oceano, gettando lo sguardo sulla spiaggia dove lui e Jenny si erano ricongiunti l'anno prima, dando il via al viaggio più incredibile e folle che avesse mai vissuto. Rivolgendo lo sguardo al cielo, capì finalmente quello che Jenny aveva sempre pensato: il tempismo, per loro, era tutto. Ringraziò silenziosamente la nonna di Jenny per aver contribuito a indirizzare la loro storia nella giusta direzione. *La renderò felice per sempre, nonnina, te lo prometto.*

Da quando aveva portato Jenny fuori da quella casa e lontano da John, avevano vissuto una settimana vorticosa. La polizia era arrivata pochi minuti dopo che tutto era accaduto, il che significava che era stato necessario scrivere e poi archiviare i rapporti. Fortunatamente, la conversazione registrata e il video avevano risolto il caso senza lasciare dubbi, e Stephen era stato scagionato da ogni possibile accusa.

Guardando Jenny riprendersi e tornare più forte che mai, lui, con il sostegno di tutto il gruppo, aveva deciso che era arrivato il momento di voltare pagina. Subito, Stan aveva fatto dei piani per aiutare Jenny a chiudere una volta per tutte l'ultimo capitolo della sua vita e a iniziarne uno nuovo con lui. Aveva preso in considerazione l'idea di portare tutti alle Keys, ma il tempo non era proprio un lusso che potevano permettersi in quel momento. Anche se gli sarebbe piaciuto avere un anno per stabilirsi a casa con Jenny e Hayden, la Gran Bretagna incombeva in un futuro molto prossimo. I dettagli non erano ancora stati definiti, perché dovevano ancora capire chi ci sarebbe andato, ma era qualcosa che frullava nelle menti di tutti loro.

Per quanto tutto fosse urgente, comunque, non era quello l'obiettivo della giornata.

Stan guardò l'orologio per quella che gli sembrò la milionesima volta, poi sentì Alex avvicinarsi da dietro e battergli le spalle.

«Sei pronto?» chiese.

«Più che mai» confermò Stan, con gli occhi ancora fissi sull'oceano.

Alex gli strinse la spalla.

Se c'era qualcuno che capiva l'importanza di rimettere tutti i pezzi insieme, quello era Alex. Si scambiarono un sorriso, mentre le ragazze e la squadra, tutti un po' chiassosi, riempivano l'area. Era così eccitato che riusciva a malapena a contenersi e guardò di nuovo l'orologio. Stava accadendo. *Finalmente*. Stava per sposare Jenny. Era tutto perfetto.

La cerimonia si sarebbe svolta nella hall, proprio di fronte alle vetrate che davano sul ponte dove avevano pranzato quel primo pomeriggio, sulla piscina dove si erano sdraiati su una chaise longue coperta da una capanna e sul litorale sul quale avevano passeggiato mattina e sera. Il ricevimento si sarebbe tenuto nella discoteca dove lui e Jenny avevano ballato insieme, dando il via alla notte più incredibile della loro vita. Stan non vedeva l'ora di festeggiare. Niente occhiate alle spalle, niente controlli continui su dove si trovasse John. Solo divertimento, facile e rilassato: ballare, mangiare e bere. Una vera e propria beatitudine.

Quando si allontanò dalla finestra, Stan vide finalmente Jenny, accompagnata dal padre. Quando lui si fece avanti e le porse la mano, lei era raggiante. Gli si appannarono gli occhi mentre la tirava a sé, amando il modo in cui lei gli avvolgeva le braccia intorno al collo e si sporgeva per baciarlo. La accontentò.

«Ehi!» udì Stan, ma era troppo concentrato su Jenny per capire chi avesse gridato. «Risparmiatevi per dopo la cerimonia».

Scosse la testa e rise, sollevando la sua ragazza in aria e facendola girare. Aveva imparato da tempo che non c'erano regole quando si trattava di Jenny.

LA PROFEZIA

Estratto dal libro I della serie *Highlands: Oltre il velo del tempo*

25 aprile 1426

Greylen MacGreggor sapeva che presto sarebbe arrivata l'alba. Una consapevolezza così profonda da far quasi male. Le ombre giocavano ancora nell'ultimo sprazzo di sonno inquieto, ombre che lo avevano perseguitato per quasi tutta la vita. Era sempre negli ultimi secondi di semincoscienza che finiva per raggiungere l'oscurità. La speranza futile che qualcosa di tangibile sarebbe stato alla sua portata. Eppure, ogni giorno, ad accoglierlo al suo risveglio c'era il vuoto.

Quel giorno non era diverso.

Nel comprendere la desolata verità, si tolse le coperte e si mise a sedere sul bordo del letto. Con i piedi sul pavimento e i gomiti sulle ginocchia, appoggiò la testa sulle mani. Poi, come faceva ogni mattina, si passò bruscamente le dita tra i capelli e si alzò.

La punizione per quelle idee fantasiose.

Il dolore per alleviare lo struggimento che non se n'era mai andato.

A piedi nudi e con indosso solo i calzoni corti, uscì dalla sua cabina e raggiunse il ponte. Il cielo brulicava di stelle e la luna piena illuminava il mare nero. Il suo capitano era al timone della nave e i pochi membri dell'equipaggio che erano ancora nei paraggi lo lasciarono alla sua solitudine. Camminò fino alla prua, non sorpreso di sentire, pochi minuti dopo, il rumore dei passi dell'unico uomo che avrebbe osato avvicinarsi in quel momento.

«Greylen?» fece Gavin, il suo comandante.

«Sì?»

«Approderemo all'alba».

Greylen si voltò, inarcando un sopracciglio. «Sì, Gavin, ne sono a conoscenza».

Gavin rivolse un sorriso sbieco al suo padrone. «Sono unico, vero?»

Greylen ricambiò il sorriso, ma si rifiutò di rispondere. Guardò di nuovo verso il mare, silenzioso, come sempre nell'ora che precede l'alba.

Quello era il suo secondo posto preferito per accogliere il giorno. Il primo, la costa sotto le scogliere di Seagrave. Era l'unico momento in cui si concedeva di indulgere nei suoi sogni.

L'unico momento in cui si spingeva oltre i confini dei suoi sogni.

«Manca solo un mese» affermò piano Gavin, nella stessa posa di Greylen: gambe divaricate e braccia incrociate sul petto.

«Sei un pozzo di informazioni questa mattina» riconobbe Greylen con rassegnato sarcasmo. Sapeva esattamente a cosa si riferiva il suo comandante, ma man mano che il suo trentatreesimo compleanno si avvicinava, Greylen divenne più riservato.

«Ti lascio in pace» propose Gavin, congedandosi con lo stesso modo sommesso con cui era apparso.

Pace? L'aveva mai provata?

Greylen rifletté su quel sentimento solo per un attimo. L'aveva provata la volta in cui sua madre lo aveva convocato. Quando gli aveva detto della profezia.

Ma come avrebbe potuto affrontare il giorno che aveva tanto atteso negli ultimi dieci anni se... se poi si fosse rivelato vano?

Le immagini sarebbero sparite? Quelle immagini che arrivavano solo nell'ultima ora di quel sonno senza riposo che si concedeva.

Immagini di *lei*... che lo perseguitavano sempre.

No, non avrebbe mai potuto lasciarle andare.

Si sarebbe sempre guardato indietro.

———

Cerca i miei libri nella tua libreria di fiducia, sulla tua piattaforma preferita o in biblioteca.

NON È UN ADDIO

Estratto tratto dal libro 1 della serie *I fratelli Montgomery*

1774 Abersoch, Gran Bretagna

Amanda si alzò e camminò attraverso l'ampia sala da ballo, ignorando ogni complimento che le veniva rivolto. Guardava solo Alexander, sostenendo il suo sguardo fino a quando non fu davanti a lui.

«Lo spettacolo è finito» disse piano, con tono deciso e assoluta serietà. «Buonanotte, Alexander». Poi uscì dalla stanza.

Voltandosi, lo vide riprendersi dallo stupore. Lui prese a seguirla, ma Amanda accelerò il passo. Quando la ragazza entrò nella stanza, le afferrò il braccio, facendola girare. La osservò attentamente, scuotendo la testa, mentre le stringeva le braccia.

«Chi sei tu?» sussurrò, una domanda che suonava al tempo stesso come un'accusa.

Amanda, pronta a risvegliarsi da quella allucinazione, decise che era il momento di essere onesta. Non che nulla di tutto ciò fosse reale, non importava quanto potesse sembrarlo. Evidentemente, tutte le sue letture ossessive sulle proprietà dei Montgomery si erano manifestate nel suo subconscio, dopo aver battuto la testa.

E poi, *trovarsi* fisicamente nella proprietà doveva essere il motivo per cui si era immaginata che Alexander le avesse salvato la vita, non una, ma ben due volte. Doveva ringraziare il suo debole per gli uomini autoritari e potenti per avere evocato quella visione di uomo. Ricercato, elegante, virile. Forse era anche per quello che essere baciata da lui era stato l'evento più bello della sua vita.

E Callesandra. Amanda aveva sempre voluto dei bambini, ma non aveva mai trovato la persona giusta con cui averli. Se Callesandra fosse stata sua, l'avrebbe adorata. Che bambina dolce.

Il fatto che entrambi fossero stati trattati così male da Rebecca, che le storie che aveva letto fossero vere, le spezzava il cuore.

Per un momento, Amanda sentì una forte spinta verso quella vita, sperò fosse vera, che Alexander fosse suo marito e Callesandra la sua bellissima figlia. Poiché voleva toccarlo un'ultima volta prima che fosse tutto finito, Amanda gli sfiorò il bavero e poi gli posò le mani sul petto.

«Questa notte sono tua moglie, suppongo... e la madre di tua figlia. Ma non ho mai visto nessuno di voi prima d'ora in vita mia».

Cerca i miei libri nella tua libreria di fiducia, sulla tua piattaforma preferita o in biblioteca.

SULL'AUTRICE

Kim Sakwa è autrice di molte storie d'amore bestseller, tra cui *La profezia*, *Il prezzo*, *Il patto*, *Non è un addio*, *Non è mai troppo tardi*, e *Non dire mai*. Quando non scrive, ama ascoltare le colonne sonore che crea per i suoi romanzi. È un'inguaribile romantica, patita del per sempre felici e contenti.

ALTRE OPERE DI KIM SAKWA

Highlands: Oltre il velo del tempo

La profezia

Il prezzo

Il patto

La promessa

Il premio (data non ancora stabilita)

I fratelli Montgomery

Non è un addio

Non è mai troppo tardi

Non dire mai (data non ancora stabilita)